София Бенедикт

ГДЕ ТВОЙ БРАТ АВЕЛЬ?

«Там, где ты раскинешь крылья,
Люди – братья меж собой».
(Фридрих Шиллер, «Ода радости»)

«Человек человеку волк» (Титус Плавт)

Anima incognita Edition

© 2024 Sophia Benedict

Herausgeber: Anima incognita Edition
Diana Wiedra

Covergestaltung und Layout: Diana Wiedra

Herstellung und Verlag: BoD – Books on Demand, Norderstedt
ISBN: 9783759723536

Глава первая

– Убери руки, свинья!

Не оборачиваясь, двинула локтем что было сил, не знаю, куда угодила, но он вскрикнул и отскочил в сторону. Прошипел с ненавистью:

– Чумная!

Чуть позже произнес примирительно:

– Дура, ты не знаешь, от чего отказываешься…

– Уйди, пьяная тварь! А то пожалуюсь матери!

– Напугала! Иди, жалуйся! И зачем только я женился на этой чахоточной…

– Ты женился на здоровой, чахоточной ее сделал ты!

От злости замахнулась сковородкой, ее я как раз собиралась поставить на огонь. Когда я злюсь, силы у меня неизвестно откуда берутся. Отчим пугается меня, когда я злюсь. Вот и теперь, попятился к двери. Только когда пьян, ему море по колено, сам задирается. Пьяным он бывает чаще, чем трезвым. И рука у него тяжелая, однажды пришлось испытать на себе, едва устояла на ногах, даже в ушах зазвенело. Тогда я и схватила кочергу, заорала во все горло:

– Меня ты бить не будешь!

Если бы он не перехватил ту кочергу, наверное, я расколола бы ему череп. Кожа у него на руке треснула, брызнула кровь. А у меня кровь прилила к голове, я дрожала от злости и кочергу не выпускала.

– Бешеная!

С этими словами отчим выскочил за дверь.

Не сразу я выпустила кочергу. И лишь потом, когда увидела, как из темного угла на меня смотрят три пары перепуганных детских глаз, вытерла руки о передник, подошла к малышам, опустилась на колени, все еще дрожащей рукой вытерла нос трехлетнему Томасу и прижала всех троих к себе.

– Не бойтесь, это я пошутила. Все будет хорошо, он не будет больше никого бить. И вас трогать не будет.

Карл, старше Томаса на год, заплакал:

– Но папа вернется, правда? Он ведь не навсегда ушел?

– Нет, нет, конечно, не навсегда, – утешила я братишку, а сама подумала, жаль, что не навсегда, – садитесь к столу, я вас покормлю.

Двухлетнюю Катрин взяла на руки и сама усадила за стол.

Вылила на сковородку остатки подсолнечного масла, долго ждала, пока стечет последняя капля из бутылки, покрошила остатки хлеба и добавила три яйца, это были все наши припасы. Поделила яичницу на три части, Карлу, как старшему, положила чуть побольше, а сама вытерла сковороду оставшимся кусочком хлеба и сунула себе в рот. Не успела обернуться, а малыши уже, словно котята, вылизывали свои тарелки. Добавки они не просили, но глаза были полны молчаливой мольбы.

– Идемте во двор, на солнышко, я расскажу вам сказку, – сказала я, испытывая чувство непонятной своей вины. Господи, да в чем же я виновата?!

Дети сели рядком на бревнышко, я тоже села, согнулась, чтобы легче было терпеть голод, и начала рассказывать:

– Жил-был мальчик. Он был такой маленький, что все называли его Мальчк-с-пальчик, мама его умерла, а отец женился…

От голода в желудке появилась резь, ничего, надо еще немного потерпеть, через час у меня урок. Сусанне десять лет, она на два года моложе меня, родители у нее зажиточные крестьяне, живут не хуже господ. Когда я прихожу, ее мать обязательно угощает меня – кладет на тарелку кусок хлеба с толстым слоем смальца или большой кусок пирога. Яблочного сока я могу пить сколько захочу, это их гордость, они делают его на продажу. Сладкий янтарный напиток в восхитительно запотевшем прозрачном графине, это настоящий эликсир жизни. Когда его пьешь на пустой желудок, он моментально возвращает силы, уже после первого глотка мозг мой и тело оживают.

Сусанна – младшая из четверых детей, я помогаю ей с уроками. Она совсем даже не глупая толстушка, только в науках не сильна, просто ум у нее, как говорится, практический. Ее отец считает, что дочка и без наук проживет, вот ведь и он не шибко ученый, а поднял хозяйство так, что теперь господа завидуют его состоянию. Поговаривают, богатым сделала его война, в то время как многих других война разорила. Мать у Сусанны ученая, ее родители были учителями, она тоже собиралась стать учительницей, но влюбилась в красивого сына фермера, который посулил ей зажиточную жизнь, его семья и тогда была не бедной. Понимала, ждет ее тяжкий труд на ферме, но любовь сильнее разума, справлюсь, сказала себе. И справилась, стала хорошей помощницей своему мужу. Тем не менее, детям желала другой жизни. Вот и хорошо, благодаря ей у меня теперь есть работа. Я-то учусь хорошо, мне науки легко даются.

– Сохранил Мальчик-с-пальчк свой кусочек хлеба, и по дороге стал бросать крошки, чтобы по ним найти дорогу обратно домой, но птицы... – продолжила я.

Катрин слушала, как зачарованная, хотя сути слов не понимала, Карл угрюмо смотрел в сторону, он все еще думал об отце, а у Томаса глаза наполнились слезами:

– Значит, сам он остался голодным...

– Погоди, – успокоила я братишку, – все будет хорошо...

***

После того, как я огрела отчима кочергой, он больше не пытался поднять на меня руку. Ни на меня, ни на детей, ни на мать. Пил, шлялся по кабакам, редкий вечер являлся домой без побоев, это он сам ввязывался в драки, а я тихо радовалась, как если бы верила, что это другие мстят ему за нас.

Ладно, расскажу с самого начала, как эта свинья Отто сделался моим отчимом.

Отца моего я любила больше жизни. Вечерами он сажал меня к себе на колени, и мы вместе вырезали фотографии из старых газет и журналов, наклеивали их на картон и у нас получались чудесные картины с портретами президентов, министров, кайзера Франца-Иосифа и императрицы Елизаветы, она была настоящей красавицей. Я даже заплакала, когда папа сказал, что ее уже нет в живых, что ее убили. Эти картины и сейчас висят в моей крошечной комнатке. Мой отец все время что-то мастерил, а я не отходила от него, а он не уставал отвечать на тысячи моих вопросов.

Работал отец в гипсовых шахтах Мёдлинга, руководил бригадой, у него была хорошая должность, и зарабатывал он неплохо. Когда в четырнадцатом году началась война, на фронт его не взяли, потому что гипс нужен и во время войны тоже. Или как раз во время войны он нужнее всего, потому что его можно продать и на эти деньги купить оружие.

По воскресеньям мы ходили в церковь. Мама надевала самое красивое свое платье и накидывала на плечи персидскую шаль, подарок отца в день их помолвки. Мне эта шаль очень нравилась, я гладила рукой шелковистую ткань, а мама говорила, что подарит ее мне, когда я вырасту. Уже не подарит. Шаль пришлось продать, чтобы купить лекарства. А тогда… После церкви мы садились обедать, а к вечеру выходили погулять даже в самую плохую погоду. Папа купил всем нам по зонту, и мне тоже, маленький зонтик с кружевами, совсем, как у важных дам на тех картинках, которые мы вырезали из журналов. Заканчивалась прогулка посещением кафе. Родители пили кофе, а я горячий шоколад. И еще мне приносили пирожное, а маме и папе – по рюмочке ликера, от которого вкусно пахло абрикосовыми косточками. Стены в кафе были розового цвета, такого же, как крем на моем пирожном. В большом зеркале напротив я видела отражение нашей семьи, и оно мне нравилось. Папа, мама и я были красиво одеты и вокруг все были тоже нарядные и красивые. Дома у нас, конечно же, все было совсем не так, жили мы скромно и выходную одежду тотчас снимали и вешали в шкаф. Зато домик был уютен, в нем всегда было тепло. Теперь мне кажется, это была настоящая райская жизнь. Не то, что теперь! Мама была всегда веселая, а папа, смеясь, говорил, что боится, как бы нас у него не похитили, потому что мы такие красавицы, каких больше нет на свете. И еще он говорил, что сильно любит нас с мамой, и что дороже нас у него никого нет.

Мама очень боялась, как бы папу не забрали на войну, но этого не случилось. Теперь я думаю, может, лучше было бы, чтоб забрали, ведь с войны многие вернулись, пусть даже раненые или покалеченные, но вернулись. А папа… В шахте случился обвал…

***

Я не плакала. У меня не было слез. Был страх, а слез не было. И еще было чувство, похожее на злость. Нет, не на отца я злилась, сама не знала, на кого. Ну, почему он был так не осторожен! А ведь как часто говорил, что любит нас с мамой больше всего на свете, и что не переживет, если с нами что-то случиться. Как же он мог не поберечь себя, ведь и у нас дороже и любимее его не было никого на свете, значит, он должен был в десять раз больше себя беречь. Почему он себя не поберег? Почему добрый Боженька не защитил его, не научил быть осторожным? Когда я спросила об этом маму, она заплакала:

– Нельзя так говорить, Изабелла…

Изабеллой называл меня папа, по-настоящему я Элизабет, имя мне дали в честь той самой невинно убиенной бедной императрицы Сиси. Похоже, папа мой был убежденный монархист.

Стыдно об этом говорить, но скажу – я испытывала гнев. Не знаю, на кого, наверное, на всех, и даже на отца. Я его до сих пор испытываю. Может, это от страха? Страх засел во мне так глубоко, что его уже ничем не выкорчевать. Папа был такой хороший, почему он должен был умереть, а эта свинья Отто живет! Мы ходим, спим, едим, дышим, а папа один лежит в сырой земле.

– Все в руках Божьих, Изабелла, – говорила мама.

Она часто плакала. Мама у меня хорошая. Она никогда не сердилась на меня за то, что папу я любила больше, чем ее, она даже говорила, что это так и надо, чтобы дочка любила своего отца, сама она тоже очень любила своего папу. Каждое воскресенье мама зажигала свечку, говорила, это для того, чтобы папина душа видела, что мы помним его и любим. Мы сидели, крепко обнявшись, мама плакала, а я вытирала ей слезы. Мама не такая сильная, как я. Папа был сильным, а мама у нас красивая и слабая.

***

Пенсии за погибшего кормильца едва хватало на самое необходимое, мама подрабатывала поденной работой, а я помогала ей по дому. Домик у нас небольшой, но вполне хороший, он достался маме в наследство от ее родителей, папа отремонтировал и достроил его. В сарае мы держали кур, иногда выкармливали свинью, ее мы резали под рождество. За сараем был огород, там росло немного овощей и картошки. После того, как папы не стало, огород пришел в запустение, мама не справлялась с тяжелой работой, она вообще быстро выбивается из сил. У меня телосложение вроде бы мамино, но сила папина, это только с виду я такая хрупкая, а на самом деле могу горы свернуть. Так мне кажется.

Школа меня утешала. Когда учишь что-то или просто читаешь книжку, пусть даже самый скучный учебник, вроде как переносишься в другой мир, и тогда печаль отступает, ты не думаешь больше о том, как горька эта твоя жизнь.

***

В тот яркий майский день солнышко нежно ласкало мою кожу, я сидела во дворе на бревнышке и листала учебник немецкого языка, который уже выучила наизусть. Двор зарос высокой травой, в траве разгуливали куры, выклевывая червячков. Жужжали пчелы, бабочки порхали с цветка на цветок, теплые солнечные потоки обволакивали мое тело, согревали душу. Пахло лавандой и медом. Это был чудесный запах начала лета, такие дни созданы для того, чтобы человек мог набраться сил для других, холодных и безрадостных дней.

Отложив в сторону учебник, нарвала ромашек и лютиков и стала плести венок. В этот момент к калитке подошла мама, она была не одна, ее сопровождал высокий мужчина, заметно старше ее, оба они улыбались.

– Познакомься, – обратилась мама к своему спутнику, – это моя дочь, Изабелла.

– А я Отто, – сказал гость, присел на корточки и заглянул мне в глаза. – А что ты здесь делаешь одна?

– Я здесь живу, – ответила я без улыбки.

В ответ мужчина рассмеялся:

– Умная девочка!

Подхватил меня на руки, поднял высоко и стал кружить по двору. Я отбивалась, мне не нравилось, что чужой обращается со мной так беззастенчиво, но он не выпускал меня из цепкого объятия.

Вскоре они поженились. Мама сказала, в доме нужен хозяин, нам нужен мужчина, женщину каждый может обидеть, а мужчина – защитник.

Как же, защитник!

Впрочем, вначале Отто не был таким уж плохим. Заделал дыру в заборе, купил поросенка и достроил колодезь, который начал строить мой отец, теперь нам не надо было таскать воду с соседней улицы. А главное, мама снова стала веселой. Почти, как прежде. По субботам пекла пироги, а к воскресному обеду готовила жаркое или шницель, короче, жизнь наша стала похожей на ту, которую мы вели прежде.

По папе я не переставала тосковать, но видеть маму радостной, это было так хорошо, пусть даже порой я и ревновала ее к Отто, мне казалось, моего отца она совсем забыла. Так я и сказала ей однажды.

– Ну что ты, дочка, – погрустнела мама, – первая любовь не забывается никогда, твой отец был самой большой моей любовью, его я никогда не забуду, таких людей, как твой папа больше нет. Мы обе это знаем. Только, понимаешь, жизнь очень нелегкая штука. Если Отто может дать нам то, что так хотел дать нам твой отец, то... Папа очень хотел, чтобы у тебя была хорошая жизнь.

– А разве мы с тобой вдвоем плохо жили? – обиженно сказала я.

– Нет, не плохо, но... Мы жили очень бедно. Ты еще ребенок, тебе не понятно многое из того, что понимают взрослые. Если ребенок сыт и согрет, он уже счастлив...

Как же! Любовь нужна и детям тоже, хотела я сказать, но промолчала.

***

Зарабатывал Отто хорошо, даже лучше, чем мой отец, потому что работал на железной дороге, первой в стране, эту дорогу называли национальной австрийской гордостью, и все, кто там работал, не только хорошо зарабатывали, но и пользовались особым уважением. Отто покупал нам с мамой подарки, он старался понравиться не только маме, но и мне, как-то даже уж слишком старался.

Год спустя родился Карл. Не могу сказать, что я обрадовалась его появлению. Скорее, наоборот. Этот кряхтящий, копошащийся червячок поначалу вызывал у меня... Ну да ладно, лучше промолчу. Что поделаешь, сказала я себе, люди женятся для того, чтобы у них были дети. Тайна деторождения для меня, выросшей в деревне, никогда не была тайной, но думать об этом не хотелось. Мама кормила младенца грудью, вставала по ночам, беспокоилась, короче, его она теперь любила больше, чем меня.

Когда я ей об этом сказала, она засмеялась:

– Ну что ты, просто он маленький и совсем беспомощный, а ты... Ты большая девочка, тобой я горжусь. Когда он станет таким же большим и сильным, как ты...

Она не договорила, замолчала, о чем-то задумалась. Что хотела она сказать? Большие сами должны о себе заботиться?

Позже, когда родился Томас, мне стало жаль Карла. Он, и правда, был маленький и беззащитный, к тому же он становился таким забавным, что я его полюбила. Или это жалость превратилась в любовь? Играла с ним или, подвязав платком к груди, учила уроки, вышагивая с книжкой в руке по дому или по двору. Карл улыбался и смешно гулькал, видно, его успокаивало тепло другого человеческого тела.

Рождению своего первенца Отто, похоже, не очень-то обрадовался, а после рождения Томаса его и вовсе как подменили. К детям он не проявлял интереса, казалось, даже ко мне он относится с большей нежностью, чем к собственным отпрыскам. Стал часто напиваться, без причины злился на маму.

– Ты меня разлюбила, – орал так, словно сам был ребенком, – тебя интересуют только твои дети!

– Что ты такое говоришь! – в слезах отвечала мама. – Ты прекрасно знаешь, что это не так. Разве ж это не твои дети? Что дурного в том, что я их люблю? К ним у меня другая любовь, а к тебе...

Противно было слушать, как она оправдывается, но я молчала, боялась своим гневом сделать все еще хуже. А может, нужно было уже тогда?... Душа у меня горела.

Мама снова стала несчастной, как после смерти папы. Отто день ото дня становился все злее. Согласитесь, надо быть последней свиньей, чтобы не любить собственных детей!

Бывали, правда, моменты, когда на него накатывали приступы нежности, и это было отвратительно.

– Ах, деточки мои, деточки, – причитал он, – какие же вы чудесные! Знаешь, Изабелла, как я их люблю! Вот, можешь отрезать мне мою левую руку. Или даже правую. Мои деточки, за вас я все отдам...

Меня мутило от его пьяных слез.

– Изабелла, – кричал он, – Изабелла, иди сюда.

– Чего тебе?

– Ты знаешь, тебя я тоже очень люблю, так вот, у меня к тебе большая просьба, если со мной что случиться, обещай, что позаботишься о моих детях!

Я отворачивалась, а про себя думала, от тебя мертвого твоим любимым деточкам пользы будет больше, чем от живого, они хотя бы пенсию будут получать, а так ты всю зарплату пропиваешь, детям хлеба купить не на что.

***

Ночная возня в родительской спальне за тонкой перегородкой становилась похожей на борьбу, мне казалось, я слышу мамин плач. А потом… Однажды я увидела синяк на мамином лице…

– Выгони его, – кричала я, – он не любит ни тебя, ни детей, все равно он все деньги пропивает, да еще и руки распускает!

Мама посмотрела на меня так, словно я предложила ей отказаться от самого дорогого. Она вроде как даже ненавидела меня в тот момент. Так мне показалось. Прошло немало времени, прежде чем я поняла, что это действительно было так. В характере моей матери… Ей казалось, без мужчины она всего лишь половинка человека, наличие мужа, все равно какого, пусть даже пьяного и непотребного делало ее по-своему счастливой. Поэтому она все терпела. Когда отчим пропадал в кабаках, сидела, не шевелясь, часами могла смотреть в одну точку. И так нехорошо делалось у меня на душе от ее застывшего взгляда! Где была она в это время? Рядом с Отто? Она любила его. Никогда, даже после гибели отца не чувствовала я себя такой одинокой, тогда у меня была мама, теперь я была совсем одна…

Через год после Томаса родилась Катрин. Роды были тяжелыми, мама страдала малокровием, сказывалось недоедание, а после родов и вовсе слегла, выхаживать малышку пришлось мне.

Мама кашляла, и кашель не проходил. Пришлось вызвать врача. Пожилой господин в золоченом пенсне удрученным взглядом оглядел наш, пришедший в запустение дом, помыл руки в тазике и подошел к маме. Долго выслушивал и простукивал ее грудь, качал головой. Оставил на столе пузырек с микстурой, сказал, маме необходимы покой и усиленное питание. Отто пожал плечами. Денег за визит доктор не взял. Когда он ушел, Отто сгреб со стола то, что предназначалось врачу, и ушел в кабак.

***

Вернулся ночью и спьяну перепутал кровати. Это я тогда так подумала, что он случайно лег не в свою постель. А я как раз встала к малышке. Вернулась и, сонная, повалилась на кровать. Отто был совсем голый, навалился на меня всем телом и, дыша перегаром, пытался поцеловать в губы.

– Вон отсюда, – шипела я, боясь разбудить маму.

Пыталась вырваться, но он, конечно же, был сильнее меня. Не знаю, как мне это удалось, случайно рывком подтянула коленки к подбородку. Удар пришелся как раз туда, куда надо. Отто взвыл от боли.

– Убирайся, или я заору так, что соседи сбегутся! – пригрозила я, вонзив ногти в его физиономию.

Я бы выцарапала ему глаза, если бы он не сбежал.

Катрин расплакалась, но я не в состоянии была успокоить малышку. Меня трясло от страха и злости. Страх всегда порождает злость. Я не из тех, кто молча сносит обиды. Я не такая, как моя мать!

***

Вскоре Отто уволили с работы. Это и понятно, кому нужны пьяницы, да еще на такой престижной должности! Сидел он теперь на случайных заработках, которые тут же и пропивал. А мы бедствовали. Бедствовали так, что прошлые наши несчастья могли уже показаться благополучием. Не было денег на молоко для младенца. Зажав в кулак гордость, шла к соседям, они жалели нас, помогали, как могли, хотя сами жили небогато, времена были тяжелые. Мама поднималась время от времени, делала какую-то работу по дому, пыталась стирать белье или пропалывать грядки, но сил у нее не было, вся в поту, она снова валилась на кровать.

Мальчишки росли забияками, меня это радовало, пусть учатся не давать себя в обиду, а Катрин была похожа на маму. И даже внешне. Вьющиеся светлые волосики обрамляли круглое личико с широко распахнутыми голубыми глазами. Она была похожа на ангела. Как цыпленок за курицей, всюду следовала за мной, меня это смешило, а иногда и раздражало. Когда я злилась, она смотрела на меня своими доверчивыми круглыми глазенками и в них появлялись слезы, тогда злость моя превращалась в жалость. Усталость и голод делали меня злой.

– Оставайся дома хотя бы когда я в школе, – кричала я Отто, – присматривай за детьми, которых так сильно любишь.

– Далась тебе эта школа, ты уже и так слишком ученая! – огрызался отчим.

Мой отец говорил, что сделает все, чтобы дать мне образование. Когда он умер, мне было пять с половиной, к этому времени он успел научить меня счету, я знала все буквы и умела складывать слова. Он говорил, если я буду умной и образованной, то замуж я выйду тоже за умного и образованного, и у нас будут умные и образованные дети, и жить мы будем очень хорошо. Я не очень понимала, что он имел в виду, ведь любила я одного единственного мужчину, моего отца. Бедный мой папа, если бы ты знал, на какую жизнь обрекла меня твоя смерь! Почему, почему, добрый Боженька отнял у меня моего золотого отца и подсунул эту свинью Отто?! Никто уже не будет любить меня так, как любил меня мой отец. Но раз он хотел, чтобы я училась, я буду учиться, чего бы мне это ни стоило.

– Не твое дело, свинья! Моей жизнью ты распоряжаться не будешь!

Вот тогда-то он и отвесил мне оплеуху. Да такую, что у меня в ушах зазвенело. Чтобы не упасть, сделала шаг назад. За спиной у меня была печка. На мгновение застыла от боли и страха, а в следующий момент меня обуял такой гнев, что я схватила кочергу и занесла над его яйцевидной головой. Не знаю, какое у меня при этом было выражение лица, но оно вызвало на его физиономии неподдельный страх. Перехватив кочергу, он взвыл от боли. Из его ладони хлестала кровь. Опрометью кинулся к двери. С тех пор он меня не трогает. Боится и ненавидит. Что, впрочем, не мешает ему… Эти его приступы нежности… Пусть только попробует! Если я снова схвачу кочергу, так легко он не отделается. Злость дает мне силы.

***

А в школе я невидимка. Исчезни я, никто этого даже не заметит. С такой неказистой внешностью, как моя, звездой класса не станешь. Да еще и бедная. Это красивым и богатым все легко дается, а такие, как я, должны завоевывать свое счастье сами. Учусь я хорошо и даже, как вы уже знаете, немного подрабатываю репетиторством. Директор гимназии выхлопотал для меня разрешение на бесплатное обучение в гимназии, сказал, это будет большой грех, если я не стану учиться дальше. Эх, если бы мне не надо было заботиться о маме и о малышах… Ладно, посмотрим… Нет смысла заглядывать в слишком далекое будущее.

Священник в воскресной проповеди говорил, что гнев и ненависть – это большой грех, говорил, надо любить ближних и вообще всех людей на свете, прощать врагов, и злиться нельзя ни на кого. Я долго думала над его словами. Неужели и таких негодяев, как этот Отто тоже нужно любить? Нет, проповедь – это проповедь, а жизнь – это что-то другое, она диктует свои правила.

Впрочем, в церковь мы давно не ходим. Мама больна, а Отто в Бога не верит. Да и надеть нам было бы нечего, если бы мы вдруг вздумали пойти к воскресной мессе. Что же касается злости, то священник, может, и прав, и это было бы очень хорошо, если бы можно было прожить жизнь так, чтобы ни на кого не злиться. Но при такой жизни, как у меня для этого надо было бы быть святой. Желала бы я стать святой? Гм… Уйти от жизни, посвятить себя молитве… А кто позаботится о малышах? И о маме?

На кого я злюсь? В первую очередь на эту свинью Отто. И вообще, на весь мир, на всю эту несправедливость, и даже на себя. Пусть это грех, но это так. Моему папе порой даже нравилось, когда я злилась, он говорил, в этой жизни очень важно уметь постоять за себя. Мама смеялась, говорила, ты воспитываешь ее как мальчика, на что папа отвечал, что женщине сильный характер тоже не повредит. И еще он однажды сказал, что к злым уважения больше, чем к добрым. Тогда я этого не поняла, ведь добрых все хвалят, а злых осуждают. Теперь-то я знаю, что злых принимают всерьез, а с добрыми, с такими как моя мама, никто не считается.

После того случая с кочергой Отто долго боялся ко мне приблизиться, но когда он пьян, он ничего не соображает. И вот снова, пьяный, подошел ко мне сзади, когда я чистила подгнившую картошку, и положил свои грязные лапы мне на грудь. За последний год она у меня так вспухла, что оба мои платья трещат на мне, из них я давно выросла. Мне еще нет тринадцати, я очень худая, а грудь прет незнамо куда.

Вот тогда-то, как и в тот раз, не оборачиваясь, двинула локтем ему под дыхало что было сил:

– Убери руки, свинья!

– Ты с ума сошла, – заорал он, – что ты себе позволяешь!

– А ты что себе позволяешь? – с этими словами повернулась к нему лицом, не выпуская из руки ножа.

– Чумная! Как есть чумная, – пробормотал он, отступил на шаг назад, развернулся и ушел, хлопнув дверью.

Смогла бы я ударить человека ножом? Не знаю. Нет, человека не смогла бы, но Отто не человек, Отто – свинья. Грязная, пьяная свинья, наплодившая детей, заботиться о которых должны другие. Это он сделал маму больной. Это он принес беду в наш дом. Словно без него горя у нас было мало!

Мама, вышла из спальни в своем заношенном халатике, присела к столу.

– Помочь тебе, доченька?

– Спасибо, мам, я сама справлюсь. Вот, уже все готово, картошка сварится и можно обедать, – кинула картошку в воду, поставила на огонь, повернулась к маме и увидела, что она плачет, – мамочка, что с тобой? Тебе плохо?

– Нет, это тебе плохо, доченька моя.

– Ну что ты, мам, у меня все в порядке, я справляюсь, я сильная. Вот и Карлуша мне помогает, смотри, пол метет, – кивнула я на братишку, Карл в это время скакал по комнате верхом на венике.

***

Рассказала сказку до конца, отвела детей в дом, а сама отправилась давать урок.

Дорогой размышляла о своей жизни, о маме, о малышах, страшно было думать о том, что нас ждет в будущем.

Год спустя мама умерла. Дождалась конца учебного года, посмотрела на мой аттестат, улыбнулась и вымолвила:

– Твой отец был бы счастлив…

На следующее утро я нашла ее холодной в постели. Умерла она так же тихо, как жила... Отто плакал, как ребенок, а потом пошел в кабак, вот и весь сказ.

Едва ли помню похороны. Приходили какие-то люди, что-то говорили, кто-то помог уладить формальности, одной бы мне не справиться.

Вскоре после похорон Отто исчез. Осталась я одна с детьми. Пользы от Отто так и так не было, но, когда он исчез, мне стало страшно. Это был настоящий, холодный страх, такой, от которого сводит все внутри и перед глазами порхают черные бабочки. Это был страх одиночества, внутренняя пустота. Меня всю скрутило. Страх я испытывала и раньше, но то был другой страх, реальный, он заставлял бороться, вызывал злость. Теперь это был страх человека, стоящего в полной темноте на краю пропасти и не знающего, с какой она стороны, один неосторожный шаг и все кончено! Я вся потухла, опала, из меня словно выдули внутренности, осталась одна оболочка. Память об этом страхе по сей день живет глубоко во мне, панически боюсь его возвращения.

Дети жались ко мне, а я не в силах была их утешить. Дни шли за днями, но, видно, ничто не вечно в этом мире, и даже страх. Когда он начал ослабевать, я спросила себя, как нам быть дальше. Хорошо бы найти работу где-нибудь поблизости, чтобы можно было приглядывать за малышней. Время было тяжелое, послевоенное, соседи сами едва сводили концы с концами и помощники им были не по карману. Летом питались со скудного огорода и тем, чем соседи из жалости делились с сиротами. Казалось, хуже уже быть не может.

***

И вот однажды ранним сентябрьским утром в наш двор вошли два господина, важные такие, в шляпах, и стали по-хозяйски оглядывать постройки, переговариваясь вполголоса.

– В чем дело? Что вам здесь нужно? – возмутилась я их вторжением.

В ответ один из мужчин, бесцеремонно отодвинув меня, как если бы я была неодушевленным предметом, без приглашения вошел в дом, вынул из кармана рулетку и стал обмерять стены. На мое требование покинуть дом, господа не реагировали. Тогда я вышла во двор с намерением позвать соседей и полицию, и тут увидела Отто. С сигаретой в руке он нервно прохаживался по другой стороне улицы. Прошло немало времени прежде, чем я поняла, что произошло. Отто заложил дом, когда еще жива была мама, он его пропил, и теперь мамин дом, наш дом нам больше не принадлежал.

Так мы оказались на улице.

Силы окончательно оставили меня. С кем, за что, против кого или против чего мне теперь бороться? Противное чувство засосало под ложечкой, там поселился огромный червь, капля за каплей он выгрызал из меня жизнь. А ведь еще вчера казалось, что все самое страшное уже произошло, страшнее ничего быть не может: мы потеряли родителей, мы стали сиротами, никому на свете до нас дела нет, что может быть страшнее этой беды? Новая беда оказалась страшнее прежней. Вчера у нас, по меньшей мере, была крыша над головой, а теперь мы бездомные. Мы нищие в полном смысле этого слова.

Нам дали неделю, чтобы собрать вещи и покинуть родные стены. А что собирать? За гроши распродала домашнюю утварь, на вырученные деньги купила детям сладостей и по паре крепких башмаков. Вот и все. Куда теперь? На улицу!

Помощь пришла нежданно. Кто именно об этом позаботился, мне неизвестно, то время окутано в моей памяти плотным туманом. В день крайнего нашего отчаянья, когда стояли мы с нашими узелками на пороге родного дома, явились две дамы, как я потом узнала, были они из «Красного креста». Нам сказали, что нас отправляют в приют для сирот. Я залилась слезами. Впервые за много лет я плакала. Это были слезы унижения и благодарности. Ну что ж, хоть какой-то да кров, хоть какая-то да еда…

Без новой беды не обошлось – малышей отправили в разные детские приюты, разлучив мальчиков с сестрой, а меня определили в закрытую школу для девушек при монастыре сестер-кармелиток. Карл и Томас молча сглотнули, а Катрин, рыдая, вцепилась в меня, ее пришлось отрывать силой, и потом, когда ее уносили, она с криком тянула ко мне свои тонкие ручонки…

Глава вторая

Поздним вечером меня привезли в большой каменный дом с широкими коридорами, со стенами до середины выкрашенными серой масляной краской, противно пахло карболкой, это был запах бедности. Встретили меня две монахини, немолодые уже, с ничего не выражающими лицами. Одна осталась у дверей, другая проводила меня в большую комнату с высоким зарешеченным окном, с тусклой лампочкой под потолком и с десятком кроватей, торцом стоявших вдоль серых стен.

– Спать будешь здесь, – произнесла монахиня тихим голосом, указав на кровать у двери.

На одеяле лежало аккуратно сложенное серое платье с белым воротничком, в него мне предстояло переодеться.

– Сначала прими душ, – сказала монахиня и отвела меня в конец длинного коридора.

В душевой матовая лампочка, забранная в сетку, давала ровно столько света, чтобы не наткнуться на какой-нибудь предмет. Раздевшись, повернула рукоятку крана и из душевой головки слабой струйкой потекла вода, едва теплая. В прикрепленной к стене мыльнице лежал измыленный кусок мыла, тоже серого цвета. Дрожа от холода, стала тереть грудь, ноги, подмышками. Когда моя рука с мочалкой оказалась между ногами, монахиня, бочком наблюдавшая за мной, словно не доверяя мне, вовсе отвернулась и произнесла все тем же тихим голосом:

– Нельзя ли поскромнее?

– Да уж как умею, – огрызнулась я шепотом.

На душе было паршиво. Ах, если бы вода могла смыть мои тревоги и горести! И все же, душ освежил меня. Пусть чувство отдохновения и длилось недолго, но эта минута стоила дорогого.

Переодевшись в казенное застиранное нижнее белье и в серое платье, сложила свои вещи, собираясь взять их с собой, но монахиня меня остановила:

– Кинь в корзину, это пойдет в печь.

– Почему? – возмутилась я, – это мое платье!

– Из соображений гигиены. «У вас могут быть, – монахиня снова отвернула голову и произнесла почти шепотом, словно стесняясь этого слова, — насекомые...»

– Нет у меня никаких вшей! – запротестовала я.

– Этого никто не может знать, – ответила монахиня тем же кротким голосом, в котором, тем не менее, звучали металлические нотки, и добавила, – кроме того, дитя мое, у нас здесь не принято разговаривать так громко.

– И все же, – настаивала я, – это мои вещи. Никаких вшей у меня нет. Я вообще очень аккуратная.

– Весьма похвально, но не стоит хвалить себя, это нескромно.

Спорить было бесполезно.

Монахиня снова проводила меня в спальню. Перед тем как выйти, включила свет и произнесла тем же тихим голосом:

– К ужину вы сегодня опоздали, прошу вас не опоздать к вечерней молитве.

Она исчезла, а я осталась стоять, безвольно опустив руки, не зная, что с собой делать. Впервые в жизни мне нечего было делать, не надо было готовить еду, убирать, присматривать за малышами, эта минута вынужденного безделья показалось мне страшной, вот я, одна, голодная, в этой ужасной комнате, которая должна стать моим новым домом.

Широкое окно располагалось так высоко, что моя голова едва доставала до подоконника. Сумеречный свет сочился сквозь запыленные стекла. Я видела, как в доме напротив зажигали огни, сбоку виден был кусочек все еще розовевшего неба.

Кровати были застелены линялыми одеялами в синюю и серую клетку, углы одеял были загнуты, открывая такие же застиранные простыни. Тумбочка у моей кровати не запиралась, но это не имело значения – личных вещей мне не полагалось, мою одежду у меня отняли, а тощий мой узелок остался в камере хранения. Таков здесь порядок.

В коридоре раздался приглушенный шум, он приближался, и вскоре в комнату строем вошли девочки, все примерно моего возраста, в таких же серых платьях с белыми воротничками. Мое появление вызвало любопытство, девочки беззастенчиво разглядывали меня. Мне стало неловко, и я представилась первой.

– Меня зовут Элизабет, – сказала без улыбки, не хотелось, чтобы меня здесь назвали моим домашним именем.

В ответ девочки одна за другой стали называть себя, запомнить всех сразу мне не удалось, но уже на следующий день я знала их по именам.

Молитва в холодной часовне. Машинально произносила хорошо знакомые слова, но думала о другом. В мозгу сменяли друг друга картины прошлого – папины похороны, мамина болезнь, дети, пьяный Отто...

Когда зазвонил колокольчик, я подняла взгляд. Сверху на меня взирало нежное лицо Богоматери с печальными глазами, они словно глядели мне в душу, эти глаза, я не могла оторвать взгляда от ее лица, таким родным казалось оно мне. Мама... Надо верить в добро, только вера может спасти мой корабль от окончательной гибели.

С того самого момента, когда мама слегла, не было у меня человека, на которого я могла бы опереться, мне самой пришлось стать опорой для младших моих братьев и сестры, и вот теперь я совсем одна... У меня нет больше забот, но отчего меня это не радует?

Мы вернулись в спальню. Я дрожала всем телом. В помещении было холодно, другой холод поднимался из глубин моей души, он был мне знаком, этот холод страха. Девочки улеглись быстро, накрывшись тонкими приютскими одеялами. Несмотря на то, что в комнате было холодно, руки у девочек лежали поверх одеял.

Под подушкой я обнаружила длинную ночную сорочку из сурового полотна, надела ее и тоже скользнула в жесткую постель. Сестра Тереза, придирчиво окинув всех взглядом, остановила взгляд на мне.

– Изабелла, руки поверх одеяла! – скомандовала своим обычным тихим голосом.

– Но мне холодно, – запротестовала я.

Сестра ничего не ответила, вместо этого так долго оставалась стоять возле моей кровати, пока я не поняла – сопротивление бесполезно.

Благословив нас на ночь короткой молитвой, монахиня выключила свет и покинула комнату. Подождав еще с минуту, я натянула одеяло до подбородка, но теплее от этого не стало. Девочки недолго шептались, минуту спустя я уже слышала мирное посапывание десятка девичьих носов.

***

Никогда прежде не задумывалась над смыслом существования, я была брошена в него, в это существование, с тысячей его забот, и мне казалось, так и должно быть. Не было у меня времени, чтобы заглядывать в себя или смотреть по сторонам, сравнивать свою жизнь с жизнями других людей, слишком много было дел, требовавших незамедлительных моих действий. Если мой внутренний взгляд и был устремлен куда-то, то, конечно же, в будущее… Оно представлялось мне…

Не могу сказать, каким именно я представляла себе мое будущее, но одно я знала наверняка: я сделаю все, чтобы не быть зависимой, моя жизнь не будет похожа жизнь моей матери. Когда мама сказала, что женщине нужен мужчина, и что нам нужен защитник, я поверила ей, но защитник, которого она привела в дом, никого не защищал, это мне приходилось защищать от него мою мать и его детей. Прав был мой отец, когда говорил, что это очень важно, получить образование и приобрести профессию, то есть, иметь свои собственные деньги, пусть даже другие считают, что удел женщины – семья и дом. Не так уж много я видела женщин с хорошими профессиями, большей частью это были портнихи, да прачки. Конечно, было бы здорово, если бы мама занималась домом и детьми и ни о чем другом ей заботиться не приходилось бы, все другое делал бы муж, но жизнь наша повернулась иначе.

При мысли об отце на меня накатила волна гнева, в следующий момент мне стало стыдно. И все же, отчего папа не поберег себя? Ах, да разве ж может женщина положиться на мужчину? Даже если он благороден и добр, даже если он любит семью, как любил нас мой отец, все равно… Круг интересов мужчины выходит далеко за пределы семьи, ему хочется быть завоевателем, героем, войны тоже ведут мужчины.

Когда случился тот обвал в шахте, мой отец погиб, потому что бросился спасать товарищей, тогда и его засыпало вместе с другими. Мне говорили, я должна гордиться моим отцом. Я и горжусь… Он во всем был необыкновенным человеком. Ах, если бы он только знал, что моя жизнь и жизнь моей мамы тоже рухнут жертвой того обвала! Но разве бы это что-либо изменило? Нет! Как подлый человек не может пойти против своей натуры, так и хороший человек не может перешагнуть через свое благородство. Об этом лучше не думать. Знаю, если бы мне пришло в голову поделиться с кем-нибудь такими моими мыслями, никто бы меня не понял.

Теперь моя решимость покинула меня. До сих пор я делала то, что делать было необходимо, выполняла то, чего никто кроме меня сделать не мог, я была в постоянном движении, некая сила удерживала в равновесии мой мир, и вот все рухнуло. Нет больше у меня ни дел, ни сил, ни самого этого мира, все кануло, ушло в прошлое, впереди – пустота.

В этот момент, кажется, впервые за мою короткую жизнь я осознала всю силу моей любви к матери. Прежде не было у меня времени думать о любви, время свое я делила между домашними заботами и учебой. Нет у меня больше забот, как нет ничего, что я могла бы назвать своим. Моя мама умерла. Пусть она уже давно не могла заботиться обо мне, но как это, оказывается, важно, когда есть на свете кто-то живой, кто любит тебя, кто дорог тебе, кто-то старший, на кого ты можешь опереться, пусть даже только в мыслях. Важно само это чувство, важно, знать, что такой человек есть. Пусть он болен, пусть прикован к постели, но он живет, дышит, он твой…

Был у нас наш домик, у меня была моя крошечная коморка за загородкой, моя кровать, мои книги, моя одежда, а теперь… Какой бы нищей ни была моя прежняя жизнь, по сравнению с тем, что меня окружало теперь… Теперь у меня не было ничего.

Лежу я на казенной кровати под пропахшим карболкой казенным одеялом, и даже мое тело не принадлежит мне, я не имею права держать мои руки там, где мне хочется. Я лишилась моей жизни. Пусть не очень счастливой, пусть полной трудов и забот, но это была моя жизнь, жизнь свободного человека, все, что я делала до сих пор, делала я потому, что считала это нужным и верным.

Предаваясь таким тяжелым мыслям, всматривалась в зловещие тени, двигавшиеся по стенам комнаты. С улицы доносился шум проезжавших мимо редких автомобилей и цоканье лошадиных копыт.

Близилось утро. Уснула я тяжелым сном.

***

В половине шестого загремел колокол, зовущий на утреннюю молитву. После молитвы строем отправились в столовую. На длинном столе, по обе стороны которого стояли грубо отесанные скамьи, нас ждал скудный завтрак: мутный чай в эмалированных кружках, хлеб и яблочный джем. Разговаривать за столом было запрещено. Девочки переглядывались, посылая друг другу им одним понятные сигналы. Попытки перешептываться в тот же момент вежливо пресекались тихим и строгим голосом монахини:

– Тихо, сударыни!

Собрав посуду, отнесли в мойку и отправились в классы. Главным предметом был Закон Божий. Все четыре Евангелия я знала наизусть. Когда я была маленькой, а мама была здорова, она часто читала мне вечерами Святое писание. Позже я читала его ей и детям. С Ветхим заветом я тоже хорошо знакома.

Что еще можно преподавать в женской школе? Конечно же, рукоделие, домоводство, кулинарию. С рукоделием опыта у меня никакого, рукоделие для тех, у кого есть досуг, а домоводство я могла бы преподавать сама – лучше, чем кто-либо другой могла бы научить, как не умереть с голоду, имея совсем скудные средства.

Интересовали меня лишь немецкий и математика, особенно математика, но на эти предметы отводилось совсем мало времени. Уроки математики были сведены к ведению домашней бухгалтерии, короче, это была простая арифметика, а меня интересовала настоящая бухгалтерия, так сказать, промышленная. Моя учительница в школе не раз повторяла, что с профессией бухгалтера нигде не пропадешь, безработных бухгалтеров не бывает, да и женщинам эту профессию иметь не возбраняется.

Немецкий... Когда человек умеет четко, ясно и грамотно излагать свои мысли, отношение к нему совсем другое, это я поняла давно.

***

Учитель математики, суховатый, неулыбчивый господин в старомодном сюртуке, поначалу с большим недоверием отнесся к моему рвению, а потом все же сказал:

– А вас, юная госпожа Штейнер, я попрошу задержаться после уроков, и когда мы остались одни произнес каким-то противным гоном, – вот мы сейчас и проверим, таковы ли ваши успехи в моем предмете, как вы утверждаете.

– Я прошу вас об этом, господин профессор, – ответила я с преувеличенной скромностью, не люблю, когда со мной так разговаривают.

Короче, устроил мне профессор настоящий экзамен, а в конце пробормотал, опустив уголки рта так, словно был чем-то недоволен:

– Да..., не ожидал, не ожидал, – и добавил потеплевшим тоном, – так, так... и что же прикажете мне с вами дальше делать?

– Мне хотелось бы изучить бухгалтерское дело, – сказала я просто.

– И для чего оно вам нужно, позвольте спросить?

Странный вопрос. Неужели трудно понять, что он имеет дело с человеком, которому предстоит зарабатывать себе на жизнь самому! Не похоже, чтобы сам он был богат, раз ходит в таком сюртуке. Бедняки должны понимать друг друга. Но вслух сказала:

– Для того, чтобы найти хорошую работу. Не хочу я быть прачкой, понимаете? И швеей быть тоже не хочу!

– Так, так…, – повторил он, – не хотите, значит… Что ж, прекрасно, прекрасно…

Девушек в этой школе готовили для работы на швейной фабрике. Мы и теперь уже трудились после обеда по четыре часа в день рядом со взрослыми, с той лишь разницей, что зарплату нам не платили, ее забирали как плату за кров и стол.

На следующий день профессор принес несколько книг по бухгалтерскому учету.

– Вот, юная госпожа Штейнер, это для вашего досуга. Только прошу вернуть их мне в таком же безупречном виде, – сказал он своим обычным сухим голосом, и добавил, – ах да, я выхлопотал для вас разрешение пользоваться монастырской библиотекой, так что читайте книги там и оставляйте на столе, не берите их с собой в спальню.

В библиотеке оказалось много книг не только богословского содержания, но времени на чтение у меня не оставалось. Зато чувство одиночества смягчилось, мысли мои стали занимать совсем другие вещи.

Не в моем это характере, мечтать о каком-то там нелепом светлом будущем, думаю я о конкретных, практических вещах. Понимала, что даже если мне повезет и я найду работу, забрать малышей из приюта до моего совершеннолетия мне вряд ли удастся. Пусть даже новый, как его там, красный бургомистр Вены и развернул жилищное строительство для рабочих, но мне и здесь ничего не обломится. До совершеннолетия помышлять о каких-то своих правах бессмысленно, а мне всего четырнадцать… Неужели еще долго придется сидеть в этой серой норе, работать без зарплаты, все делать по чужой указке?! Закипая от негодования, собирала себя в кулак, старалась не противоречить монахиням, понимала, это ни к чему не приведет, а точнее, приведет к тому, что я и вовсе окажусь на улице.

Мысленно составляла для себя два списка – в один вносила все, что ненавидела в этом приюте, а во второй – все те преимущества, которые давала мне эта моя новая ситуация, а они были налицо. Прежде всего, это кров и кусок хлеба, а главное – здесь я могу продолжить образование, раз уж в гимназию мне попасть не довелось. Чем больше я буду знать, тем тверже надежда, что я сумею выбраться из нищеты. Способности у меня есть, мне нужны знания. Милый мой папочка, я не подведу тебя, верь мне!

***

– Какая же ты худая, – проронила Ильза, когда мы умывались над длинным желобом, в который из отверстий в трубе едва сочилась холодная вода.

Надо было торопиться, воду включали всего на несколько минут.

– Ну и что?

– Это так некрасиво. Посмотри, у тебя живот совсем провалился, к спине прилип.

– Ну и? – спокойно сказала я, – зато у тебя брюхо висит, как у беременной козы.

Живот у Ильзы был в полном порядке, но надо же было как-то ответить!

– Что ты такое несешь, где у меня брюхо? – растерялась Ильза и на глазах у нее появились слезы.

Это просто удивительно, до какой же степени ранимы люди, которые, не задумываясь, ранят тебя!

– Да не обижайся ты на эту зазнайку, – пренебрежительно фыркнула Биргит, – ты же знаешь, у них, у деревенских гусынь, нет понятия об этике.

– Этике?

– Да откуда гусыням знать, что это такое!

– Я деревенская гусыня? А вы в таком случае город-ские индюшки, —произнесла я беззлобно, спорить с ними не хотелось, просто надо было что-то сказать.

– Что, как ты нас обозвала? – с этими словами Ильза ткнула куском мыла мне в лицо и тут же захныкала, как недоумок какой, – где, где ты видела у меня брюхо? По-кажи!

Мне это надоело, я пошла к выходу, но эти две кури-цы загородили мне дорогу. Чтобы пройти, пришлось их раздвинуть. Сделала я это не слишком нежно, в резуль-тате Ильза успела схватиться за умывальник, а Биргит буквально влипла в стену. Такой силы они от меня не ожидали. Да я и сама не ожидала. Как, впрочем, не ожи-дала и того, что они побегут жаловаться.

– Расскажи, как это произошло, я хочу услышать от тебя, – настаивала сестра Сильвия.

– Они вам уже все рассказали, мне нечего добавить.

Оправдываться мне не хотелось.

– Верно говорят, что ты зазнайка!

Сказав это, монахиня покраснела и отвернулась – этим сестрам нельзя произносить осуждающие слова, но человек есть человек.

Кончилось тем, что меня отвели в темную комнату с деревянным настилом, на котором валялось тонкое оде-яло. Вначале я была даже рада, наконец-то смогу побыть одна. Страдала я в этом приюте не столько от скудной еды и солдафонской дисциплины, сколько от отсутствия личного пространства, здесь редко появлялась возмож-ность побыть одной.

Легла на деревянный настил, укрылась одеялом и сразу заснула. Не знаю, как долго спала. Потом лежала в блаженной истоме, наслаждаясь тем, что никто не стоит надо мной. Из-под двери сочилась полоска света, по ней время от времени пробегала тень. Как же я ненавидела эту привычку монахинь двигаться бесшумно, неожи-данное появление человека за моей спиной меня пугало.

Так прошло немало времени. Я отдыхала от всего и от всех. И лишь позже появилось легкое беспокойство. Точнее сказать после того, как ко мне вернулись силы, меня начало тяготить мое вынужденное безделье. Все мое существо требовало дела, а здесь ни книжки, ни листка бумаги, к тому же темно, если не считать слабого луча света под дверью.

Вдруг дверь слегка отворилась и на уровне пола в нее просунулась рука с кружкой, на которой лежал кусок хлеба. Дверь тотчас снова захлопнулась.

Это повторялось несколько раз с большими промежутками времени. Мне трудно было понять, сколько времени провела я в этом уединении. Томление становилось невыносимым. И вдруг во мне проснулся страх. Тот самый, уже знакомый мне страх одиночества. Был он так силен, что меня затошнило. И снова это противное чувство пустоты под ложечкой! Голод тоже порождает страх. Животный страх. Страх одиночества и страх за жизнь сплелись воедино и превратились в панику. В отчаянье колотила кулаками в дверь, но никто не откликнулся на мой зов. Обессиленная, сползла на пол и впала в забытье.

Когда я открыла глаза, мне пришлось зажмуриться таким ярким показался свет. Дверь была распахнута. Сестра Лидия, совсем молоденькая монахиня, склонилась надо мной. Пытаясь привести меня в чувство, она слегка похлопывала меня по щекам:

– Да очнись же ты, наконец!

Я села, провела руками по лицу, по волосам, словно хотела убедиться, что я все еще жива.

***

– Пойдем со мной, – приказала монахиня.

Длинными коридорами привела меня в келью. Это была беленая комнатка с опрятной кроватью, с добротным шкафом и небольшим столом, на котором лежали два яблока и стояла тарелка с творожной запеканкой.

– Элизабет, вы можете поесть, – сказала сестра и указала мне на стул.

Эта монахиня, единственная, время от времени улыбалась, порой ей трудно было прятать улыбку. Ничего, зло подумала я, здесь ты быстро растеряешь свое жизнелюбие.

Сквозь затянутое кисеей окно можно было разглядеть лишь неясные силуэты домов на другой стороне улице, ничего больше не было видно.

Молча принялась за еду. По мере того как теплый творог ложился в желудок, чувствовала, как жизнь возвращается в мое тело, наполняя его негой. Когда доела последнюю крошку, сестра спросила участливо:

– Лизхен, не хочешь рассказать мне, что случилось, отчего у вас вышла ссора?

Меня передернуло от этого слова «Лизхен», так меня еще никто не называл.

Не придавая значения происшествию, его я уже давно забыла, в двух словах передала наш обмен мнениями по поводу домашних животных.

– Неужели она так и сказала, что ты некрасивая?

– А мне что до того? Мне плевать, красивая я или нет, у меня есть заботы поважнее.

Умышленно употребила грубое слово, я была зла на весь мир. Да и не хотелось обсуждать эту тему. Ни одной женщине не безразлично, красивая она или нет, но не могу же я признаться в том, что сама считаю себя некрасивой. Единственное, чем я могу похвастать, это мои густые светлые волосы. Ах, да, еще мне нравилось, как наливается и становится упругой моя грудь. А в остальном... Худая и бледная, и живот у меня действительно прилип к спине, и лицо вытянуто по вертикали, как на византийской иконе, такие лица не называют миловидным. Миловидна моя сестренка Катрин, с ее круглым личиком и ямочками на щеках.

– Это неправда, – возразила сестра Лидия, – ты по-своему очень даже привлекательна.

Меня смутили ее слова, смутил ее тон, смутило и то, что сказано это было монахиней. Раве для монахини красота, это не красота внутренняя, духовная?

– Ты истомилась там, в темноте, на жестком ложе, – сказала она, – хочешь, приляг на мою кровать, она тоже не слишком мягкая, но все же получше… А я пока снесу вниз посуду.

Она накрыла тарелку салфеткой и вышла из комнаты. Получается, монахиням разрешается брать еду в кельи. После теплой запеканки меня разморило и я прилегла. Засыпая, спрашивала себя, с чего это вдруг она такая добрая.

Не знаю, долго ли я спала. Проснулась от чужого прикосновения. Открыла глаза и увидела, что сестра Лидия лежит рядом со мной, и, опершись головой на согнутую в локте руку, смотрит на меня. Заметив, что я проснулась, она откинулась на подушку. Я снова закрыла глаза. И тут ее рука легла на мою грудь. Это еще что такое? Я замерла, буквально притворилась мертвой, у меня даже дыхание остановилось. Неужели она не женщина? Переодетый мужчина? Но она совсем не похожа на мужчину. Приоткрыв один глаз, попыталась разглядеть следы тщательно выбритой щетины на ее щеке, но ничего такого не обнаружила, кожа у сестры Лидии была нежной, как у ребенка. Это окончательно сбило меня с толку. Ее рука какое-то время без движения лежала на моей груди, а потом вдруг я в ней появилась легкая дрожь. Так дрожала рука Отто, когда он пытался меня лапать. Да она просто ненормальная! Больная! Ей не в монастырь, ей в психушку надо!

Смутно вспомнилось что-то, о чем тайком шептались девочки в классе и меня захлестнул стыд. На смену стыду пришла ярость. Стиснув зубы, едва сдержала себя, чтобы не залепить ей, как в свое время залепила отчиму. Вместо этого, резко перевернувшись на живот, ногами вперед сползла с кровати.

– Ну, уж хватит!

Это было все, что я могла сказать. Слова застряли у меня в горле.

Сестра Лидия села на кровати, выпрямив спину.

– Ты меня неправильно поняла, – сказала твердо, но с легкой дрожью в голосе, а в глазах мелькнула тень страха.

Я гневно молчала, до сих пор толком не понимая, что же произошло.

Мгновение спустя, монахиня окончательно овладела собой и произнесла обычным своим ровным голосом:

– Надеюсь, ты не собираешься клеветать на меня!

Наверное, мой взгляд был красноречивее слов. Она опустила голову, а я направилась к двери. Моя рука уже лежала на ручке, когда я повернулась и сказала с такой улыбкой, когда улыбаются одни только губы:

– Сестра Лидия, вы были очень добры ко мне, я вам очень благодарна.

Если честно, не понимаю, зачем люди идут в монахи. Что ими движет? Запереть себя в женском или в исключительно мужском окружении… Неужели эти женщины и мужчины не мечтали о том, чтобы иметь семью, детей? Даже мне этого хочется, несмотря на то, что жизненный мой опыт вполне мог бы отвратить меня от одного только слова семья. До сих пор семья означала для меня лишь горе и непосильный труд. Ах, нет, знала я и другую семью, когда был жив мой отец! О любви я тоже мечтаю. Не теперь, конечно, а когда-нибудь, в будущем. Не о принце на белом коне мечтаю я, а о хорошем работящем парне, таком, как я сама, который будет любить меня, как мой отец любил мою маму.

***

Вскоре я забыла об этом происшествии, но сестра Лидия, похоже, не забыла. Понимаю, ей хотелось избавиться от меня как от свидетеля ее, так сказать, грехопадения. Думаю, это она разыскала Отто. Когда мне сказали, что кто-то хочет меня видеть, я очень удивилась, ведь у меня никого не было, кто мог бы мною интересоваться. Меньше всего ожидала увидеть отчима. Какую еще гадость задумала эта свинья, было моим первым вопросом.

Увидев его в комнате для свиданий, повернулась, чтобы уйти, но Отто побежал за мной, схватил за руку:

– Мне сказали, ты здесь, мне необходимо тебя видеть.

– Вот и увидел!

– Да постой же ты!

– Зачем я тебе? Кто тебе сказал, что я здесь?

Невидящим взглядом смотрела куда-то в стену, мне неприятно было видеть его физиономию.

– Неважно. Есть на свете добрые люди. Знаешь, я нашел для тебя работу, – заговорил скороговоркой, – если тебя, конечно, интересует, и я снял квартиру, так что могу забрать тебя из приюта.

– Почему меня? – спросила я, – а твои дети?

– О них мы позаботимся позже.

– Что значит мы? Это твои дети!

– А ты все такая же! Чуть что, сразу злишься.

Сказал он это странным тоном, словно моя злость его радовала.

Мысль о том, чтобы снова оказаться под одной крышей с отчимом, была мне отвратительна, но и оставаться в этом приюте не было больше сил. В тот момент мне казалось, все что угодно будет лучше этого ужасного дома.

Отто ушел, а у меня появилось чувство, будто он унес с собой все мои силы. Захотелось кинуться ничком на кровать и разреветься в голос, но сделать этого я не могла, днем заходить в спальню не разрешалось, здесь вообще ничего не разрешалось.

Осточертело ходить строем, осточертело подчиняться приказам, осточертело все! Наш день расписан по минутам. Что это, если не казарма? Конечно, у меня была возможность просто уйти, сбежать отсюда, но куда? Где и на что я буду жить? На панель? Может, Отто и правда нашел для меня работу? Ни с одной из девочек мне так и не удалось подружиться, задушевной подруги, как у других, у меня не было. На переменах или в перерывах между работой девочки собирались стайками, о чем-то тихо переговаривались, но стоило мне приблизиться и попытаться включиться в разговор, как они замолкали или вовсе расходились по разным углам. Не понимаю, отчего они меня так невзлюбили. Тогда и я оставила свои попытки, впрочем, не слишком переживая по этому поводу, у меня и раньше не было подруг, на досужее времяпрепровождение у меня никогда не было времени.

Ильза и Биргит остались победительницами в той истории, тем не менее, продолжали меня ненавидеть, они-то и настраивали других девочек против меня. Для них я была зазнайкой, выскочкой, мои успехи в учебе рождали в их сердцах злобу. Ну что ж, пусть! Не собираюсь я никому угождать, и не стану менять себя ради того, чтобы кому-то понравиться.

***

Не прошло и недели после визита Отто, как я уже сидела на табурете в его квартирке в венском рабочем квартале Фаворитен, состоявшей из небольшой комнаты с кухонной нишей и крошечной душевой, туалет был на лестнице. В комнате была всего одна кровать.

– Где собираешься спать ты?

Отто растерянно глянул на кровать.

– Что? – взъярилась я.

– Нет, нет, ты неправильно меня поняла, – испуганно пробормотал Отто, – вот здесь, за дверью есть раскладушка, как раз вчера купил на барахолке.

– Так, на раскладушке спишь ты! – сказала я и добавила, – и только посмей ко мне приблизиться, сам знаешь, что будет.

– Как была чумная, так и осталась, – вздохнул Отто, – когда же ты наконец повзрослеешь?

– Твое счастье, что я еще не повзрослела, – успокоила я его злым смешком.

Стол был покрыт старой клеенкой в зеленую и коричневую клетку, окно занавешено какой-то серой тряпкой, на подоконнике лежала дохлая муха. Господи, час от часу не легче! Долго оставаться здесь у меня тоже не было сил. Ну и что мне делать дальше?

На ужин Отто поджарил кусок свинины с картошкой и сделал салат. Раскошелился! После монастырской еды это был пир. Ели молча. Говорить мне с ним было не о чем. Он поднялся, достал из шкафчика начатую бутылку дешевого белого вина.

– Тебе налить?

Поколебавшись, сказала:

– Немного. Попробовать.

Вина я еще никогда не пила. Отто налил себе полный стакан, а мой наполнил до половины. Вино было кислым, я скривилась.

– Отто, мне нужна работа! Немедленно!

– Что значит, немедленно?

– А вот то и значит. Ты же сказал, что нашел для меня что-то, работы я не боюсь, я привыкла.

– Ладно, у меня, и правда, есть кое-что на примете, – сказал он с глубоким вздохом, очевидно, я убивала его последнюю надежду, – но ты сначала выпей!

– Не хочу! – огрызнулась я и выплеснула остаток вина в тазик с грязной посудой.

Отто вспыхнул, но промолчал, насупился.

Вечер прошел в молчанье.

Перед тем, как лечь в постель, пошарила глазами по комнате в поиске, так сказать, оружия самозащиты. На тумбочке лежали заржавелые ножницы, взяла их и сунула под подушку. Отто, заметив мое движение, пробормотал себе под нос какое-то ругательство.

Наутро ушел, не сказав ни слова, вернулся к обеду, уже пьяный.

– Поехали, я отвезу тебя.

Глава третья

Трактир «Золотой лев» на южной окраине Вены был довольно большим заведением. В это время дня в обеденном зале гостей было немного, занято было лишь несколько столиков. Позже я слышала, как хозяин хвалился, будто именно в этом трактире был взят в плен Ричард Львиное сердце. Выдумка, конечно, решила я, но раз это привлекает гостей, то пусть будет так.

Хозяин оказался неразговорчивым мужчиной лет тридцати пяти, высоким и очень худым, с тонким и печальным лицом. Оглядел меня без особого энтузиазма, но ничего не сказал, только одно плечо у него дернулось. Это была его привычка выражать недоумение.

– Йозеф, отойдем в сторонку, – сказал Отто, взяв хозяина за рукав.

Они пошли к двери, а я осталась стоять у стойки, за которой расположились раковина для мытья стаканов и пивной кран. Шеренгами на внутренней полке стояли винные стаканы, рюмки и пивные кружки. Позади стойки по всей стене красовались полки с бутылками разных форм и цветов. Справа от стойки, в торцовой стене было прорублено окошко, ведущее в кухню. Трактир представлял собой довольно большое помещение со стропилами под потолком и широкой лестницей, ведущей на галерею, где я насчитала шесть дверей. Очевидно, это были комнаты для гостей. Позже выяснилось, что несколько гостевых комнат располагалось также в пристройке во дворе.

Разговаривали они недолго, Отто быстро вернулся, сунув что-то в карман, вид у него был растерянный, но довольный.

– Останешься здесь, – сказал, – будешь помогать, заниматься уборкой и делать все, что скажет хозяин. Понятно? Жить тоже будешь здесь.

– Сколько он тебе заплатил, за сколько ты меня продал? – спросила я так громко, чтобы слышал хозяин, пусть не считает меня дурой.

– Не твое дело! Отвяжись! – злобно бросил Отто и скрылся за дверью.

Йозеф отвел мне каморку, вход в которую был с хозяйственного двора, помещение было таким крошечным, что места хватило лишь на узкую кровать и тумбочку. Шкафа не было, крючки для одежды были прибиты к внутренней стороне двери. Ладно, это не важно, вещей у меня все равно нет. Зато окошко выходило в сад и сквозь него в комнату проникали косые солнечные лучи, отбрасывая трепещущую вязь теней на пол. В этой убогой комнатушке на мгновение почувствовала я себя счастливой, хорош или плох этот уголок, но он теперь мой, это – мое крошечное нищее царство. После казенного приюта это было чудесно.

***

Одиночество – странная штука, оно может заставить тебя страдать, но оно же и приносит утешение. То есть, я хочу сказать, быть одной, это еще не значит быть одинокой. Одиночество оно не снаружи, оно внутри тебя, порой оно засыпает, и тогда лучше его не будить. Сколько бы людей тебя ни окружало, прогнать твое одиночество может только один человек, тот, кого ты любишь. Таким человеком в моей жизни был мой отец. Когда он был жив, я не знала одиночества. Кто теперь сможет изгнать одиночество из моей души? Когда я в мире с самой собой и все складывается так, как мне того хочется, я не одинока, у меня есть я. В монастырской библиотеке, сидя над книгами, я не чувствовала себя одинокой. Получается, лучшее лекарство от одиночества — это труд, сию простую истину постигла я давно. Когда ты занята делом, у тебя нет времени на раздумья, и это хорошо. После того, как мама вышла замуж за Отто, не было у меня человека, с которым я могла бы поговорить о моих бедах. Подруг у меня тоже не было, на свободное, радостное общение с другими людьми нужно время, а его у меня никогда не было. Оставались только книги, было время, когда- читала их урывками, по ночам .

Предаваясь таким раздумьям, наводила порядок в моей коморке, протерла пол, помыла окно, перекинула матрас через подоконник для просушки, после чего вернулась в трактир.

– Сегодня можешь отдыхать, за работу примешься завтра, – сказал Йозеф и снова глянул на меня так, будто уже жалел о том, что я здесь, отвернулся и стал дальше протирать стаканы.

Я пошла в сад. Обошла вокруг дома, он был очень стар, но вполне крепок, во всем чувствовалась хозяйская рука. Вдоль забора протянулась поленница, там же был большой сарай и еще какие-то постройки.

Сад был огромен, и он был прекрасен. Трава в это время года была еще по-весеннему светлой и листва на деревьях тоже того нежного цвета, который ласкает душу. Весна – мое любимое время, все во мне просыпается весной, мне кажется, я становлюсь частью этой пробуждающейся природы, а это значит, я уже не одна, я часть чего-то большого и важного.

Пробивавшиеся сквозь листву солнечные лучи рисовали на траве золотистые узоры. На столе под старой яблоней кто-то забыл газету. Это была „Illustrierte Kronen Zeitung". Жадно принялась за чтение. В пансионе газет не было, и я понятия не имела, что происходит в мире. А в мире продолжал свирепствовать экономический кризис. Это не новость! Германия кипела страстями. Она всегда кипит. Какой-то Гитлер возглавил националистическую партию, астрологи предсказывали ему великое будущее. Пф! Астрологи! А мне? Кто-нибудь предскажет мне мое хорошее будущее?

Вспомнила о малышах, что там с ними? У них тоже нет рядом любящего сердца, спят они под казенными одеялами и приласкать их некому. Как нам выбраться из беды?! Нет, сейчас не время об этом думать! Мысль о несчастных детях парализовала мое сердце. Думать надо о работе, которая у меня появилась, о здесь и сейчас, о том, что будет через неделю или через месяц, но не далее того.

Часы отдыха не всегда приносят облегчение, порой свободное время начинает сводить тебя с ума, ты задумываешься над жизнью, а этого делать нельзя. Сейчас этого делать нельзя ни в коем случае! Поднялась, направилась в здание. Йозеф все еще стоял за стойкой, наводил чистоту.

– Позвольте мне, – сказала я, бесцеремонно потеснив его от раковины.

Он отступил и озадаченно глянул на меня, вытер руки полотенцем.

– Сколько вы заплатили ему за меня? – спросила напрямую.

– Откуда ты взяла, что я ему что-то заплатил? С какой стати?

– Я знаю Отто! Предупреждаю, не воображайте, будто я глупа. И планов никаких строить не советую.

Кажется, он понял, что я имела в виду, глянул на меня странно и не нашелся, что ответить.

***

Два гостя подошли к стойке, потребовали фруктовой водки. Было утро, а они уже едва держались на ногах.

– Может, не стоит, парни, – произнес Йозеф своим тихим, бесцветным голосом.

– Стоит! – сказали те хором.

– Ладно, – согласился Йозеф и потянулся за бутылкой, – садитесь к столу, я принесу.

Вдоль стойки стояли высокие стулья, это была дань новой моде, пришедшей из Америки, но Йозеф явно не любил, когда посетители сидели за стойкой. Налил доверху две стопки, поставил их на поднос вместе с тарелкой, на которую кинул два куска черного хлеба с толстым слоем смальца, направился к гостям.

– Закуска в подарок, – услышала я его слова.

Он что, добрый, удивленно подумала я, хозяева ресторанов не бывают добрыми.

– Ты новенькая? – услышала женский голос за спиной.

Молодая, хорошенькая официантка, поставив на барьер поднос с грязными стаканами, беззастенчиво разглядывала меня.

– Я – Тереза, а вон та, светленькая, – она указала на другую официантку, – Анализа, а у окошка Гитти.

– Элизабет, – коротко ответила я.

– Не слишком ли ты молода для такой работы? Может, стоило бы начинать с кухни?

– Мне скоро семнадцать, – солгала я, – просто я выгляжу моложе.

Тереза взглядом дала понять, что моим словам не поверила. Это ее дело! На кухню я не пойду. Что угодно, только не кухня! То же самое я сказала Йозефу, в ответ он пожал одним плечом, потом вымолвил:

– Обслуживать посетителей ты не будешь!

– А я и не собираюсь. Кроме кухни здесь много другой работы.

В мои обязанности теперь входила прежде всего уборка зала и комнат, мытье полов, чистота в баре. Делала я все по-хозяйски, быстро, не дожидаясь распоряжений. Йозеф не скрывал удивления, одна бровь у него тянулась вверх:

– Да ты расторопная девчонка! Хотя по твоей внешности этого не скажешь.

– Прошу не называть девчонкой и как там еще, у меня есть имя!

Далась им моя внешность!

***

Вскоре Йозеф, оценив мои способности и трудолюбие, стал наваливать на меня все новые задания, но даже когда одна из официанток заболевала, гостей обслуживал он сам. Впрочем, Йозеф делал много такого, что хозяину при наличии персонала, казалось бы, делать не пристало. Он был трудолюбив, как енот, но радости в работе не находил. Особенно досадовал, когда приходилось составлять финансовый отчет. Эти дни он безвылазно проводил в темной каморке, которую называл своим кабинетом, и в это время к нему лучше было не приближаться, он становился злым, мог накричать, чего в другое время не делал. Подолгу бился над счетами и накладными, слагал и вычитал, бормоча страшные проклятия в адрес «красного муниципалитета» с его налогами и Бог знает кого еще. Закончив работу, выглядел несчастным, вконец изможденным.

Несмотря на внешнюю угрюмость, Йозеф любил, чтобы вокруг него было много людей, одиночества он не выносил, трактир был его жизнью. Гости тянулись к ему, несмотря на его неразговорчивость, ласково называли его Сеп, типичное венское производное от Йозефа, так обычно называют детей. Сеп был к тому же отличным поваром, что и делало трактир чрезвычайно привлекательным для посетителей. Еда была добротная, можно сказать, домашняя, порции обильные, и это при сравнительно невысоких ценах. Короче, дела шли хорошо, несмотря на экономический кризис.

– Надо бы почистить полки за стойкой, – сказал Йозеф утром, когда я убирала зал, и отправился в кладовую за лесенкой.

Начала с верхней полки. Юбку пришлось подоткнуть, не то запутаешься и чего доброго свалишься. Повернулась, чтобы ополоснуть тряпку и заметила, что Йозеф смотрит на мои ноги. В ответ я так зло глянула на него, что он отвернулся, сделав вид, будто смотрел куда-то в другое место. Тереза увидела это, метнула в меня яростным взглядом.

После обеда подошла ко мне со словами:

– Он мой, он принадлежит мне, и нечего сверкать тут своими тощими ляжками!

– Да на здоровье! А мне он нужен? – рассмеялась я в ответ.

Мне бы разозлиться, а я пожалела эту дуру. Терезе лет чуть больше двадцати, она хороша собой, но Йозеф никогда на ней не жениться. А почему, собственно? Что заставило меня так подумать? Не знаю, это было просто чувство. Мне этот Йозеф не нужен! И вообще! После этой свиньи Отто мужчин я презираю.

Ревность Терезы меня развеселила. Получается, она увидела во мне соперницу, а это значит… Может, я вовсе и не такая уж невзрачная, как мне кажется. Все равно мне никто не нужен, о любви я не думаю, на это у меня нет времени. И все же, знать, что ты можешь кому-то понравиться, это приятно, наверное, каждой женщине. В моем возрасте любая девчонка уже хотя бы раз была влюблена, и даже в пансионе, под строгими взглядами монахинь девочки шептались о своих влюбленностях. Что это за чувство такое – любовь? Я имею в виду любовь к мужчине. Любила я моего отца, его я люблю и сейчас, пусть даже его давно нет в живых. Любила маму, люблю малышей… А Йозеф… Да разве ж в таких влюбляются? Во-первых, он старый, во-вторых, некрасивый, к тому же он мой хозяин… Стать хозяйкой этого заведения, если он на мне женится? Ах, нет! Только не такой ценой! Йозеф дает мне кров, еду и заработок, и я ему за это благодарна, пусть даже мне приходится вкалывать с утра до ночи, как ломовой лошади, но этому я даже рада, свободное время меня пугает, работа защищает от тяжких мыслей…

Часть моего заработка уходила на гостинцы малышам. Нечасто удавалось их навещать. Потом, пришлось потратиться на два новых платья и на белье. Остальные деньги откладывала, их было немного, но я рада была и этому.

В таких трудах минул год.

***

Привезли вино, а Йозеф куда-то запропастился, с поставщиками обычно разбирался он.

– Не могу я здесь стоять, – торопил шофер грузовичка, – меня ждут другие клиенты!

Пыталась уговорить его подождать, но он грозился просто сбросить товар на землю.

– Нет, так не годится! – настаивала я, но парень артачился.

И тогда я решилась:

– Хорошо, разгружай и давай сюда накладные!

Смерив меня презрительным взглядом, белобрысый паренек в сердцах сунул мне в руку несколько бумажек, после чего начал выгружать корзины с бутылками, переложенными соломой. Просмотрев столбцы цифр, пересчитала корзины и начала пересчитывать бутылки, заодно проверяя пробки и этикетки.

– Давай, давай, расписывайся, мне пора дальше! – торопил парень.

Что-то было не так, подозрительным показалось и то, что водитель так сильно нервничал. Тогда я начала снова пересчитывать бутылки, их оказалось меньше, чем в накладной. В ответ на мои слова лицо у парня покрылось алыми пятнами, его светлые, почти бесцветные глаза смотрели на меня с ненавистью:

– Ты, пигалица, сначала сама научись считать!

Я ничего не ответила, просто смотрела ему в лицо. Не выдержав моего взгляда, он начал сам пересчитывать бутылки.

– Этого не может быть, – пробормотал в фальшивом недоумении, хотя прекрасно знал, что бутылок не хватает.

Тут наконец появился Йозеф.

– Что происходит?

– Тебя не было, а водитель торопится, у него другие клиенты, вот я и решила проверить. Теперь разбирайся сам. Бутылок не хватает, а у двух повреждены пробки, – сказала я и не преминула добавить, – наверняка это уже не в первый раз.

Получается, Йозеф не пересчитывал бутылки, полагаясь на честность поставщика. Ты вообще нормальный, хотела спросить, но вовремя прикусила язык.

– Ну и что? Ты уверена? – по обыкновению флегматично переспросил Йозеф.

– Да, уверена, – разозлилась я.

Йозеф задумался, потом произнес так же спокойно:

– Ладно, продолжай!

Сам отошел к стене, закурил и внимательно следил, как я, не торопясь, еще раз пересчитала бутылки и уже собралась внести исправления в накладную.

Тут парень остановил меня:

– Подожди, дай поговорить с хозяином!

Йозеф взял бумаги из моих рук, а я отправилась к своим делам.

***

Вся моя жизнь протекала в стенах этого трактира. После обеда с полчаса отдыхала в саду, слушая шелест листвы и пение птиц, вдыхая ароматы лета, в эти минуты мне удавалось ни о чем не думать, я становилась частью прекрасной природы, и сердце мое наполнялось грустной радостью.

Недавно мне удалось добиться, чтобы малышей перевели в другой приют, условия там были получше и он был ближе к Вене, тем не менее, навещать их мне удавалось не так часто, как хотелось бы. Короче, кроме этого трактира с его неразговорчивым хозяином и не слишком приветливыми официантками у меня ничего не было. Зато обязанностей прибавлялось с каждым днем, работала наравне со взрослыми, а то и больше. Йозеф, похоже, ценил меня, он даже повысил мне зарплату, что не могло не вызвать ревности, особенно у Терезы. Меня их ревность не трогала, я привыкла жить без любви, так что отсутствие чьей-либо привязанности не слишком меня волновало.

Ни для кого не было секретом, что Тереза частенько оставалась ночевать у Йозефа. Однажды среди бела дня я застала их на заднем дворе за поленницей…. К счастью, они были так увлечены, что я успела скрыться незамеченной. Признаюсь, какое-то время все же смотрела, как загипнотизированная. Делали они это стоя, могло показаться, они борются друг с другом, при этом Йозеф рукой прикрывал рот Терезы, чтобы заглушить ее стоны. Тела их двигались так, словно не наслаждение пронизывало их, а боль. На мгновение мне показалось, будто и я принимаю участие в этой оргии, голова закружилась, в животе стало жарко и беспокойно. Ушла в сад, легла на траву, пытаясь унять дрожь во всем теле, прошло немало времени, прежде чем я смогла вернуться к работе.

На Йозефа я после этого долго не могла смотреть, мне было стыдно. Постепенно воспоминание стерлось, притупилось, в конце концов, я всегда знала, что мужчины и женщины делают это, просто мало думала об этой стороне жизни. Теперь во мне пробуждалось новое любопытство.

Гостевые комнаты Йозеф сдавал не только приезжим, он мог пустить кого угодно на пару часов, это был нелегальный бизнес, из-за которого у него могли возникнуть неприятности не только с финансовой полицией, но и с полицией нравов. Не укрылось от меня и то, что Йозеф приторговывал контрабандными сигаретами и выпивкой. Когда я напрямую сказала об этом, он ничего не ответил, а на следующий день сказал, что прибавляет мне жалования.

Что ж, мне это на руку. Честно говоря, интересовал меня только мой заработок, мне нужны были деньги. Деньги – это путь к независимости. Держать в руке пачку купюр, это совсем особое чувство, казалось, будто эти бумажки сами по себе обладают какой-то магической силой, особенно если банкноты новенькие, не побывавшие в употреблении. На эти деньги я могла бы купить себе кучу красивых вещей, но я не торопилась, они у меня будут. Всему свое время. Пришлось устроить под кроватью тайник, выломав одну из половиц, и все равно держать деньги в комнате было небезопасно. И тогда я решилась отнести накопленную сумму в «Первый банк», о котором так много писали газеты, его считали самым надежным сейфом, к тому же, деньги положенные в банк, приносили новую прибыль в виде процентов.

***

На подоконнике в кабинете Йозефа громоздились горшки с геранью, они застили и без того скудный свет, сочившийся из окошка, выходившего на улицу. Йозеф сидел, согнувшись над бухгалтерскими книгами, и уже по его спине было видно, как он несчастен. Третий день бился над отчетом, дебет у него по обыкновению не желал сходиться с кредитом. Я знала, почему: он ненавидел эту работу, забывал своевременно регистрировать квитанции, не очень аккуратно вел книгу прихода и расхода, в результате накладные и счета копились, что приводило его в отчаянье.

– Приехал мясник, – сказала я, чуть приоткрыв дверь.

– Хорошо, сейчас выйду, – простонал Йозеф и поднялся со стула.

– Можно, я посмотрю, что у тебя там? – спросила я.

– Смотри, смотри, – своим обычным безразличным тоном вымолвил Йозеф. – Можно подумать, ты что-то в этом смыслишь!

– Считать я умею, – проронила я, – у меня были пятерки по математике.

Йозеф тяжело вздохнул и даже не глянув на меня отправился к мяснику, а я погрузилась в бумаги. Быстро нашла три неточности, стала копаться дальше. Йозеф долго не возвращался, за это время я успела во многом разобраться. Занесла в книгу накладные, которые нашла не в той папке, где им полагалось быть, подбила предварительный итог, стала просматривать записи прошлых месяцев, невольно прикидывая в уме, сколько нужно денег, чтобы открыть свой ресторан, совсем маленький такой ресторанчик. По ходу обнаружила другие ошибки. Когда Йозеф вернулся, указала ему на них. Он долго молчал, глядя в записи, потом вымолвил:

– Вот и хорошо, продолжай!

***

С этого дня отношение Йозефа ко мне изменилось, он снова прибавил мне жалования и даже разрешил брать из кухни ту еду, какую мне хотелось, а не вчерашние остатки, которыми питался персонал, и за которые нам, тем не менее, приходилось отдавать часть жалования.

Великодушие Йозефа вызвало во мне ответное чувство благодарности, пусть даже я и понимала, что труд мой стоит большего. Ревность моих коллег приобретала черты ненависти, но открыто ненавидела меня только Тереза. Анализа и Гити, напротив, лебезили передо мной.

Еще два официанта – Георг и Лукас – приходили в вечерние часы, когда трактир был полон. В то время как женщины выполняли разную работу, включая уборку и перетаскивание корзин и ящиков с продуктами, мужчины занимались только обслуживанием посетителей и зарабатывали больше женщин потому, что мужчины, как правило, получают более щедрые чаевые, так уж устроена эта жизнь.

Высокий, полноватый Лукас был женат, у него было трое детей, а Георг был холост. Молодой, симпатичный и улыбчивый, этот парень бил все рекорды чаевых.

– Вот и жених для тебя, – кивнула Тереза в его сторону.

– А почему не для тебя?

В мои пятнадцать лет я считала себя вполне взрослой, но мысли о замужестве меня не занимали, детей рожать я не собиралась. Слишком хорошо знала я цену семейной жизни! Мама моя верила в любовь, и что из этого вышло? Золушка всегда останется Золушкой: муж не будет уважать тебя, если ты бедна.

***

Было уже за полночь, но посетители не желали расходиться. Я убирала посуду с освободившихся столов.

– Эй, девочка, подойди-ка сюда, – раздался голос у меня за спиной.

Мужчина обращался ко мне, но я не повернула головы. Тогда он поискал глазами Аннализу, та уже сама направлялась к его столу.

– Что вам угодно? – спросила заученно учтивым тоном.

– Вон ту, маленькую мне угодно, – сказал мужчина пьяным голосом, покусывая обвисший ус и указывая большим пальцем в мою строну.

– Я тоже могу выполнить вашу просьбу, – произнесла Анализа, держа наготове блокнот и карандаш.

Тот оглядел ее с ног до головы, что-то промычал и шлепнул по ягодице. Анализа никак не отреагировала на шлепок, просто спросила:

– Желаете что-нибудь заказать?

Я понесла поднос на кухню.

Посмел бы он меня шлепнуть! Получил бы подносом по пьяной башке!

Управившись с посудой, сняла передник. Все, на сегодня хватит! Перед тем как уйти к себе увидела, как Анализа сняла с крючка ключ от одной из комнат и как они с Йозефом обменялись взглядами. Завтра она отдаст Йозефу часть заработанных денег. Кругом все одно и то же! Йозеф, впрочем, никого ни к чему не принуждал, Терезу он тоже не принуждал с ним спать.

***

Наутро в трактире царило возбуждение. Девушки с особым рвением занимались уборкой, а повар с удвоенным энтузиазмом советовался с Йозефом по поводу меню. Один лишь Йозеф не испытывал радости, лицо его было по обыкновению хмурым.

– Что случилось? Сегодня приезжает Филипп? – спросила я.

Йозеф сухо кивнул в ответ.

Теплая волна прошла по моему телу.

Дверь на улицу оставалась распахнутой, через нее в помещение бил столб солнечного света, и вдруг в этом столбе вырисовался знакомый силуэт, лица я не видела, но узнала его сразу. Вошедший сделал пару шагов, да, это была его походка, полная какой-то кошачьей упругости. Еще шаг, и вот я уже вижу его лицо, красиво очерченный нос и губы по-юношески припухлые, прядь черных вьющихся волос падает на высокий бледный лоб.

Филипп заметно моложе брата.

Бросил на пол объемистый баул, поднял кверху руки и заключил Йозефа в крепкое объятие:

– Рад тебя видеть!

Йозеф остался стоять, не сделав движения навстречу, на его лице отразилась вымученная улыбка.

– Добро пожаловать, братец! – вымолвил наконец бесцветным голосом.

Они похлопали друг друга по спине.

– Остальной багаж заберешь из машины, – сказал Филипп и пошел здороваться с девушками.

Трудно поверить, что эти двое братья, так не похожи они друг на друга, разве что оба рослые, но один худ, бледен и неулыбчив, а другой – загорелый атлет, цветущий и улыбающийся. Даже когда лицо Филиппа оставалось серьезным, в уголках его губ таилась улыбка. Перед обаянием этого мужчины трудно было устоять даже мне.

– Ты обедал? – спросил Йозеф.

– Я голоден, как волк! Пусть кто-нибудь отнесет мои вещи в мою комнату.

Йозеф поискал глазами Анализу, кивнул ей, та подняла с пола брошенный Филиппом баул и потащила его по лестнице наверх, где была комната, принадлежавшая Филиппу, ее никто никогда не занимал. Минуту спустя Анализа прошла в бельевую и вернулась со стопкой свежего белья.

Филипп устроился за столиком в углу, это был его столик. Вскоре к нему стали присоединяться неизвестно откуда взявшиеся молодые мужчины и женщины. Филиппа всегда окружает множество друзей. Йозеф тоже присел к столу, но участия в беседе не принимал.

***

Засыпая в ту ночь, думала о Филиппе. С первой нашей встречи заставил он зазвучать в моем сердце струну, о существовании которой я не подозревала. Каждый раз радовалась его появлению и грустила, когда он уезжал. Меня он не замечал. Да разве ж такие как он смотрят на таких, как я?!

Наутро, когда мыла стаканы, заметила, как Анализа выскользнула из его комнаты. Стакан треснул у меня в руке, осколки застряли в полотенце. Я готова была запустила ими в эту шлюху. Впервые я ревновала…

Филипп спустился к завтраку. Анализа обслуживала его с обычной своей деловитостью, по их виду невозможно было догадаться, что ночь они провели вместе. Значит, это не любовь.

На следующее утро Филипп снова исчез, Йозеф, похоже, был рад отъезду брата. Глянул на меня так, словно пытался прочесть мои мысли, он часто смотрит на меня таким взглядом. В такие моменты я начинала его ненавидеть. Мои мысли никого не касаются. Я делаю свое дело, и этого достаточно! Впрочем, мне и самой не слишком-то хотелось заглядывать в свои мысли. О Филиппе думала я часто, чаще, чем мне самой того хотелось. Засыпая, вспоминала его улыбку, она плыла надо мной, согревая сердце. Новые фантазии рождались в моем мозгу…

***

В час послеобеденного затишья вышла в сад, села на скамейку. Тоненькой трелью пела какая-то птичка в листве над моей головой, в траве жужжали шмели, пышные кусты лаванды, высаженные вдоль стен, источали душный аромат лета, белесое небо проливало на землю ленивый покой, окутывая все вокруг ласковой и нежной истомой. Я задремала и привиделось мне что-то приятное. Очнулась оттого, что кто-то сел рядом. Это была Анализа.

– Ты часто сидишь здесь одна.

– Отдыхаю, а что, нельзя? – процедила сквозь зубы, пытаясь вспомнить, что же такое мне снилось.

Разговаривать не хотелось, бывают моменты, когда не хочется никого видеть, ни с кем говорить, когда душа просит только покоя.

– Завтра снова приезжает Филипп, – сказала Анализа.

– Ну и что? – произнесла я деланно равнодушно, потом добавила, – ты давно его знаешь?

– Всю жизнь. Мы здесь все местные, ты одна пришлая.

– Чем он вообще занимается? – решилась я задать вопрос, который меня давно занимал.

– Чем занимается…, – задумчиво повторила Анализа и замолчала, потом продолжила, – трудно сказать, тем и этим. Привозит какие-то вещи, такое, чего у нас не купишь…

– Контрабанда?

– Не знаю, не спрашивай, это не мое дело.

– Они братья, а такие разные!

– Да, очень разные. Они всегда были разными, – оживилась Анализа, и тут ее словно прорвало, она начала рассказывать о семье хозяев.

«Золотой лев» достался братьям в наследство от родителей. Понимая абсурдность положения с двумя хозяевами, братья пришли к такому решению: трактир отходит Йозефу после того как он выплатит Филиппу его долю. Но то ли дела шли не так уж хорошо, то ли Йозефу мешала его прижимистость, короче, он до сих пор должен брату приличную сумму. Долг его тяготил, казалось, в душе Йозеф был зол на брата за этот долг. Это и понятно, в то время как братец мотается по свету, живет в свое удовольствие, заводит друзей и обольщает женщин, появляется в трактире, как красное солнышко, Йозеф вынужден вкалывать, обслуживать гостей, биться за каждый шиллинг.

– Он женат?

Я имела в виду Филиппа, но Анализа переспросила:

– Кто, Йозеф? Был женат. Жена сбежала от него с каким-то французом. Говорили, будто она любила Филиппа, хотя тот был тогда еще малолеткой, и вышла за Йозефа, чтобы быть поближе к младшему брату. А ему-то на что старуха?

– Почему старуха?

– Ей было тогда двадцать пять, а ему шестнадцать!

– Она была красивая?

– Да, очень.

– А Филипп?

– Что Филипп?

– Филипп женат?

– Насколько мне известно, нет. Но о нем ничего нельзя сказать наверняка. С виду душа нараспашку, а что там, в той душе, один Бог знает. Разное говорят.

– Что именно говорят?

Я не унималась, мне хотелось знать о Филиппе все.

– Да все это сплетни! Не хочется повторять. Жизнь у них тоже нелегкая. Их родители… Отец пил, поколачивал мамашу, правда, поговаривают, было за что.

– Что значит, было за что? – вскипела я.

– Бывает! Не горячись! Ладно, расскажу.

Оказывается, «Золотой лев» достался матери от ее родителей, она была здесь хозяйкой, поэтому делала, что хотела, а у мужа характер был жесткий. Филипп был маминым любимчиком. Не был он похож ни на мать, ни на отца, зато Йозеф – вылитый отец, и в родительских ссорах всегда занимал сторону отца. А мать за своего любимчика, за Филиппа готова была любому глотку перегрызть. За себя постоять не очень-то умела, но когда дело касалось Филиппа, превращалась в ведьму, даже муж пугался ее в такие моменты. В округе поговаривали, будто Филипп слишком уж похож на одного итальянца, который частенько останавливался в «Золотом льве», когда приезжал в Австрию охотиться на лис.

– Моя мать говорила, – продолжила Анализа, – будто у него с матерью Филиппа была большая любовь, мать даже собиралась развестись, продать трактир и уехать в Италию. Так бы оно и было, но любовник вдруг странным образом исчез. Уехал на охоту и не вернулся. Даже вещи не забрал. Все решили, нагулялся и сбежал голубь залетный. Вскоре после этого родился Филипп, а два года спустя в газетах писали, будто в охотничьих угодьях найден труп мужчины, опознать его было невозможно, его обглодали звери. Мать была уверена, это он.

– А потом?

– Что потом? Все осталось, как было. Только мать теперь жила исключительно одним Филиппом. Рос он балованным, своевольным, но страшно сообразительным. Детьми мы часто вместе играли. С девчонками он начал гулять лет с четырнадцати, да они сами на него вешались, и даже те, что были старше него.

– И ты тоже?

– Да, и я тоже, – ответила она обескураживающе просто и продолжила, – с отцом отношения у него были неважные, отец его терпеть не мог. А потом Филипп вдруг исчез, ему еще не было семнадцати. Позже признался мне, что колесил по Италии. Мать, впрочем, знала, где он. Моей матери она однажды сказала, что собирается завещать «Золотого льва» одному Филиппу. Да, это жестоко. Видать, не успела написать завещание, они с мужем умерли внезапно от свирепствовавшего тогда гриппа. Но я вот что думаю…

Анализа замолчала. Долго смотрела куда-то вдаль, словно забыла вдруг обо мне. Я не торопила. Наконец она продолжила:

– Знаешь, я не удивлюсь, если Филипп спрятал или уничтожил завещание. Он, конечно, парень не промах, но сердце у него доброе и брата он любит, ему не хотелось делать из брата врага. Деньгам он придает мало значения, он уверен, что всегда заработает себе на жизнь. На хорошую жизнь. Это, конечно, лишь мои догадки, но я знаю Филиппа с детства. Филипп, конечно, своего не упустит, и если он действительно порвал завещание, то не из одного лишь благородства, в душе он боится одиночества. Брат, это все же, какая-никакая, а семья!

Значит, у них шли разговоры о наследстве, и мать ничего не скрывала, раз уж даже с соседкой была так откровенна. Филипп не торопит брата с возвратом долга. Получается, бразды правления держит младший брат... На мгновение мне стало жаль Йозефа.

***

Анализа замолчала, потом взглянула на солнце:

– Ох, засиделись мы тут. Пора!

– Да, пора.

– Смотрю я на тебя, Лиза, семижильная ты что ли? Ты вообще когда-нибудь устаешь?

– Нечего жаловаться, ты тоже не из слабеньких!

Не выношу, когда жалуются, когда сравнивают себя со мной. Какой в том толк, все равно своей жизнью ни с кем не обменяешься, а зависть способна сожрать человека заживо, она создает врагов.

Теперь понятно, отчего Йозеф такой неулыбчивый. Для мужчины любовь матери это все. Всем для меня была любовь моего отца. В детстве я много смеялась, просто радовалась жизни, а потом радость оставила меня.

Йозеф неплохо ко мне относится, мне не на что жаловаться, а какие у него отношения с братом, меня это не касается.

Когда Филипп приезжает, все мое внутреннее внимание приковано к нему. В его манерах есть что-то такое, что мешает поверить, будто он сын простого трактирщика. Все его друзья тоже не из простых. Филипп легко завоевывает симпатии.

Заметила я также, что нравятся ему зрелые женщины, с пышными формами, такие, как Анализа. У худосочной малолетки вроде меня шансов привлечь его внимание нет. Ну да ладно, у меня есть дела поважнее! Думала я о Филиппе чаще всего перед сном. Фантазировала, будто мы женаты и мы выкупили у Йозефа «Золотого льва». Если бы такое случилось, что сделала бы я в первую очередь? Ну, прежде всего, убрала бы из зала все лишнее, поставила несколько дополнительных столов…

Как всегда, мысли мои быстро переливались в деловое русло.

***

Филипп приехал и уехал, и все снова потекло своим чередом.

– Йозеф, – сказала я однажды утром, – а что если нам расширить зал?

Он глянул на меня так, словно я предложила ему полететь на Луну.

– Элизабет, – сказал наконец с легкой улыбкой, – занимайся своим делом. Ты здесь не хозяйка!

– Как знаешь, – пожала я плечами и сделала вид, будто обиделась, и даже шмыгнула носом.

Пару дней спустя Йозеф распорядился поднять шкафы на антресоли и иначе расставить столы, таким образом освободилось место еще для четырех столиков. Похоже, он считал, будто идея принадлежала ему.

– Как здорово ты все это придумал, – сказала я с деланным восхищением.

– Элизабет, не злись, я знаю, иногда в твою маленькую головку приходят неплохие идеи. Ты же знаешь, как я тебя ценю. Хоть ты и мала, но стоишь парочки взрослых.

Говоря это, он положил руку мне на плечо.

Резким движением я сбросила его руку и сказала:

– Суть моей идеи, собственно, заключалась не в этом.

– А в чем, можно узнать?

В его голосе прозвучала ирония.

– Хорошо бы сломать кладовку и устроить в зале танцплощадку.

– Свихнулась ты что ли? Наши клиенты не танцуют, – убежденно отрезал Йозеф.

– Ничего, затанцуют, – ответила я. – Кроме того, явятся новые. И в саду можно сделать летнюю танцверанду и там тоже поставить столики, летом люди задыхаются в помещении. Посмотри, сколько места пропадает, а какая красота вокруг, красоту, к слову, тоже можно продавать. Но ты прав, я здесь не хозяйка, а деньги тебе не нужны.

– Ладно, посмотрим, – пробурчал он в ответ.

– Музыка привлекает посетителей, – не унималась я.

– Оркестр? О Боже, еще одна бредовая идея!

– Йозеф, – сказала я поучительным тоном, – если ты хочешь побольше заработать, ты не должен скряжничать. Оркестр нужен такой, который будет играть не только народные песни, но и чарльстон с фокстротом.

Йозеф закатил глаза:

– Ты – глупая девчонка! Иди, прими товар, там, кажется, привезли овощи.

– Прекрати называть меня девчонкой!

С поставщиками все чаще приходилось разбираться мне. Оценив мои способности и мое бесстрашие, Йозеф стал перекладывать на меня те задания, от которых у него самого – по его словам – болела голова. Мне это было на руку. Мне важен был мой заработок. Да и ощущение собственной власти – штука тоже хорошая. Пусть небольшой, пусть иллюзорной, но все же власти. Поставщики поначалу не принимали меня всерьез, и даже открыто подсмеивались надо мной, отпускали шуточки, пытались облапошить, но быстро поняли, что не на ту напали. За глаза называли меня маленькой ведьмой. Плевать! Пусть лучше ругают и бояться, чем хвалят за доброту и глупость. Видать, не прошел даром мой опыт со свиньей Отто, его не боялась, и с этими наглецами тоже разберусь без особых трудностей, главное, не позволить себя запугать, всегда оставаться начеку. А от моего внимания не ускользнет ни одна цифра, ни одна бутылка вина, ни один корень сельдерея, так уж устроен мой мозг.

***

Тот день я никогда не забуду, с того дня все и началось – мое унижение и горькое мое счастье.

Приехал Филипп.

– Добро пожаловать, братец, – приветствовал его Йозеф так, словно действительно был рад.

С этими братьями не поймешь, они то любят, то ненавидят друг друга.

Меня Филипп заметил лишь после того, как в «Золотом льве» началась перестройка и он услышал, как я отдавала распоряжения рабочим. Смотрел на меня, не скрывая удивления.

Надо сказать, когда приезжал Филипп и в трактире появлялись его друзья, все вокруг преображалось. Эта публика сильно отличалась от наших завсегдатаев. Молодые люди были одеты по последней моде, явно не скупились на парикмахерские, и по всему было видно, что тяготы экономического кризиса их едва ли коснулись. Филипп тоже любил красивую одежду и знал в ней толк. Одевался неброско, но дорого и со вкусом, отдавая предпочтение черному цвету. Его темные, слегка вьющиеся волосы были откинуты назад, а смуглая кожа хранила загар даже в зимние месяцы.

– Налей-ка мне стопочку, Элизабет!

Филипп уселся на высокий табурет у стойки.

– Тебя ведь зовут Элизабет, не так ли?

– Чего вам налить?

– Обстлер![1]

Я наполнила стопку и поставила на картонный кружок с изображением Венской ратуши.

– Давно ты здесь работаешь? – спросил Филипп, улыбаясь.

Ни фига себе! Он что, до сих пор меня не видел? Ах, эта его улыбка! Горячая волна прилила к моему сердцу.

– Давно, – ответила с внутренней обидой и отвернулась, стала наводить порядок на полке.

Получается, до сих пор я оставалась для него невидимкой.

– А ты, я вижу, не очень разговорчивая…

– Почему, разговорчивая!

– Я слышал, замечательные идеи рождаются в твоей маленькой головке.

– Не такая уж она и маленькая.

– Сколько тебе лет?

– Семнадцать, – соврала я, на самом деле мне еще не было шестнадцати, и добавила с вызовом, – ну и что?

Никогда не чувствовала я себя ни маленькой, ни молодой, беды старят быстро.

– Маловато, – с сожалением произнес Филипп.

– Для чего маловато?

Он не ответил. А я вдруг оробела. Осознав, что смущение отразилось на моем лице, смутилась еще больше.

[1] Фруктовая водка

– Простите, господин Вольф, – вымолвила тихо, – мне нужно в кладовую.

***

Когда я вернулась, Филиппа у стойки уже не было. Стопка с обстлером осталась нетронутой. Со двора донесся звук мотора и громкий девичий смех, колеса зашуршали по гравию. Подошла к открытой двери и увидела удаляющийся «Бентли» с открытым верхом. За рулем сидел Филипп. Девушки устроились на коленях у мужчин, смеясь, повязывали волосы пестрыми косынками. Сколько же их туда набилось?

Когда заведения вроде нашего закрывались, увеселительные клубы в городе распахивали свои двери.

Над темными зубцами леса, прорезавшими все еще светлевшее небо, висела полная луна. Лунный свет серебрил бежавшие в вышине темные клочки облаков, лился на верхушки деревьев и на крыши домов.

Лет мне маловато! Для чего маловато? Пусть я худая и тонкая, но ростом я чуть повыше моих сверстниц.

Порой казалось, Йозеф заискивал перед братом, хотел ему понравиться, мне это было странно, ведь старшим был он. И все же, он любил Филиппа. По-своему, конечно, но любил. А Филипп… Филипп ладил со всеми. Ссор между братьями не было. Какими бы разными они ни казались, оба обладали сильными характерами. Йозеф был молчаливым и упорным, Филипп – веселым и непреклонным. Братская любовь… Братское соперничество… Наблюдая за моими младшими братьями, замечала в них и то, и другое. Бывает, братское соперничество связывает крепче любви, каждому из них необходимо превзойти другого, они друг для друга – планка, которую необходимо взять. Что ж, конкуренция укрепляет характер.

Йозеф был старшим, но обстоятельства сделали его зависимым от младшего брата, а великодушие Филиппа лишь усугубляло чувство зависимости. Благодарность… Вряд ли Йозеф испытывал это чувство по отношению к Филиппу, ведь ему приходилось с утра до ночи трудиться в поте лица, в то время как Филипп раскатывал на собственном автомобиле в окружении красивых женщин, свободный и независимый…

Наводя порядок в кабинете Йозефа, присела к столу. Смотрела в окно. Между геранями отчаянно билась о стекло громадная зеленая муха, громко жужжа, она искала выход. Ее жужжанье раздражало меня и я отодвинула горшки, распахнула окно. В каморку ворвался поток свежего воздуха.

Возраст… В беде человек взрослеет быстро. Мое детство кончилось слишком рано, так что лет мне действительно больше, чем на самом деле.

Не считал ли Йозеф мое трудолюбие, мою старательность признаком моей любви к нему? Хозяину всегда хочется, чтобы работники служили ему верой и правдой, как солдат отечеству.

А я… Счастливой я была бы, если бы трудилась на себя. И только на себя… А пока… Жадно училась всему, что мне пригодится потом, приобретала новый опыт, который поможет мне в будущем завести мое собственное дело. Это и была моя мечта. Нет, не просто мечта, это был мой план. Но с чего начать? Где взять денег? Как ни экономь, того, что мне удавалось отложить, не хватит даже на колбасный киоск. Думать надо реально, а это значит, я должна быть благодарна Йозефу за то, что он дает мне работу. Честно говоря, вначале я ожидала, что он… Ведь эта свинья Отто продал меня ему, и я не могла знать, на каких условиях. Готовилась дать отпор, но ничего такого не понадобилось, до сих пор Йозеф вел себя по отношению ко мне почти по-отечески. Очевидно, была я не в его вкусе. Это хорошо. Особой благодарности я, правда, не испытывала, за эту его доброту мне приходилось расплачиваться нелегким трудом, отсутствием свободного времени и распухшими от мытья посуды руками. Йозеф не был моим благодетелем, я ему ничего не должна, мои трудолюбие и покладистость продиктованы страхом потерять эту работу. «Золотой лев» был в настоящий момент единственным местом, которое могло дать мне возможность выбраться из нищеты, ни о чем другом я не думала.

***

К моему удивлению, Филипп вернулся раньше обычного, «Золотой Лев» все еще был полон гостей.

– Ну, и где мой обстлер? – спросил, присаживаясь на тот же табурет.

– Сейчас налью.

– Нет, не надо. Налей-ка мне вина.

Глаза его смеялись и смотрел он на меня все с тем же любопытством. Я опустила взгляд. Он взял свой бокал и направился к Йозефу. Они присели за свободный столик и между ними завязался разговор. Филипп привозил из своих поездок напитки и сигареты, которые никак не отражались в накладных. Это был большой риск, о котором теперь знала и я. Что еще он привозил, я не знала. Занимаясь своим делом, поглядывала в их сторону. Вдруг оба, как по команде повернули головы в мою сторону, значит, разговор обо мне. Филипп знал, что Йозеф доверил мне бухгалтерию. Что он об этом думал?

Перед тем, как подняться, Филипп, понизив голос, сказал Йозефу что-то такое, отчего глаза у того потемнели, а лицо стало совсем бледным. Филипп этого не заметил, что-то напевая, направился в свои апартаменты. По пути весело мне подмигнул.

Иозеф долго оставался сидеть без движения. Наконец, встал и прошел за стойку. Поставил на поднос бутылку дорогого итальянского вина, два бокала и тарелку с бутербродами, кивнул мне, чтобы я подошла, а сам принялся нервно ополаскивать стаканы.

– Отнесешь это Филиппу, – сказал мрачно.

– Но в мои обязанности не входит обслуживание клиентов, – сказала я робко.

– Филипп не клиент, – раздраженно ответил Йозеф и добавил подавленно, – в порядке исключения.

Головы он не поднял.

Я уже взялась за поднос, когда он вдруг резко повернулся ко мне:

– Подожди!

Дальнейшее произошло молниеносно. Рука Йозефа, как была в мыльной пене, скользнула мне под юбку, крепкие пальцы, словно хищник, ринувшийся на добычу, отодвинули край моего белья и вонзились в святая святых – мое сокровенное… Я тихо вскрикнула от резкой боли. Мгновение спустя Йозеф уже стоял спиной ко мне, продолжая ополаскивать стаканы.

С испугом посмотрела в зал. Судя по всему, произошедшего никто не заметил.

– Бери поднос, – грубо скомандовал Йозеф, – и марш наверх!

Ничего не соображая, я подчинилась.

***

Переступила порог и увидела Филиппа лежащим на широченной кровати под восточным шелковым балдахином. Он был наг, лишь край шелковой простыни укрывал его бедра.

В этой комнате я еще не была, она поразила меня своей роскошью. На стенах висели картины в золоченых рамах с изображением моря и кораблей, в углу стояла мраморная статуя обнаженной женщины, мебель была резная, из красного дерева, кругом в беспорядке разбросана одежда, на столике валялись журналы в цветных обложках, и весь этот беспорядок создавал атмосферу теплоты и уюта. Я застыла на пороге с подносом в руках.

Не знаю, что увидел он в моих глазах.

– Ты меня боишься? – спросил с улыбкой.

– Нет, с чего вы взяли!

Все обрывалось у меня внутри, я летела в пропасть, и падение было нежным и сладким. У меня закружилась голова. Я не понимала, где я, кто я и что со мной. Жестом Филипп приказал мне поставить поднос на стол. Я повиновалась и собралась тотчас уйти, но ноги мои приросли к полу. Наконец повернулась лицом к двери, но Филипп остановил меня:

– Постой! Смотри на меня.

Я повернулась к нему и опустила взгляд.

– А теперь стой, не двигайся. – Смотри на меня, – ласково приказал Филипп.

Я снова повиновалась.

– Сними этот передник…

Я развязала лямки передника.

– Раздевайся, – снова услышала голос Филиппа.

Я была больше не я. Как под гипнозом, послушно начала расстегивать пуговицы. На мне было обычное народное, как его называют, платье в голубую полоску с мелкими цветочками, из материала, похожего на обои, в таких ходят девушки моего класса.

– Смотри мне в глаза, – снова потребовал Филипп.

Я сделала то, что он просил, но долго смотреть ему в глаза, это было выше моих сил, мой взгляд скользнул по его обнаженной загорелой груди с островком темных волос, дорожкой уходивших куда-то вниз. Впервые вот так открыто видела я обнаженное мужское тело. Тело Филиппа было прекрасно.

И вдруг я обнаружила, что стою посреди комнаты тоже совершенно нагая. Невыносимое чувство стыда пронзило меня. Правой рукой невольно прикрыла грудь, а левую опустила в низ живота. Филипп улыбнулся и перевел взгляд на статую, оказывается, я невольно повторила ее позу. Стыдно мне было и моей худобы. Филипп разглядывал мою грудь и мои бедра с таким любопытством, словно никогда прежде ничего подобного не видел, и вдруг поднялся так стремительно, что простыня полетела на пол, и я увидела его всего. Крепкой рукой взял меня за талию, вторую положил мне на плечо и толкнул на кровать, я буквально полетела в шелковую прохладу, это был полет сбитой на лету птицы. Упала ничком, лицом в подушки. Быстрым движением он развернул меня лицом к себе и раздвинул мои ноги. Он овладел мной, так это, кажется, называется.

Когда все было кончено, он увидел на белоснежном шелке рубиновую каплю…

– Как, разве ты?…

Он не договорил. Он был удивлен.

Значит, он думал, что я сплю с его братом.

Нет, не спала я с Йозефом, но Йозеф не мог допустить, чтобы Филипп и здесь был первым, он, по сути, изнасиловал меня там, за стойкой…

Я промолчала.

Минуту спустя Филипп снова овладел мною.

Казалось, моя жизнь отодвигалась от меня, где-то далеко остались и «Золотой лев» с его полупьяными мужчинами и женщинами, и кухня с ее тяжелыми парами, и тяжкий труд, и усталость. В ту ночь мы мало спали, но проснулась я бодрой и полной сил. Утром Филипп снова взял меня. Ах, соблазнителем был не он, соблазнитель сидел во мне, это мое желание не могло противостоять желанию Филиппа.

Вот так, незадолго до моего шестнадцатого дня рождения рассталась я с моей невинностью. Это судьба, сказала я себе, а с судьбой не поспоришь.

***

В тот же день Филипп снова уехал.

Когда он направился к машине, мне хотелось кричать. Побежать за ним, броситься на шею, сказать… За всю ночь мы едва перекинулись парой слов, на это у нас не было времени.

Филипп включил мотор, улыбнулся мне на прощанье, помахал рукой… А во мне словно все умерло. Я испытала чувство… Это было похоже на ненависть. Я любила его и ненавидела.

Ненавидела я и Йозефа, я просто кипела от негодования. Хотелось сказать ему все, что я думаю, хлопнуть дверью и уйти навсегда. И тут я испугалась. Испугалась себя. Боялась, что меня действительно прорвет, что скажу что-нибудь такое, после чего мне придется покинуть это место. К счастью, целый день Йозефа в трактире не было, он уехал куда-то спозаранку. Вернулся к вечеру и был нетрезв. Обычно пил он мало, выпивал рюмку-другую с гостями вечером, пьяным я видела его впервые. Не сказав ни слова, взял из бара бутылку вина и ушел к себе.

С каким-то остервенением мыла я в тот день все, что попадалось под руку, терла, переставляла предметы, перемывала стаканы, два стакана раздавила в руках, такая обуревала меня ярость. Работала так, словно имела дело с врагом.

К вечеру испытала смертельную усталость и меня сморило. Ушла в сад, забралась подальше, где меня никто не мог видеть, легла на траву и смотрела в небо. Солнце уже касалось верхушек деревьев. Глубокая синева неба проникала мне в душу. Этот мир так огромен! А где-то далеко есть, наверное, и другие миры, другие планеты, на которых живут другие девушки… Природа и там так же прекрасна, и жизнь так же жестока и равнодушна… У природы свои законы, она не выставляет оценок, это делают люди. Закрыла глаза и погрузилась в легкую дрему. Филипп… Прошедшая ночь… Йозеф… Что это было? Злость моя постепенно таяла. Что ж, что случилось, то случилось, придется с этим жить…

Налетевший вдруг порыв ветра заставил меня очнуться. Тяжелая грозовая туча быстро надвигалась с юга, она уже закрыла половину неба, еще минута и сияющий диск солнца пропал. Надо было подняться, уйти в дом, но я не шевельнулась. Взгляд мой был прикован к черному чудищу там, в вышине, оно уничтожало гармонию этого мира. Шквальный порыв ветра яростно сорвал с дерева охапку листьев и бросил мне в лицо. В тот же момент тяжелые дождевые капли тысячами молоточков, застучали по земле. Одежда моя за минуту насквозь промокла, под спину побежали холодные струи, лишь тогда я вскочила и побежала переодеваться.

Дождь кончился так же быстро, как начался.

Вечерний наплыв гостей. Я наливала напитки, наполняла пивные кружки, пробивала чеки за кассой, в такие вечера на размышления времени не остается.

– Когда у тебя выходной? – спросил Георг, беря со стойки подготовленный для него поднос.

– Выходной? – удивленно переспросила я. – Какой еще выходной? А тебе зачем?

– Думал, поедем в Пратер… Хотел тебя пригласить…

– Гм, – неопределенно ответила я.

Тереза поставила пустой поднос на стойку.

– Элизабет, быстро, два коньяка и четыре кружки светлого!

Пока я наливала пиво, она как-то очень уж внимательно смотрела на меня, перевела взгляд на Георга, какая-то мысль мелькнула в ее глазах. Мысль была ей приятна, она улыбнулась довольной улыбкой.

После полуночи, вконец обессиленная, отправилась к себе. Было жарко, разделась донага и нырнула под тонкое одеяло. Память оживила чудесный запах тела Филиппа, я застонала от нежности и тоски, и тут же провалилась в глубокий сон. Мне снился Филипп, он снова меня любил, я изнемогала в его объятиях. Ощущение было таким реальным… И вдруг поняла, это не сон.

Открыла глаза и быстро снова их закрыла. Нет, нет, пусть это будет всего лишь дурной сон! Йозеф лежал на мне и делал со мною то же, что прошлой ночью делал со мною Филипп. Я попыталась его оттолкнуть, но он крепко держал обе мои руки в своих худых, тем не менее чудовищно крепких руках. Я извивалась всем телом, пытаясь освободиться, но это лишь еще более его распаляло. Наконец он застонал и откинулся на подушку.

Мне казалось, на меня накинули сеть и опустили на дно озера. Все вокруг поплыло, острое чувство вины, ненависти и полного бессилия парализовало меня.

– Никогда не думал, что скажу эти слова еще кому-нибудь в жизни, – произнес Йозеф и стал целовать мои лицо, руки, шею, я ощутила влагу на моей коже, это были слезы, его слезы, – я люблю тебя. Знаешь, я берег тебя. Я собирался на тебе жениться, а теперь… Вот, я сам отдал тебя ему, – шептал он голосом полным отчаянья. А я лежала, как парализованная, не шевельнулась и когда он снова проник в меня.

***

А потом, на следующий день… Растерянность, чувство вины и стыда… Как, как могло такое произойти? Со мной! Ведь я не из тех, кто так легко… Ах!

– Не закрывай сегодня дверь, – шепнул мне Йозеф, – я приду…

– Только попробуй! – прошипела я в ответ.

Йозеф застыл от неожиданности.

Я была зла. На кого я злилась? На себя? На Йозефа? На Филиппа? Для них обоих я – просто вещь, бездушная вещь, с которой можно вот так, не считаться… Во мне закипала ненависть. Ненависть и желание мести. Они оба мне за это заплатят! Прошло немало времени, прежде чем улегся первый шквал отчаянья и ненависти, и тогда я поняла, что иного выхода у меня нет, мне предстоит смириться с моим положением. Боролась с желанием новой близости с Филиппом. По вечерам, засыпая… Видела нас в его постели, на шелковых простынях, под этим смешным балдахином… Рука моя непроизвольно тянулась туда, где влажно и горячо…

***

Перестройка «Золотого льва» почти закончилась. Лето выдалось жаркое. Гости сидели на террасе, выходившей в сад, а Йозеф с довольным видом выслушивал комплименты по поводу его прекрасной идеи. Да, конечно, его идеи!

Музыкантов найти было нетрудно, дала объявление в газету «Ищу саксофониста» и наутро перед «Золотым львом» меня уже ждало несколько человек. Выбрала щупленького паренька с говорящей фамилией Кляйн[2], узкое и бледное его лицо перевешивал несоразмерно большой нос, зато когда он улыбался, лицо становилось прекрасным, а главное, играл он, как бог, если, конечно, я что-то понимаю в музыке.

– Как я вам благодарен, госпожа Штайнер, - сказал паренек, чуть замялся, потом добавил, – только, понимаете…

– Что я должна понимать? - спросила с напускной суровостью.

– Один саксофон, это не звучит, то есть, весь вечер только саксофон, это как-то не… Было бы хорошо играть вместе с другими инструментами…

– Оркестр?

– Хорошо бы, – смущенно сказал Кляйн, – целый вечер одно только соло на саксофоне… Оркестр, это всегда хорошо, пусть совсем небольшой… Контрабас, ну, скажем, и скрипка…

– А она красивая?

– Кто? – не понял Кляйн.

---

[2] Klein: маленький *(нем.)*

– Ваша скрипачка?

Парень опустил голову.

– Контрабасиста вы тоже знаете?

Вечером они играли в саду, где была устроена танцплощадка. Публика была в восторге. Протяжно пел саксофон, ему нежно и страстно вторила скрипка, серьезным басом отвечал контрабас. В такт музыке что-то запело и в моей душе. Что ж, жизнь, прекрасна, будь она неладна!

Саксофон, это модно, а значит… Эх, не могу я не думать о деле.

– Не слишком ли много ты на себя берешь? – шипела Тереза, – сопли еще не просохли, а уже хватаешься за такие дела! Как будто у Йозефа нет никого постарше и поумнее?

– Ты имеешь в виду себя?

Если раньше Тереза старалась прятать свою ненависть, то теперь ее враждебность становилась открытой. Что бы я ни сделала, все вызывало у нее насмешки. Впрочем, другие официанты тоже поглядывали на меня не слишком дружелюбно. Ну и что? Пусть!

– Чем тебе был плох аккордеон? – пыхтел Йозеф, – это было дешевле и больше соответствовало народному стилю моего ресторана..

– Трактира! – парировала я, – не ресторана, а трактира, это теперь у тебя ресторан! Если хочешь иметь ресторан, надо менять стиль! Трактиров вокруг пруд пруди, но не все они процветают так, как теперь процветает твой. До сих пор ты выживал исключительно за счет хорошей кухни, больших порций и низких цен, но на этом много не заработаешь. Тебе нужны посетители, которые не боятся сорить деньгами.

– Господи, – воздел Йозеф руки к небу, – ну что эта соплячка понимает?! Иди, наглая, убери со стола!

Я хмыкнула, пропустив мимо ушей соплячку, тем более что его тон говорил обратное, а разве не тон задает музыку? Моя власть над Йозефом росла, он все больше доверял мне и даже советовался со мной. Вот так!

– Ладно, посмотрим, разбогатею ли я с этой твоей негритянской музыкой, – все еще бурчал Йозеф, помогая мне собирать тарелки со столов.

Рекламный щит над входом пришлось сменить на более красочный и современный. Более того, мне удалось убедить Йозефа потратиться на настоящую рекламу в газете. Совсем короткий текст придумала я: «Помолодевший «Золотой лев» приглашает гостей! Вас ждут отличная кухня, саксофон и танцы».

В выходные мест не хватало, приходилось вытаскивать из сарая старые столы и ставить их под яблонями. Звуки саксофона действовали, как магнит на всю округу. После ухода гостей Йозеф подсчитывал выручку и глаза у него становились влажными.

– Что, расстроился? – не без ехидства спросила я.

В ответ он глянул на меня таким взглядом… Деньги… Они вершат чудеса.

Конечно же, я попросила прибавки к жалованью! Зарабатывала я теперь совсем неплохо.

***

После той ночи, когда Йозеф пришел в мою комнату, он долго не осмеливался ко мне приблизиться, чувствовал обуревавшую меня злость. Злилась я на себя, испытывая свое полное бессилие, понимала, что теряю власть над своей жизнью. Как же это отвратительно, чувствовать себя жертвой! А ведь я дала себе слово, никогда не быть жертвой! И вот… Братья… Они оба… Я терялась, я не знала больше кто я. Соблазненная и изнасилованная. Был у меня иной выход? Отваги мне не занимать, но что такое отвага, когда за твоей спиной пропасть? Страх оказаться на улице, да еще в такое время, когда эти улицы забиты бездомными нищими, он был сильнее гордости. Страх делает из тебя раба. С раннего возраста приходилось мне заботиться о моих близких, не думая о себе – когда речь идет о выживании, ты делаешь то, чего от тебя требуют обстоятельства. Но за что я теперь злюсь на себя? За то, что жизнь ко мне несправедлива? За то, что выпала мне такая судьба? И тут… Кажется, впервые испытала жалость к себе. Ах, нет, так нельзя! Я не имею права… Жалость расслабляет, а мне расслабляться нельзя. Надо смотреть на жизнь как на своего рода математическую задачу, в которой четко обозначены лишь условия, а решение предстоит найти самой, исходя из конкретных условий!

Да и если подумать, не так уж и плоха моя ситуация, у меня, по меньшей мере, есть своя каморка, и еще есть сад, где можно уединиться. Тысячи и тысячи людей в этом городе работают, не покладая рук, а денег у них хватает лишь на то, чтобы снять кровать, на которой спят посменно с другими такими же горемыками.

***

Когда Филипп вернулся из очередной своей поездки, он не скрыл своего восторга, ему пришлись по душе произошедшие перемены.

– Ай да молодец, братец! – говорил он, поглядывая в мою сторону.

При всей его видимой беззаботности и кажущейся незаинтересованности, от его внимания не ускользала ни одна деталь. У Филиппа было много друзей, можно было подумать, ему не важно, с кем он, важно лишь чтобы людей вокруг было много. Вскоре я поняла, это не так, в людях он разбирался хорошо.

Спрашивала себя, забыл ли он ту нашу ночь. Нет, не забыл. Вечером взял меня за руку и на глазах у всех повел наверх по лестнице в свою комнату. Закрыл за собой дверь, и, смеясь, как мальчишка, схватил с кровати большую белую шляпу с огромным лиловым пером, нахлобучил мне на голову и подтолкнул к зеркалу.

– Смотри, как она тебе идет!

–Угу. Как корове седло! – засмеялась я, едва сдерживая внутреннюю дрожь, – очень смешно!

Ждала, что он обнимет меня, поцелует, кинет на кровать, вместо этого он кивнул на стоявший в углу огромных размеров баул:

– Вон там, бери все, что понравится. Бери все! Все твое. Я хочу, чтобы ты…

Он не договорил. Прерывисто дыша, прильнул к моим губам, прошептал:

– Без платья ты мне больше нравишься.

В романах пишут: «Они любили друг друга». Но разве можно верить тому, что пишут в романах? Авторы выдумывают небылицы для того, чтобы барышни роняли слезы умиления и советовали почитать их произведения другим барышням. Не знаю, какими словами можно выразить то, что происходило с нами. Слов для этого нет. Слова либо сладко лгут, либо все опошляют.

А потом Филипп долго разглядывал мое тело, ласкал его взглядом.

– Ты такая хрупкая, – тихо говорил он, – но эти крепкие мышцы под тонкой кожей – просто чудо. Ты еще ребенок, но ты уже женщина. Скажи, тебе действительно семнадцать, на вид я бы сказал…

– Семнадцать, семнадцать, – подтвердила я свою ложь.

– Иди ко мне. Таких страстных любовниц у меня еще не было. Знаешь, вообще-то я терпеть не могу моло-деньких девиц.

– Почему?

– Они жеманные ломаки и болтают много чуши. Но ты другая. Еще совсем неопытная, но в тебе много стра-сти.

– Жизнь у меня тоже другая, – вымолвила я с горечью.

Не хотелось этого слушать, он вроде как оценивал или прицеливался ко мне. Больно кольнула ревность – у него много женщины... Ах, зачем сейчас об этом говорить?

– А я тебе нравлюсь? – вдруг спросил Филипп.

– Ни капельки, – засмеялась я в ответ, а про себя подумала, да ты вовсе не такой неуязвимый, как кажешься.

Минуту спустя вымолвила серьезно:

– Мало тебе, что тебя все любят? Есть на свете человек, который бы тебя не любил?

– О да!

Крепкое тело Филиппа было прекрасно, кожа у него была гладкой и упругой, и весь он был такой большой и сильный, как и полагается мужчине. Чувство стыда испытала я лишь раз, той, первой ночью, когда стояла перед ним нагая. А теперь... Все, что мы делали, было точно так же естественно, как еда или сон, только доставляло еще больше удовольствия. Когда его отвердевшая и нежная плоть вонзалась в меня, все во мне оживало, казалось, облетала с меня будничная шелуха, жизнь моя превращалась в праздник.

Не скажу, что мне не хотелось романтики, поцелуев под луной, предложения руки и сердца... Но... Жизнь не спрашивает, чего ты хочешь, поэтому приходится брать то, что она предлагает, раз уж ничего другого у нее для тебя нет. Да, я чувствовала себя обманутой. Обманутой жизнью, судьбой, но я не из тех, кто льет слезы над тем, чего изменить нельзя. Раз уж мне выпала такая доля, такая вот арифметика, значит, решения принимать надо в соответствии с обстоятельствами.

Радость единения моего тела с телом Филиппа делала меня счастливой. Радость и счастье, это ведь не одно и то же?

Филипп откинулся на подушки, а я, тоже обессиленная, но, все еще испытывая неутоленную жажду близости, легла на него, опустив голову на его плечо. Аромат его пота напоминал аромат речной воды после дождя.

– Какая приятная, какая легкая тяжесть, – влажно прошептал он мне в ухо, – ты моя золотистая рыбка, я хочу, чтобы ты увидела море. Поедешь со мной в Италию?

– Ну, если ты хочешь…

Доверия к людям у меня нет. И к Филиппу тоже его быть не могло. Филипп подобен весеннему ветру, чудесному, теплому, многообещающему, сулящему радости лета, но разве можно верить ветру? Сегодня он здесь, а завтра… в чьей-то чужой постели…

Йозеф, напротив, никогда не был для меня загадкой, а Филипп… Что знала я о нем? Где пропадал он неделями, а порой месяцами? Чем занимался? Кого любил? Появлялся, как ясное солнышко, как фейерверк, был душою общества, он принадлежал всем, а это значит, никому. И мне он тоже никогда не будет принадлежать. Сегодня я ему нужна, а завтра? Да и нужна ли я ему? Ответа на этот вопрос не знал и он сам. Любовь ли это? Страсть и любовь, разве это одно и то же? В чем разница между любовью и страстью? Мы – два магнита, нас тянет друг к другу, но если поменяются полюса… Короче, иллюзий я не строила, я просто наслаждалась нашей близостью, я была в плену у природы. Мысли о том, что любовь быстротечна, делали нашу близость особенно острой и желанной. Принимала его в себя, сама переливалась в него, мое тело прекращало существовать, оно становилось частью его тела. Мы достигали апогея одновременно, тела наши одновременно бились в блаженной судороге.

Вот и теперь… Филипп перевернулся вместе со мной, подмяв меня под себя… А когда все было кончено, из моих глаз хлынули слезы.

– Ты боишься? – стал он меня утешать, – не бойся, я никуда от тебя не сбегу.

Верил ли он сам в то, что говорил? Я не имела права верить его обещаниям. Боялась новой боли. Страх и горечь разжигали мою страсть. Медовые потоки, струившиеся из его глаз, переливались в мои глаза, наполняя меня горькой радостью. Из груди моей вырывались стоны страдания и восторга. Это была плотская любовь – самая правдивая в этом мире лжи и жестокости.

***

Чемодан, что подарил мне Филипп, был полон шелкового белья и восхитительных платьев. Вечерами он хотел, чтобы я их примеряла, ему нравилось смотреть на меня, когда я кружилась перед зеркалом, а сам он возлежал на своих шелковых подушках и любовался зрелищем, как какой-нибудь султан в своем гареме. Смешно, но это делало меня счастливой. Я чувствовала себя женщиной. Желанной женщиной!

– Жаль, носить мне эти чудесные платья некуда, вздохнула я.

– Жизнь длинна, – сказал Филипп и добавил, – забирай себе все!

– Ха, куда забрать? Ты видел, где я живу? У меня даже шкафа нет, и комната меньше твоей душевой, – отвечала я, стягивая с себя синее шелковое платье.

– Люблю тебя нагую, – сказал Филипп. – Одетую тоже люблю. Хочу, чтобы ты всегда была красиво одета. Не люблю плохо одетых женщин, они меня не возбуждают.

– А я...

– Ну, ты, это дело поправимое.

– Угу! А вот эта шляпка, например, очень хорошо подойдет к швабре, которой я орудую с утра до вечера.

– Ты не должна больше брать в руки швабру, – твердо сказал Филипп. – Достаточно того, что ты ведешь бухгалтерию и Йозеф переложил на тебя поставщиков и кассу. У тебя много других дел. И талантов...

Он не договорил, потому что я закрыла ему рот поцелуем. Тогда он обрушился на меня так, словно боялся, что я убегу. Вот такого его я любила! В постели мне надо чувствовать власть мужчины...

– А с виду ты такая холодная, – говорил Филипп, – особенно когда стоишь за стойкой бара... Но я всегда чувствовал...

– Что ты чувствовал? Да ты на меня не смотрел, ты моего существования не замечал!

– Поверь, замечал! Чувствовал и замечал. Знал даже, что мой братец по уши в тебя влюблен.

Эти слова заставили меня содрогнуться. Я отвернулась.

– Повернись ко мне, – сказал Филипп, – мне надо сказать тебе что-то важное.

Я повиновалась, приготовившись к самому страшному.

– Значит так, завтра я уезжаю, а ты... Короче, оставайся жить в моей комнате!

Пуля пролетела мимо. На этот раз...

– Ты это серьезно?

– Абсолютно серьезно. Утром поговорю с Йозефом.

– Ну и что это значит, теперь я твоя... официальная... кто? Как это называется?

– А тебе важны слова?

– Да, важны.

– Скажем так, подруга жизни.

– А ты можешь себе представить, что начнется в ресторане, когда все они узнают? Да они меня сожрут!

– Ничего не бойся. Официально получишь повышение в должности, о чем завтра же будет объявлено персоналу.

– А зарплата?! – не растерялась я.

– Деловая ты девчонка, – рассмеялся Филипп, – зарплата будет такая, как ты сама скажешь.

– Вот это да!

Разговор длился недолго, но дался мне нелегко, все во мне напряглось, внутренне я горела, не могла поверить, что вот сейчас, в этот момент исполняется мое заветное желание. Все вышло так, как мне хотелось, только гораздо раньше и проще, чем я думала. Проклятье, неужели это правда?! У тебя может быть тысяча талантов, но успеха ты можешь добиться только через постель. Не могла не почувствовать себя униженной.

– У меня одно условие, – сказал Филипп тоном, от которого у меня снова похолодело внутри.

– Какое? – спросила дрогнувшим голосом.

– Обещай, мы никогда больше мы не буем говорить о делах в постели.

Уф!

– Обещать я могу, – промолвила я с улыбкой, – но когда в таком случае мы будем говорить о делах, ведь встречаемся мы с тобой только в постели.

– Хитрющая ты мартышка! Впрочем, именно такие ушлые мне и нравятся.

***

Перед отъездом Филипп поговорил с Йозефом. Вернее, он поставил его перед своим решением. Йозеф был раздосадован, это был удар по его самолюбию – снова решение принимал не он, тем не менее, противоречить Филиппу не стал. Позже вылил свое раздражение на меня. Тогда и я пошла в наступление.

– Йозеф, – сказала я, – до сих пор ты не проронил ни слова благодарности за все преобразования, которые приносят тебе солидный доход. Ты делаешь вид, будто я тут ни при чем, что все это лишь твоя заслуга. С поставщиками отладила отношения тоже я, ты видишь, теперь мы получаем лучший товар по самым низким ценам и тебя никто не смеет обманывать. Бухгалтерию ты целиком перевалил на меня. Но я вижу, что после той ночи, когда ты изнасиловал меня – я выделила голосом это слово изнасиловал – ты, очевидно, решил, что я теперь принадлежу тебе. Но ты запомни, принадлежу я только себе! И подумай, что будет, если я расскажу Филиппу, что ты со мною сделал!

Это был блеф. Блеф и шантаж. Но Йозеф не мог этого знать наверняка. Как не мог он знать и того, что мне удалось изобрести собственные мышиные ходы в его бухгалтерии, разобраться в которых могу теперь лишь я одна. Без меня он там мозги вывихнет. Не говоря уже о том, что я тайно собираю всю документацию, из которой видно, что Йозеф приторговывает контрабандой и утаивает налоги. Зачем я это делаю? Да так, на всякий случай, он ведь знает, что мне все известно.

– Фиг с тобой, рассказывай! Но Ты не будешь здесь командовать, пока я жив! – сказал, как отрезал и пошел прочь.

– Хорошо, через три дня пора сдавать финансовый отчет. Делай его сам, я увольняюсь! – закричала я ему вслед.

Йозеф ушел, а я отправилась по своим делам. Час спустя он уже сидел в своей каморке над бухгалтерским книгами, заполненными моим красивым почерком. Если он и раньше бился головой о стенку, то теперь ему пришлось и вовсе туго. Промучившись так до вечера, наутро вызвал меня:

– Не будешь ли ты так добра…

– Нет, не буду, – твердо сказала я и повторила, – и вообще, если я тебе больше не нужна, пожалуйста, можешь меня уволить, доработаю до конца месяца, а там прощай!

– Что ж…, – начал, было, Йозеф, но я его перебила:

– Не переживай, я уже присмотрела себе другое место. С моими талантами… Ты сам знаешь!

Игра заходила далеко, этот ход был самым рисковым и я это понимала. Но теперь за моей спиной была не пропасть, там стоял Филипп. Еще не поздно рассказать ему, что сделал со мной Йозеф… Чем кончится дело, я не могла знать. Крахом! Разрывам отношений между братьями? А что будет со мной? Нет, это слишком опасно!

Йозеф вроде как не поверил мне, но в следующий момент на его лице отразилось нечто похожее на отчаянье.

– Ладно, ты победила, – сказал тихо и добавил тоном, не терпящим возражений, – но с одним условием!

Снова условия! Я не спросила, что это за условие, я это знала. Но что мне было делать?

Йозеф покинул комнату, а я села к столу. Голова шла кругом. Да, я выиграла эту битву, но бывают победы страшнее поражений. Ах, да разве ж бывают войны без потерь...

***

Вечером открыла чемодан, вынула розовую ночную сорочку, положила на кровать. Простыни менять не стала, они все еще хранили запах тела Филиппа. Приняла душ. В апартаментах у обоих братьев были личные душевые комнаты. Примерила платье, которое собралась надеть завтра. Из зеркала на меня смотрела не та девочка-заморыш, которую я знала до сих пор, а вполне зрелая молодая женщина с признаками, я бы сказала, несокрушимой уверенности в себе. Так, по меньшей мере, мне казалось. Впервые заметила золотистый оттенок у своих волос, они стали вроде как пышнее. Ах, говорят же, от счастья волосы вьются... Я была счастлива. Я выиграла свою первую решающую битву. Какой ценой, об этом мне не хотелось думать. К своему шестнадцатилетнию я подарила себе такую вот победу!

Скользнула под одеяло. Уснула мгновенно. Снился мне какой-то приятный сон, а когда проснулась... Повторилась та ночь... Йозеф уже был во мне. В той же постели, в которой я спала с Филиппом!

Так это началось. Моя двойная жизнь. Презирала себя. С этого момента мне предстояло жить с ощущением, будто меня посадили в клетку, выбраться из которой у меня не было сил.

Холодно отметила про себя, что Йозеф, оказывается, неплохой любовник, пусть даже с ним я не испытывала тех чувств, которые наполняли меня, когда я была с Филиппом. То есть, страсти с моей стороны не было, но Йозеф умудрялся меня удовлетворять. Чувствовал он себя при этом героем и так гордился собой, что ждал за это награды, а я презирала его за эту гордость. С Филиппом все было иначе... Доводило меня до верхней точки, до апогея, до исступления не то, что делал Филипп, – впрочем. ничего такого особенного он и не делал, – а мое собственное сумасшедшее желание.

И все же я сделала одно интересное открытие: секс сам по себе, то есть, секс без любви тоже может доставлять удовольствие. Я привыкла смотреть на вещи трезво. Не из тех я, кто сам создает трагедии, в моей жизни предостаточно было трагедий истинных.

Не знаю, все ли мужчины так считают, или только Йозеф верил в то, что секс подчиняет женщину мужчине, что обладание моим телом само по себе дает ему надо мною власть. Все в этом мире упирается во власть. А между тем, мнимая власть Йозефа надо мной была его поражением.

– У меня тоже есть, и не одно, а два условия, – сказала я наутро.

Йозеф в ответ насупился, а я спокойно продолжила:

– Во-первых, мы никогда больше не будем делать это в этой комнате, в комнате Филиппа! Раз уж ты настаиваешь, я буду приходить к тебе. А главное условие: сегодня же ты представишь меня персоналу как нового управляющего.

Йозеф посмотрел на меня так, словно перед ним вдруг возникла гремучая змея. Пришлось добавить, что другого выхода у него нет. Он ушел, а я, содрав с кровати простыни, кинула их в угол и отправилась под душ.

Платье выбрала самое скромное, то самое, синее, но и оно было достаточно нарядным. Уложив волосы на затылке узлом, прикола нечто крошечное, именовавшееся шляпкой и взглянула в зеркало. Выглядела я в этом наряде старше своих лет и это было то, что нужно. Кого-то сегодня наверняка хватит удар! Подняла подбородок и шагнула к двери, я была готова начать новое сражение.

Внизу уже собрался персонал.

– Вы все знаете нашу Изабеллу, – начал Йозеф, наблюдая, как я медленно спускаюсь по лестнице, – и все вы, конечно, знаете, ее неоценимые заслуги перед «Золотым львом»...

Гм, а Йозеф, кажется, неплохой оратор... Речь его была короткой. Изумление длилось недолго, очевидно, многие уже догадывались о чем-то таком. Официанты, уборщицы, повара и поварята подходили ко мне по очереди, жали руку, поздравляли – кто с искренней, кто с деланной улыбкой. Одна лишь Тереза поджала губы и осталась на месте.

Поблагодарив всех, попросила Анализу принести мне завтрак и отправилась к своей бухгалтерии. Это было бегство. Ноги у меня дрожали, в горле застрял горячий ком. Прошло немало времени, прежде чем ко мне вернулось обычное мое спокойствие.

Глава четвертая

Когда в том была необходимость, по-прежнему помогала убирать посуду, наводила порядок за стойкой бара, не стеснялась брать в руки метлу, это были мои обычные будни, и в них мало что изменилось. Старалась не слишком командовать, распоряжения отдавала тихим, спокойным голосом.

Впервые сделала маникюр. И какое же это наслаждение – перед сном принять душ! Уход за лицом и за телом доставлял новое удовольствие, о существовании которого я прежде не знала. Все это делало меня почти счастливой. Если прежде на утренний туалет уходило у меня не больше пяти минут – плеснуть в лицо холодной водой, почистить зубы и накинуть платье, – то теперь утро сопровождалось своего рода ритуалом, эти полчаса становились для меня своего рода храмом. Среди сокровищ Филиппа обнаружила косметику, не сразу научилась ею пользоваться. Перед сном просматривала модные журналы, из них можно было многому научиться. Красивые, ухоженные женщины смотрели на меня со страниц… Думала о Филиппе… Где он теперь? С кем проводит свои ночи? Клятв верности мы друг другу не давали…

***

Последние гости разошлись. Тереза тайком допивала вино, остававшееся на дне бутылок. Глаза у нее горели. Я уже собралась подняться к себе, как она преградила мне дорогу.

– Ну что, довольна? Тихоня! Молокососка! Хорошо же ты обстряпала это дельце!

– Что вы имеете в виду? – спросила я, переходя на вы и пытаясь придать своему голосу побольше уверенности, но сердце у меня колотилось. Поднялась на две ступеньки и таким образом оказалась выше моей соперницы, смотрела на нее сверху вниз.

Тереза не обратила внимания на мой тон. В ее голосе появились визгливые нотки:

– Он мой, я тебе его не отдам!

– Что вы имеете в виду?

Это было отвратительно, я повернулась, собираясь уйти, но Тереза обогнала меня и, оказавшись на верней ступеньке, снова преградила мне путь. Из ее уст сыпались ругательства. Я не прислушивалась, я умею пропускать мимо ушей то, чего мне слышать не хочется. Боялась, сейчас в ход пойдут кулаки. Пришлось бежать в самом буквальном смысле слова. Резко развернулась, побежала по лестнице вниз и направилась к двери, ведущей в сад. Георг и Лукас снимали скатерти со столов, оба лишь коротко глянули на меня, сделав вид, будто ничего не слышали и не видели. Тереза последовала за мной, ее крик становился все громче, и тут я услышала голос Йозефа. Наконец-то!

Он пытался утихомирить разбушевавшуюся любовницу, но его уговоры лишь распаляли ее. Обернувшись, увидела через открытую дверь, как Тереза занесла руку, чтобы ударить Йозефа, но он перехватил ее руку, после чего обнял ееу, прижал к себе. В ответ бедная женщина залилась слезами. Уйдя в сад, еще долго слышала ее всхлипывания и жалобы, потом все смолкло. И вдруг в наступившей тишине раздался громкий визг Терезы:

– Ну, вот что я тебе скажу, выбирай, или я, или она! Завтра же ты уволишь эту мерзавку!

Ответа я не слышала.

Закурила американскую сигарету из запасов Филиппа. Филипп привозил сигареты на продажу, сам он не курил, в то время как его брат начинал и заканчивал день с сигаретой во рту. После первой же затяжки у меня закружилась голова и меня затошнило. Какая гадость! Тело мое отчаянно сопротивлялось. Вообще-то я не курила всерьез, просто мне нравилось, держа сигарету в руке, с таким независимым видом поглядывать на окружающих. Загасила сигарету и поднялась к себе.

***

На следующий день Тереза на работу не вышла. На второй и на третий день тоже. Позже, заполняя расчетные ведомости, спросила Йозефа, что делать с ее зарплатой за проработанные дни.

– Отправь по почте, – ответил он коротко и добавил, – сегодня вечером я зайду к тебе.

– Нет!

Глаза Йозефа расширились, в них я увидела гнев. Тогда я сказала шепотом:

– Я сама приду к тебе.

– Как хочешь, – пожал он плечами.

Апартаменты Йозефа имели отдельный вход из сада и состояли из небольшой гостиной, спальни и ванной комнаты. Окна, занавешенные короткими тюлевыми занавесками и такими же короткими зелеными шторами из домотканого полотна, выходили в сад. Все здесь было в традиционных зеленоватых и бежевых тонах, ничего лишнего, каждая вещь имела свое предназначение, меня почти ужаснул этот идеальный порядок. Впервые в жизни порядок показался мне чем-то жутким. Может оттого, что это было так не похоже на комнату Филиппа с кучей красивых и вряд ли кому нужных вещей.

Приняв душ, скользнула под одеяло. Белье было свежим, постель пахла фиалками. От Йозефа, впрочем, тоже хорошо пахло, он был чистоплотен. И даже сигаретный дух, исходивший от его волос и от пожелтевших от никотина пальцев, не казался отталкивающим, напротив, это был запах мужчины, он меня возбуждал.

В ту ночь Йозеф целовал меня… О таких поцелуях я никогда прежде не слышала, то есть, он целовал меня в самые сокровенные места, а меня заливала краска стыда. Он хотел доставить мне удовольствие. Эта игра порождала во мне странные чувства, она не вязалась с моими представлениями о сексе. А были они таковы: мужчина берет, а женщина дает. В этой его игре все было вроде как наоборот. Я была ошеломлена и не могла сказать, нравится мне это или нет.

Когда все было кончено, и Йозеф уснул, я бесшумно выскользнула из-под одеяла – не хотелось оставаться здесь, не хотелось утром проснуться в его постели.

Поднявшись к себе, первым делом отправилась под душ, ожесточенно терла себя мочалкой, желая смыть налипшую на меня грязь. Да, я чувствовала себя грязной. Грязной еще и потому, что получила с Йозефом удовольствие, теперь мне хотелось наказать себя за это.

***

И все же наутро проснулась свежей и отдохнувшей. Одеваясь, испытывала укоры совести, гнала от себя предательское чувство вины, толку от него все равно никакого.

Завтракали мы с Йозефом за одним столом. Он смотрел на меня нежным взглядом, а я делала вид, будто ничего не произошло.

– Почему ты вчера сбежала? – спросил наконец.

– Я не сбежала, я просто ушла к себе. Мне нужно было выспаться.

Йозеф надулся.

– Я хочу, чтобы ты спала в моей постели.

– А вот из этого, прости, ничего не выйдет, – сказала я, глядя ему в глаза, – просыпаться я хочу в своей постели.

Йозеф на это ничего не ответил, только глянул на меня взглядом, который должен был мне напомнить о том, что ничего своего у меня в этом доме нет. В ответ я внутренне вспыхнула, стоило труда скрыть злость.

Вслух сказала:

– Я тут кое-что придумала.

– Что еще ты там напридумывала? – пробурчал он почти враждебно, – снова какая-нто идиотская затея?

– Да, идиотская! – обозлилась я.

– Снова хочешь что-то перестраивать?

– Ладно, поговорим, когда настроение у тебя будет получше.

– Еще лучше оно вряд ли когда-нибудь будет!

С этими словами он резко поднялся и нетвердой походкой отправился на задний двор.

***

Не знаю, отчего мне не терпелось развивать это заведение так, как если бы оно было мое. Кажется, я действительно вообразила себя хозяйкой. С другой стороны, мои усилия не оставались без вознаграждения.

Идея моя заключалась в следующем. Надо бы немного увеличить кухню и взять на работу еще двух хороших поваров. Для этого нужны были новые вложения. Нужна реклама. Мало того, давно пора приобрести новую посуду, старая затерлась до неприличия. Еще одна идея сверлила мне мозг. А что если доставлять обеды на дом? Кроме того, можно было бы обслуживать свадьбы, юбилеи, ну, и всякое такое.

На следующий день я снова заговорила об этом с Йозефом.

– Ты с ума сошла, – завопил он в ответ, – хочешь меня разорить? Задумала превратить ресторан в фабрику!

– А почему бы и нет?

– Об этом не может быть и речи! И вообще, кто ты такая, чтобы здесь командовать!

Йозеф задыхался от негодования.

– Ты что, не хочешь разбогатеть? – фыркнула я в ответ.

Разбогатеть он желал страстно уже хотя бы потому, что ничего не хотел так сильно, как утереть нос младшему брату, но его беда была в том, что был он скуп, заработанное складывал в кубышку, буквально заболевая, когда приходилось тратить накопленное.

– Ты никогда не разбогатеешь, – подвела я черту, сознательно желая задеть его самолюбие, – для этого тебе не хватает дерзости, ты боишься риска, бери пример с брата!

Это был удар ниже пояса! В ответ в его глазах зажглась неприкрытая ненависть. Тогда я плеснула еще толику масла в огонь:

– Ладно, придется посоветоваться с Филиппом.

Упоминание о брате окончательно привело Йозефа ярость.

– Знаешь, что я тебе скажу, – процедил он сквозь зубы, – не вмешивайся не в свои дела! Ты здесь не хозяйка! Хозяин я, так что мне решать, что делать или чего не делать. Поняла? Марш, иди, занимайся своим делом!

С этими словами он так резко отодвинул от себя чашку, что кофе выплеснулся на скатерть. Встал и, на ходу извлекая из кармана сигарету, пошел в сад. А я, безмятежно окончив завтрак, сняла со стола скатерть и приступила к своим делам.

Йозефу нужно время на размышление, первое слово у него всегда *нет*, но его первое слово редко бывает последним. С другой стороны, порой я и сама не понимала, что я делаю, что это за мотор такой во мне, он не давал мне покоя. Похоже, не такая уж я бесправная, эти братья прислушиваются ко мне.

С тех пор как трактир был переименован в ресторан и у нас появились оркестр и танцплощадка, гостей заметно прибавилось, а главное, прибавилась совсем иная публика. По вечерам из города стали наезжать большие компании состоятельных людей, днем приезжали семьи в собственных экипажах или автомобилях.

Заведение было расположено на холме в одном из живописнейших уголков окраинной Вены, с террасы открывался чудесный вид на раскинувшийся внизу город и на Дунай, а дальше тянулись поля, с другой стороны темнел лес. Выезжая на воскресные прогулки, семьи заканчивали день у нас, заказывали кофе и горячий шоколад для детей, нередко засиживались, не желая покидать это чудесное место, оставались на ранний ужин. Поклонники ночной жизни начинали вечер у нас, чтобы ближе к полуночи спуститься в преисподнюю ночных заведений города.

Публика была довольно разнообразной, но в наше время этим уже никого не удивишь – за одним столом могли сидеть представители аристократических фамилий, предприниматели и люди без определенного рода занятий.

Газеты писали о мировом кризисе, бедность и нищета и без газет бросились в глаза на улицах города, но увеселительных заведений становилось больше и каким-то загадочным образом именно они процветали как никогда прежде. Получается, именно в это тяжелое для простых людей время другие сколачивали состояния. Легко нажитые деньги, как известно, тратятся тоже легко, возможно, это все тот же отголосок страха перед бедностью, страх проявляет себя по-разному – в то время, как кто-то прячет все под подушку, другой сорит деньгами, словно доказывая себе самому, что бедность ему не грозит.

***

Порой появлялась одна компания, ядро которой составляли три супружеские пары. Приезжали они ближе к вечеру в своих фаэтонах с кучерами. Мужчины заказывали крепкие напитки, дамы – кофе и ликер. На задках экипажей я видела корзины для провизии, очевидно, возвращались они после пикников. Вот такая идиллия, сплошной Бидермайер[3] – это выражение я вычитала в одном из модных журналов. А может, я что-то путаю? Ладно, это неважно.

Нет такой компании, нет такого общества, которым тайно или явно кто-то не управлял бы, и я спрашивала себя, кто из этих нарядно одетых дам является инициатором выездов, в том, что это был не мужчина, я не сомневалась, мужчины такими делами не занимаются, у них есть дела поважнее. После раздумий остановилась на высокого роста особе, у нее была прямая спина и такой же прямой взгляд, при этом была она учтива и улыбчива, в ней чувствовалась та сила характера, которую рождает привычка к хорошей жизни.

– Надеюсь, у вас все в порядке? – подошла я к их столику, – есть у вас какие-нибудь пожелания?

В ответ раздался фривольный мужской смешок, но под взглядом той дамы мужчина тотчас начал откашливаться.

– Чуть позже мы закажем ужин, а пока принесите нам еще вина. Какой прекрасный вид открывается с этой террасы!

---

[3] Бидермейер – направление в немецком и австрийском искусстве, архитектуре и дизайне середины 19-го столетия. Является ответвлением романтизма, в нем отразились представления бюргерской среды об интимности домашнего уюта.

– Да. Но это не все. Мы выписали нового повара из Парижа. Через пару недель мы сможем угощать вас французскими деликатесами.

Это была ложь, не знаю, насколько невинная, никакого повара мы пока не выписывали, просто в тот момент я обязана была сказать нечто такое, что должно было привлечь внимание этих господ. Компания действительно оживилась.

– Тогда мы станем вашими постоянными гостями, – вымолвил спортивного вида господин, говорил он с акцентом, я не поняла, с каким, судя по всему, это был муж той высокой дамы.

– О да, прекрасная идея, господин Гринфилд, – улыбнулась ему маленькая блондинка с кукольным личиком.

– А не далековато ли это для вас, мы все же находимся далеко от центра города.

– Для нас расстояния не играют роли, – рассмеялась блондинка.

– Вы совершенно правы, фрау Браун, – подтвердил господин Гринфилд.

Когда компания собралась в обратный путь, я как бы невзначай оказалась возле фаэтонов. Поинтересовалась, довольны ли гости. Гости были довольны. Мы обменялись несколькими словами о погоде на завтрашний день, и тут я отважилась задать мой вопрос.

– Не затруднительно ли для вас возить провизию для пикников из города? – при этом я дотронулась до одной из корзин и добавила, скромно опустив взгляд, – мы могли бы освободить вас от этих забот. К тому же, покажем вам чудесные места для прогулок, которые известны лишь местным жителям.

Фрау Гринфилд проронила сдержанно:

– Мы можем поговорить об этом в следующий раз.

– В таком случае счастливого пути!

Неделю спустя пришла записка, в которой фрау Грин-филд просила меня ее навестить. В указанный час я сто-яла перед заветной дверью. Открыла мне служанка в черном платье с кружевном передником и белой кру-жевной наколкой, она проводила меня в гостиную и попросила подождать.

Оставшись одна, чуть ли не с разинутым ртом раз-глядывала огромного размера помещение с широкими витражными окнами, доходившими почти до потолка. В стекла были впечатаны фантастические цветы. Легкая мебель была черного цвета, застекленные шкафы, на стенах висели картины, тоже в фантастических рамах. Головокружительная и какая-то холодная роскошь этого помещения делала его похожим на храм. Меня охватило волнение.

Хозяйка не заставила себя долго ждать. Вышла ко мне в кимоно изумрудного цвета с вышитыми лиловыми цветами, оно удивительно гармонировало с убранством гостиной, я словно оказалась в ожившей картинке из глянцевого журнала, которые я любила разглядывать перед сном.

– Ну, милочка, – заговорила фрау Гринфилд с ти-пичной для богатых людей ласковой фамильярностью по отношению к персоналу, – вы, кажется, хотели пред-ложить мне что-то интересное.

Я хорошо выучила урок и сумела быстро и четко из-ложить мое предложение, а именно, я буду заботиться об организации пикников, в точности выполняя поже-лания, которые буду получать списком за пару дней до выезда.

– Корзины, лужайка, столы на траве с последующей уборкой, все это я беру на себя, вам не нужно привозить с собой прислугу. А главное ваше преимущество в том, что в случае плохой погоды вы не останетесь сидеть на своих корзинах со снедью, и не потерпите никаких убытков.

Хозяйке идея понравилась, она так и сказала. С карандашом в руках мы подсчитали стоимость – цены я знала наизусть, – сравнили с той суммой, которая тратилась до сих пор, разница получалась незначительная, зато выигрыш был в другом. Фрау Гринфилд освобождала себя от всяческих забот по организации выездов, а я гарантировала провизию самого лучшего качества, не забыв подчеркнуть важность, так сказать, художественного оформления – судя по убранству этой комнаты, для хозяйки это играло немаловажную роль.

– Еще чашечку чая? – спросила Фрау Гринфилд.

Впервые держала я в руках чашку из такого тонкого фарфора, что он уже казался прозрачным. Когда я размешивала сахар, чашка позванивала, как серебряный колокольчик. Какое счастье, что руки у меня теперь ухоженные, в противном случае было бы стыдно за себя среди всей это роскоши.

Итак, все шло по плану, оставалось лишь уломать Йозефа, но сделать это будет несложно – завтра приезжает Филипп, а значит Йозеф поспешит дать свое согласие, чтобы идея принадлежала ему. Я хорошо изучила слабости обоих братьев и умела ими пользоваться.

***

Обычно с появлением Филиппа атмосфера в ресторане становилась вроде как прозрачнее и мягче, но в этот раз я боялась его приезда, меня мучили чувство вины стыд.

Явился он ранним утром.

Когда я вышла из ванной, увидела его на пороге.

– Ах, ты здесь… Что ты тут делаешь? – спросил удивленно.

– Как? – растерялась я, – ты же сам…

– Ах да, ах да, прости, я забыл, – сказал вроде как извиняясь, бросил чемодан на пол и бесцеремонно сорвал с меня полотенце, потом стал быстро снимать с себя одежду.

– Ты что, мне на работу, там полно дел…

Сквозь закрытую дверь уже доносились голоса гостей, но Филиппа это не смутило, он набросился на меня так, словно все это время просидел в тюрьме, то есть, не видел женщины. Я стояла над пропастью, страх смешивался с восторгом, стыд с жаждой полета и жаждой смерти.

Когда-нибудь Филипп все узнает…

***

Спустилась вниз и увидела Йозефа, он был мрачнее тучи. Курил одну сигарету за другой. Молчал. Кинул на стол расписку для Филиппа в получении части долга:

– Занеси это в книгу! – выдавил из себя, помолчал и добавил, – а идея с пикниками ничего, неплохая, – снова замолчал, криво улыбнулся, – надо будет обсудить.

А что если бы Йозеф не был в долгу перед Филиппом? Нет ли у него каких других долгов, о которых я не знаю? Что будет, когда он погасит долг? Помогая Йозефу увеличивать доход, я невольно приближала этот день.

И все же! Однажды Филипп узнает, что я сплю с его братом. Что он сделает? Убьет меня? Убьет брата? Из-за меня? Глупости! Он просто выставит меня из своей комнаты и отправит на кухню. Да они оба вышвырнут меня вон. Рано или поздно он меня все равно бросит. Я играла с огнем. Я позволила втянуть себя в эту игру, и теперь изменить ничего нельзя. Йозефа я не любила и он это знал. Он знал все. Получалось, обманывала я только Филиппа. Чувства, мучившие меня… Размышлять о них не было сил. Старалась думать лишь о делах насущных, о том, что надо делать сейчас. Раз уж я дала себе слово выбраться из нищеты… Что мне было терять? Мою бедность? Мою зависимость от этих двух мужчин, одного из которых любила я больше жизни. Ненавидела ситуацию, в которую вовлекла себя я сама, но бедность ненавидела я еще больше. Бедность и зависимость – этих отвратительных близнецов с уродливыми лицами.

Филипп…. Все в нем нравилось мне, я любила его чудесное тело, его обаятельную улыбку. Ревновала его, внутренне сходила с ума, когда он уезжал со своей компанией в город и появлялся лишь под утро. Стал бы он ревновать меня, если бы узнал, что я…? Нет, ревновать он меня не стал бы. Кто я ему? Прислуга. Содержанка. А вот уж нет! Не содержанка я! За его дорогие подарки расплачиваюсь я тяжким трудом. Это просто добавка к моей зарплате. Филипп таким образом платил… Нет, он не покупал мою любовь, она принадлежала ему без всяких условий.

А что если он все знает, и у них с Йозефом на этот счет своя договоренность? Йозеф продал меня Филиппу точно так же, как в свое время Отто продал меня Йозефу. Братья… Семья – это страшная штука! Как бы они ни любили и ни ненавидели друг друга… А впрочем, так ли уж сильно любят они, а главное, доверяют ли они друг другу?

За мое, так сказать, повышение в должности мне пришлось уплатить немалую цену, словно недостаточно было того непосильного труда, который вкладывала я в это чужое дело, как если бы оно было мое! Если ты женщина, и если ты родилась в бедности... Все закипало во мне при этой мысли. В газетах писали о феминистках, я симпатизировала этим женщинам, но сама была далека от того, чтобы бороться за счастье всех женщин на земле, пусть этим занимаются богатые, бедные такой роскоши себе позволить не могут, мы вынуждены думать о собственном выживании. Думала я и о малышах, о моих братьях и сестренке, пусть даже в первую очередь думала я о себе.

Йозеф был старше Филиппа, но перечить брату не смел. Причиной был не только долг, очевидно связывал братьев и их дополнительный бизнес в обход таможенного и налогового управлений. Случись что, Филипп сумеет избежать наказания, и тогда расплачиваться придется одному Йозефу. Филипп любил деньги, но он их не копил, как это делал его брат, утекали они из его рук точно так же легко, как приходили. Получается, любовь решает все, и даже в таких практических делах. Любовь к деньгам. Да, Филипп любил деньги, но в отличие от Йозефа любил он их бескорыстно, он не хотел их иметь, он хотел получить все то, что они могут ему дать – своего рода власть, комфорт, красивые вещи, красивых женщин. Меня он тоже купил. Любить щедрого мужчину легко. Нет, не из корысти любят богатых, а за обаяние их щедрости.

***

Новая моя затея требовала инвестиций и хорошо проработанного плана. Что, как и в какой очередности следует делать, это следовало расписать с точностью до минуты, чтобы не было суеты. Первый же пикник решит все, он станет моим экзаменом: если я его завалю, второго шанса у меня не будет.

Вскоре фрау Гринфилд прислала записку с датой. Составить меню она предоставила мне, сообщив лишь, что фрау Поспишил не ест рыбу, а господин Браун терпеть не может шпинат.

Честно говоря, я немного растерялась, слишком уж стремительно развивались события. Пикник должен был состояться через два дня. Меня охватила дрожь, с большим трудом удалось взять себя в руки, никто не должен заметить, как я волнуюсь.

Филипп, откинувшись на подушки, наблюдал за мной, ему нравится смотреть, как я одеваюсь. Делаю я это не спеша, впрочем, даже когда мне приходится торопиться, внешне моей спешки не видно. Торопливые, нервозные люди никогда не добиваются успеха, это я поняла давно.

– Ты сегодня какая-то не такая, что случилось? – произнес Филипп, он обладал удивительной способностью улавливать малейшие изменения в настроении окружающих его людей, лгать ему не имело смысла.

– Волнуюсь из-за пикника, – призналась я честно.

– Понятно. Я вообще не понимаю, зачем тебе это нужно, – и не дождавшись ответа, – ну да ладно, я помогу тебе. А сейчас забудь. Сейчас ты должна думать только обо мне.

С этими словами он схватил меня за руку и с ласковой грубостью бросил обратно на кровать. Ах, никакие любовные ухищрения не могут подарить мне того чувства, которое дарит открытая, почти животная страсть Филиппа.

Филипп обладал тонким, хотя и немного странным вкусом. Он обладал также любовью к трапезе как таковой, трапезе как к ритуалу. После того как мы оба оделись и привели себя в порядок, он быстро набросал меню – изысканное и довольно простое. Подобрал вина и вызвался помочь мне доставить провизию на место. С собой мы возьмем Анализу, она аккуратная, исполнительная и скромная девушка, сказал он и я согласилась. Лишь минуту спустя вспомнила о том утре, когда она вышла из комнаты Филиппа. Ну да ладно, пусть!

Солнце ласкало небосклон, пели птицы, нежный ветерок шевелил ветви деревьев, и все вокруг дышало негой и покоем. Скатерти в белую и красную клетку очень нарядно смотрелись на зеленой траве. Вокруг мы разбросали шелковые подушки. Когда их доставили из магазина, мне казалось, Йозефа хватит удар. Красиво оформленные блюда, между ними букетики полевых цветов, в ведерках со льдом белое вино и шампанское, в траве бутылки с красным вином.

Филипп сам встречал гостей.

– Позвольте представиться, Филипп Вольф! Это большая честь для нас, приветствовать вас здесь, – произнес он со своей обычной улыбкой, повернулся ко мне и добавил, – а это наш управляющий, Элизабет Штайнер.

Я была польщена. Почувствовала, как на щеках у меня проступил румянец. Лихорадочно вновь и вновь проверяла в уме все ли в порядке, а Филипп уже вел непринужденную беседу, рассказывал гостям о грибных местах, о рыбалке, спросил между делом, не желают ли господа сфотографироваться на память. Господа желали.

– В таком случае… Я ненадолго с вами прощаюсь.

Новенькая «Бугатти» Филиппа произвела на гостей подобающее впечатление.

– Если я вам буду нужна, позовите меня, – сказала я и отошла в сторонку, к низкорослому кустарнику, откуда удобно было наблюдать за столом, не привлекая к себе внимания, опустилась на раскладной стул.

С поляны открывался вид на город. Небо опрокинутым синим куполом накрыло мир, в светлой его синеве плавали нежные розоватые облака, трава пахла летом, кузнечики распевали свои чудесные песни, и все вокруг казалось каким-то новым, я словно впервые увидела красоту этого мира. Шевельнулось в душе смутное воспоминание, всплыла фигура отца. Отец подхватил меня на руки и усадил себе на плечи, сверху я видела все совсем иначе, и я видела его темную макушку. Вдруг поняла, я забыла, как выглядел мой отец, видела я его обычно таким, как на сохранившейся фотографии, а живого его лица вспомнить не могла, в памяти всплывало что-то размытое. Зато, память сохранила запахи, солнце над нашими головами и то счастье, которое испытывала я тогда. Мир был прекрасен, восхитительно пели птицы, бояться мне было нечего, рядом со мною был мой отец. Куда все это потом подевалось?

Когда Филипп вернулся с фотографом, дамы уже припудривали носы и подкрашивали губы. Фотограф, забавный маленький человечек суетился вокруг огромного деревянного ящика на высоком треножнике, просил гостей принять те или иные позы, спросил и нас с Филиппом, не желаем ли мы примкнуть к компании.

– Ну, если господа не против…

Господа не были против. Этот снимок потом висел в ресторане на стене, со временем к нему прибавлялись и другие фотографии.

Гости в собственных фаэтонах отправились на прогулку, пообещав позже заглянуть в «Золотой лев» на кофе. Собрав посуду и прихватив с собой фотографа, мы тоже двинулись в путь. Отъехав на приличное расстояние, Филипп остановил машину и поцеловал меня долгим поцелуем на глазах у фотографа. Тот тактично отвернулся, а я смутилась.

Позже, покидая «Золотой лев» фрау Гринфилд спросила почти по-дружески:

– Надеюсь, вы позволите рекомендовать вас нашим знакомым?

– О, я прошу вас об этом!

Это был именно тот вопрос, на который я надеялась. Филипп вынул из кармана несколько визитных карточек и со словами благодарности протянул их гостье. Ах, надо было и мне заказать карточки. Это упущение раздосадовало меня.

***

Когда я потребовала от Йозефа десять процентов дохода с пикников, ждала, что он взорвется и приготовилась к сопротивлению, но он согласился так быстро, что я застыла от удивления. Филипп, узнав об этом, посмотрел на меня так, словно перед ним был совершенно незнакомый человек. Потом как-то странно хмыкнул и поцеловал меня в висок.

Странные эти братья!

И все же, доверия у меня к ним нет.

Йозеф считал пикники полнейшей глупостью, ведь они не могли принести сколько-нибудь ощутимого дохода, поэтому он так легко согласился на мои десять процентов. Я тоже прекрасно это понимала и рассматривала пикники как своего рода рекламу. Это было только начало, своих планов я не раскрывала.

***

Когда позже снова заговорила с Йозефом о моих десяти процентах, он махнул рукой:

– Ты все равно делаешь, что хочешь!

– Нет, так не годится, – сказала я, – мы должны заключить договор.

– Договор? С тобой?

В его голосе звучало насмешливое недоумение.

В ответ я надулась. Встала и начала одеваться, не глядя в его сторону. Раздвинула шторы, распахнула окно. Стайка воробьев вспорхнула с земли, мелодично захлопав крыльями. Птички уселась на яблоню. Плоды на ней уже розовели, скоро будем делать рулеты с собственными яблоками. Полной грудью вдохнула утреннюю прохладу, сладко потянулась всем телом, зная, что Йозеф наблюдает за мной.

– Ладно, делай, что хочешь! – сказал он раздраженно, – составляй свой договор!

Да уж! Каждый хозяин мечтает о преданных работниках, о том, чтобы они заботились о его деле так, словно оно им дитя родное. Йозеф тоже мечтал о том, чтобы я отдавала ему все мои помыслы, все мое рвение и служила его делу верой и правдой, но желать, как говорится, не вредно. Жизнь моя протекала в его доме, а то, что он со мной спал, рождало в нем определенные иллюзии.

Но он должен был знать меня. Верна я только себе самой. С моей стороны никакой любви не было, просто была ситуация, в которой у меня не было иного выхода. Когда он понял, что я не бескорыстна, он ощутил себя вдвойне обманутым, и в то же время он чувствовал свою власть.

Йозеф все понимал, но он был не из тех, кто способен спокойно признать успехи, даже свои собственные, ему всегда мало. К тому же ему приходилось вкладывать живые деньги, а мне всего лишь мой труд, что он вложением не считал, поэтому успех, по его мнению, принадлежал ему одному. Наплевать мне на его мнение!

Я всегда знала, что благополучие не придет ко мне само по себе. Возможно, есть люди, которым все дается легко, мне же с детства приходилось бороться за каждую крошку хлеба, поливая ее своим потом. Ну что ж, в настоящий момент я была довольна, считая это очередной ступенькой к моему будущему благополучию.

Фрау Гринфилд рекомендовала «Золотого льва» своим знакомым, а те своим, в результате клиентура росла. Более того, стали приходить заказы на обслуживание вечеринок в богатых домах. Там я подавала вино людям, портреты которых видела в газетах. Удивительное чувство испытывала я от этой внезапной близости к столь далекому от меня миру, от соприкосновения со знаменитостями я вроде как вырастала в собственных глазах. Ну так что ж, что для этих людей сама я была невидимкой!

В таких трудах и заботах минуло два года.

Глава пятая

Произошло немало событий, среди которых для меня главным было то, что я настояла на создании филиала «Золотого льва» в центре Вены. Назвала его «Золотым львенком». Уговорить Йозефа было нелегко, зато Филипп был в восторге от моей затеи и даже сожалел, что она не пришла в голову ему уже раньше. Более того, мне удалось войти в долю. Йозеф и Филипп вложили равные части капитала, а моим капиталом был мой труд, и это было официально обозначено в договоре ка денежный эквивалент. Братья понимали, без меня, без моей бешеной энергии эта телега никуда не поедет, я коренник в нашей упряжке. Итак, «Львенок» принадлежал на равных паях нам троим. Йозеф долго сопротивлялся, боялся за свою власть, я имею в виду, власть надо мной – равноправный пайщик, это уже не прислуга. Что же касается Филиппа, то он отнесся к новому раскладу вещей так же легко, как относится ко всему в жизни.

Так на двадцатом первом году жизни я стала предпринимателем, официальной совладелицей ресторана и теперь у меня был мой собственный доход. Не об этом ли я мечтала с юных лет? Верила ли я, что успех придет так быстро? Нет, конечно.

По-прежнему лавируя между братьями, такими разными, я, можно сказать, постигала науку жизни, то есть науку самой неприглядной ее стороны. Любить Филиппа было и легко, и трудно. Филипп заражал меня своей уверенностью и своим оптимизмом, все мы невольно перенимаем черты тех, кого любим. Любовь моя к Филиппу не убывала, напротив, она росла. Тем мучительнее становилась ревность. Ревновала к его компании, ревновала к женщинам, которые его окружали, казалось, все они в него влюблены. И все же, в каком-то смысле Филипп хранил верность мне – он всегда ко мне возвращался. Более того, без его поддержки мне не удалось бы добиться того, чего я добилась. Когда я думала об этом, чувство благодарности заслоняло горечь ревности.

«Львенок» был невелик, но кухня – по моему плану – была относительно огромной, на то у меня были свои соображения. В рабочем цехе очень важно, чтобы никто не путался род ногами, и чтобы все необходимое находилось под рукой, это помогает экономить время, а значит, деньги. Необходимость затрат на новое оборудование вело к новым конфликтам с Йозефом, но мне каждый раз удавалось настоять на своем. Злился он и на то, что я – по его мнению – слишком много платила работникам, он считал, что при такой безработице они могли бы вкалывать за тарелку супа! Ах, нет, я не из тех, кто станет деньги выбрасывать на ветер, к тому же это теперь были и мои деньги, так что платила я не по доброте душевной, здесь у меня тоже был свой расчет. Мне нужны были надежные люди, на которых я могла положиться. Да и не так уж много я им платила!

Большая кухня была нужна и для другого дела – я занялась доставкой обедов на дом. Это была новинка, отлаживать систему оказалась труднее, чем я думала. У меня не было опыта – ни чужого, ни своего. Вначале мои люди развозили еду на общественном транспорте, но это было долго и, учитывая оплату рабочего времени, дорого. Стало ясно, без собственного транспортного средства не обойтись.

– Мотоцикл! – кричал Йозеф, закатывая глаза. – С коляской! Ты хочешь меня разорить! И кто будет гонять на этом мотоцикле?

– Если понадобиться, я буду гонять!

– Хочешь, чтобы тебя в тюрьму посадили? Суфражистка несчастная!

– Откуда ты знаешь такие слова? Тогда сам учись водить!

– Еще чего захотела! Я вижу, ты совсем обнаглела!

– Ну, и обнаглела! Где бы ты был сейчас без моей наглости!

В ответ он в ярости занес руку, собираясь дать мне оплеуху, но я успела отскочить. Схватила со стола что под руку попалось и запустила в его голову. Тарелка просвистела мимо уха и со звоном разбилась о стену.

Задыхалась от ярости, прошипела:

– Только посмей еще раз поднять на меня руку, прибью на месте!

В моем голосе была такая решимость, что он, думаю, поверил, да и сама я в тот момент в это верила.

В злости покинул кухню, громко хлопнув дверью.

Я огляделась. Работники занимались своим делом, словно ничего не случилось.

***

Главное, отладить систему, период организации – это самое трудное время, позже система будет работать сама, надо только следить, чтобы не было сбоев, и держать под контролем слабые звенья. Сердцем предприятия оставалась, конечно же, кухня, скрытая от посторонних глаз, она была мотором, перекачивавшем кровь по всему организму.

Днем «Львенок» функционировал как дамское кафе, по вечерам превращался в ресторан. Мне все же удалось заполучить хорошего повара, настоящего француза, его слава быстро распространилась по городу. Я имею в виду, в определённых кругах, конечно. Это был своего рода магнит. У нас появлялись постоянные клиенты, столики заказывали заранее, ресторан всегда был полон. Если «Золотой лев» сохранял свою венскую кухню, обильные порции и относительно низкие цены, то в «Золотом львенке» я придерживалась иной политики – мне не хотелось делать его доступным для всех. Мой расчет оправдался. Короче, недостатка в посетителях мы не испытывали и публика была именно такой, какую мне хотелось видеть. В обеденный перерыв захаживали господа из расположенных неподалеку магистрата и парламента, приходили ведущие актеры Бургтеатра и другие знаменитости, присутствие которых, в свою очередь, привлекало новых посетителей, почитающих за честь отобедать рядом с господами, чьи портреты мелькали на страницах газет.

После того как я заметила, что важные персоны назначают в ресторане неофициальные деловые встречи, задумалась о том, чтобы как-то выкроить место и оборудовать отдельный кабинет для таких встреч. Вскоре удалось сделать это за счет одной из кладовых.

Ближе к ночи, после театров являлась иная публика. Господ сопровождали роскошно одетые дамы в мехах и бриллиантах, ресторан наполнялся запахом сигар и дорогих духов.

Саксофониста с его оркестром я забрала сюда, джазовая музыка была еще одним магнитом для публики.

Йозеф, несмотря на все мои, или скажем, так, наши успехи, был хмур. Его раздирали сомнения. С одной стороны, он хотел разбогатеть, а с другой, пугался моей растущей независимости, я ускользала от него, в то время как ему хотелось накрепко привязать меня к «Золотому льву».

Филипп, возвращаясь из поездок, теперь останавливался у меня. Мы оборудовали небольшую квартирку на втором этаже. Теперь наши отношения напоминали супружеские, но иллюзий я не строила. Филипп по-прежнему гулял ночи напролет со своими друзьями, я злилась и ревновала, но никогда ни о чем не спрашивала. Надо ли мне знать о том, что может сделать меня еще более несчастной? Филипп не из тех мужчин, чью любовь можно удержать силой. Зато решать деловые вопросы с Филиппом было легко, он во всем меня поддерживал. К тому же, в отличие от Йозефа Филиппа не пугали инвестиции, он как-то уж слишком легко и даже, как мне казалось, бездумно тратил деньги.

Бухгалтерию вела я, и здесь у меня была та свобода, о которой братья вряд ли догадывались. Так я думала. Йозеф давно перестал совать свой нос в бухгалтерские книги, поскольку работу эту ненавидел, зато Филипп время от времени устраивал мне своего рода проверки, что как-то не вязалось с его характером, а впрочем, что я знаю о его характере! Делал он это быстро и поверхностно, очевидно, просто для острастки, желая дать мне понять, чтобы я не забывала, кто здесь хозяин.

Йозеф все еще не погасил свой долг перед Филиппом, хотя по моим подсчетам давно мог это сделать. Мешала ему его скупость, накопленное отдавал он с большим трудом. Что еще мешало ему избавиться от этой зависимости? Неосознанный страх перед одиночеством? Ведь тогда он будет целиком и полностью предоставлен самому себе, а так у него сохранялась хоть какая-то иллюзия семьи. Что привязывало его к Филиппу? Любовь? Ненависть? О, ненависть может вязать похлеще любви!

***

– Милый, – предложила я как-то Филиппу, – а что если мы сделаем обмен?

– Какой еще обмен?

– Ты обменяешь с Йозефом остаток долга на его долю в «Львенке?

Моя голова лежала на его плече, когда я произносила эти слова. Сердце мое колотилось так, что он мог это слышать. Горячий ком стоял в горле. Если Филипп согласится, то я навсегда освобожусь от власти Йозефа, я смогу с ним порвать окончательно, мало того, «Львенок» будет принадлежать нам с Филиппом, мы станем партнерами, а это уже почти как муж и жена.

Филипп смотрел в окно, думая о чем-то своем, моего вопроса он вроде не слышал. За стеклом, под порывами ветра раскачивался уличный фонарь, кидая причудливые тени на стены и потолок.

– Не нравится мне это новшество, – наконец вымолвил он.

– Какое? – не поняла я.

– Да эти электрические фонари, они убивают свет звезд.

С этими словами Филипп повернулся ко мне и, обняв ладонями мою шею, начал сжимать руки так, что мне стало больно.

– Иза, Иза, Изабелла, – произнес он нараспев, – мы договорились, что не будем говорить о делах в постели.

Слова его звучали ласково и жестко одновременно.

В тот же момент он вошел в меня.

***

Йозеф делал вид, будто «Львенок» его не интересует, но я-то знала, что он одержим желанием иметь все то, что имеет Филипп. Меня он хотел, потому что меня хотел Филипп. Пожелает ли он обменять долг на свою долю в «Львенке»? Нет, добровольно Йозеф этого не сделает. Ревность страшнее войны, она-то и порождает все войны.

Не исключено, что рядом с Филиппом Йозеф чувствовал себя жертвой вопиющей несправедливости: в то время как на брата проливался золотой дождь любви и успеха, ему самому приходилось жестоко бороться за любую малость в этой жизни. И он знал, что внешняя беззаботность Филиппа ничуть не умаляла его деловых качеств, Филипп был наделен невероятной способностью быстро думать и быстро принимать решения.

Присутствие Филиппа смягчало мои страхи, а физическая наша близость наполняла меня новой силой. Филипп входил в меня всем своим существом, он становился частью меня, его я не просто любила, я видела в нем учителя, я перенимала его привычки, его манеру общения, его ненавязчивую деловитость. Мне, как и Йозефу, приходилось бороться за выживание, приходилось много работать, но это, пожалуй, и все, что нас роднило. Ах, нет мне дела до других людей, нет во мне привычки сравнивать свою жизнь с жизнью тех, кто родился, как говорится, на солнечной стороне улицы, я видела только свои собственные задачи и стремилась выполнять их настолько хорошо, насколько мне позволяли обстоятельства и мои способности.

***

– Идем, я покажу тебе что-то интересное! – Филипп ворвался на кухню, как вихрь, схватил меня за руку и потащил за собой.

– Оставь, мне некогда, – упиралась я.

– Бросай все, идем, скорее! Ни о чем не спрашивай! Сама увидишь!

– Дай я хоть сниму фартук!

Накинула кофту на плечи, и мы выскочили на улицу. Филипп крепко держал мою руку, быстро вышагивая на своих длинных ногах, увлекал меня за собой. Мне приходилось почти бежать. Прошли переулком, поднялись по каменной лестнице, увитой диким виноградом с уже прорезавшимися золотисто-зелеными листочками, прошли мимо ратуши в направлении Народного сада. Филипп не выпускал моей руки из своей большой, теплой ладони, такое было впервые, мы шли по улице, держась за руки. Вскоре мы оказались в толпе зевак, заполнившей площадь Героев и часть Кольцевой улицы. Все взгляды были устремлены куда-то вверх, в облачное небо.

– Сейчас, сейчас он покажется, – произнес Филипп взволнованно, – подожди, сама увидишь…

– Кто покажется? Что покажется?

– Вот он, вот он, – раздались голоса.

Толпа пришла в движение, люди вертели головами, неотрывно глядя вверх.

Его ждали с востока, а он медленно выполз со стороны Западного вокзала, «Граф Цеппелин» плыл очень медленно, похожий на гигантскую жирную гусеницу. Прошло немало времени, прежде чем послышался стрекот пропеллеров, и под его толстым брюхом уже можно было разглядеть кабину с окошками и разными мелкими деталями непонятного предназначения. Я перевела взгляд на Филиппа, он не отрывал глаз от плывущего дирижабля, он стал похож на мальчишку, на подростка, впервые в жизни увидевшего свою мечту, глаза его пылали огнем, на губах играла восхищенная улыбка. Волна почти материнской нежности залила мое сердце при виде этого большого мальчика. Филипп до боли сжал мою руку, а я наслаждалась этой болью, она говорила о нашей близости. Лишь когда гусеница уплыла за горизонт, Филипп перевел взгляд на меня.

– Ты видела, ты видела его? – спрашивал он снова и снова совсем по-детски, потом добавил: – отчего я не стал пилотом!

– Может, еще не поздно, – сказала я наобум, – мотоцикл мы уже купили, купим и самолет.

Народ начал расходиться, мы тоже медленно побрели прочь. Филипп молчал, что-то мешало ему говорить.

Кожей чувствовала тепло его тела. Никогда прежде, даже в самые интимные моменты, не ощущала я такого обволакивающего, такого теплого чувства близости.

Этот день запомнился мне навсегда – мирное второе мая 1929 года. Позже, когда жизнь наша изменилась до неузнаваемости, вспоминался он мне, как самый счастливый наш день…

***

Волновалась я, как перед первым причастием, даже руки дрожали. Этот банкет в доме господина советника, имени которого я назвать не могу, должен был стать моим прорывом. Банкет! Должна признать, благодарить я должна была Филиппа. Обедая в «Львенке», он легко заводил знакомства, общался на равных с самыми разными людьми – от плотника до самого высокого чина.

Итак, зал убран цветами, столы накрыты, скатерти безукоризненно белы, в хрустале отражаются миллиарды звезд, льющихся из хрустальных люстр, в зале светло, как днем. Еще раз окинула взглядом аранжировку и уже собралась скрыться за дверью, как за спиной моей возник хозяин, немолодой, но все еще привлекательный мужчина с пышными усами и властным взглядом темных глаз.

– Благодарю вас, фрау Штайнер, – произнес он красивым рокочущим баритоном, в котором звучали господские нотки.

– Надеюсь, все будет хорошо, мы стараемся, – ответила я, чуть дыша.

С важными господами держусь я преувеличенно скромно, молодой женщине не стоит выставлять напоказ свою деловитость, мужчины этого не любят. Как бы они там, покуривая дорогие сигары, ни рассуждали о равенстве и демократии, в их имперском сознании никакого равноправия нет и быть не может. Симпатизировать мне они могут лишь в том случае, если я буду вести себя соответственно их представлениям, таковы правила этой игры, не я их придумала, но я обязана их соблюдать, если хочу оставаться, так сказать, в игре.

Мои музыканты превзошли себя, впервые они играли во дворце, это их воодушевляло.

И вот уже в залах распространился равномерный гул. По мере роста числа пустых бутылок голоса становились громче, а чопорности убывало, в словах и движениях дам и господ появлялась некая фривольность. И я подумала о том, что все эти люди по сути своей мало отличаются от тех, которых я знала до сих пор, просто они богаты и от них лучше пахнет – это был мой вывод.

Заглянула в курительную и в биллиардную, чтобы убрать пустые бокалы. Мужчины говорили о политике, в долетавших до меня обрывках фраз чаще других звучали слова Германия и Муссолини. Кто-кто усмехался при этом в усы, взгляды других мрачнели, но и те, и другие спешили смахнуть свои мысли с лиц, возвращая на место привычные маски. Политика, о ней я не думала, интересовала меня лишь платежеспособность моей клиентуры.

***

– Господин советник, у вас есть еще какие-нибудь пожелания? – спросила я, скромно склонив голову.

В ответ он задержал на мне взгляд, словно пытаясь вспомнить, кто я такая, затем вымолвил с расстановкой:

– Идемте, я хочу вам кое-что показать.

Он был пьян.

Минуту спустя мы вышагивали по сумрачному коридору, стены которого были украшены старинными портретами в тяжелых рамах. Дойдя до самого конца, хозяин толкнул высокую дверь, и мы оказались в темной комнате, освещенной лишь светом уличного фонаря, струившегося сквозь высокое окно. Дверь за нами захлопнулась. В тот же миг я ощутила его руки на моих бедрах, они держали меня так же крепко, так коршун держит свою добычу. Я вскрикнула от боли. В сумрачном свете увидела, как лицо его исказила гримаса.

– Я хочу тебя! Сейчас же, – шептал он, влажно дыша мне в лицо коньячным перегаром.

Жесткие губы впились в мои. Это было отвратительно. На мгновение меня словно парализовало. Не оттолкнув его в первый же момент, потом я уже не могла этого сделать, в моем мозгу с лихорадочной быстротой прокручивался сценарий последствий моего сопротивления. Эти последствия разрушат все, над чем я работала столько лет, ведь он мне этого не простит, а это значит, сделает все для того, чтобы я уже никогда не смогла получить ни одного заказа.

Жесткая рука скользнула мне под юбку. Он пытался увлечь меня куда-то в угол, но я стояла, как вкопанная. И тут сам судьба пришла мне на помощь – вдруг из того угла, куда он меня тащил, раздался шуршащий звук. Глаза мои уже привыкли к полумраку, и я увидела, как со стоявшего у стены дивана сорвались две тени, сначала они бросились в разные стороны, а потом обе устремились к двери. От неожиданности хозяин сделал шаг в сторону и руки его опустились. Тогда и я опрометью кинулась вслед за перепуганной парочкой. Достигнув конца коридора, остановилась, чтобы перевести дух. Перед тем, как выйти в зал, пригладила волосы, одернула юбку и попыталась вернуть своему лицу привычное выражение.

***

Какие еще опасности подстерегают меня на этом пути? Спрашивала себя, была бы моя жизнь легче, а главное, безопаснее, если бы я была замужем? Женщине необходима защита, или, скажем так, своего рода прикрытие, каким может стать законный супруг.

Все девушки мечтают о замужестве, но я не могу позволить себе мечтать, я должна думать о том, что есть, мечты мне заменяют мои жизненные планы. Разрушить все очень легко. Дает ли замужество женщине какую-то власть? Или оно ее отнимает? Уложив тебя в постель, мужчина верит, что приобрел над тобою власть. Ах, нет, он получает эту власть лишь потому, что женщина сама этого хочет, она сама согласна на рабство. Почему женщина отдает себя во власть мужчины, как это делала моя мать? Потому что она хочет любви и боится одиночества? А мужчина? Как бы там ни было, мужчина обязан верить в свою власть над женщиной, иначе отношения теряют для него всякий смысл. На самом деле мужчина – существо зависимое еще больше, чем женщина, притом несовершенное, неуверенное в себе, поэтому в женщине любит он прежде всего свою власть над нею, только эта вера в собственную власть дает ему силы, без нее он потерян.

Если бы я стала женой Филиппа, было бы у меня больше власти? И да, и нет. С Филиппом всегда все слишком сложно. Если я и способна хоть как-то влиять на Йозефа, на Филиппа влиять трудно. Филипп никогда не спорит, если разговор ему не по душе, он ускользает с той обаятельной улыбкой, в ответ на которую даже разозлиться невозможно. Злюсь я на Филиппа лишь когда его нет рядом, а стоит ему появиться, прощаю ему все.

***

Одно воскресенье в месяц неизменно посвящаю малышам, так я по-прежнему называю моих братьев и сестру. Растут они быстро, и характеры у них меняются. Давно исчезла та близость, что была между нами прежде, это и понятно, живут они вдали от меня, и все же мы привязаны друг к другу. Чаще встречаться с ними я не могу, все свое время отдаю работе, ведь именно она дает мне возможность оплачивать хороший интернат. Когда-то я пообещала моей бедной матери... Нет, это не сентиментальность. И не самоотверженность. Просто если я за что-то взялась, я довожу это до конца.

Встречаемся мы обычно на утренней мессе в церкви святого Петра на Грабен. Бывает, я опаздываю, торопливо крещусь и присаживаюсь рядом на скамью. Мальчики службу едва слушают, я вижу по глазам, головы их заняты собственными размышлениями, порой они начинают тихо переговариваться и соседи их одергивают. Катрин, напротив, – вся внимание, ее губы беззвучно шевелятся, повторяя слова вслед за священником. Во время молитвы лицо ее словно освещается изнутри, глаза наполняются нежностью. Нежностью светится и ее все еще такая детская кожа. У Катрин красивый голос, она поет в школьном церковном хоре. Однажды она заявила, что собирается стать монахиней.

***

После службы нас обычно ждет обед в «Львенке». Как только я усадила детей за столик, Карл потянулся за газетой. Очень уж рано уж повзрослел, в свои тринадцать рассуждает, как взрослый. Что ж, такова наша участь, бедность заставляет рано взрослеть.

Когда я вернулась из кухни с подносом, Карл вслух читал статью о новом фильме, против показа которого в Вене была устроена демонстрация, участники считали этот фильм антипатриотичным, или что-то в этом духе.

– Я тоже считаю, что этот фильм надо запретить, – заключил Карл, дочитав заметку до конца.

– Почему? Ты его смотрел?

– Нет, и смотреть не буду! Я знаю, о чем там речь, этот фильм порочит германское оружие!

– О Господи, Карл, откуда это у тебя?

Брат ничего не ответил, лишь посмотрел на меня странным взглядом.

Внешне он все больше походил на своего отца – высокий и худой, с такими же светлыми, словно выцветшими волосами и удлиненным лицом, и тот же холод в светло-серых глазах.

Слишком уж рано он начал интересоваться политикой! Я же сторонилась и левых, и правых, меня пугали демонстрации и растущая враждебность между этими двумя лагерями.

– А ты как считаешь? – спросила я Томаса.

– Не знаю. Я хочу, чтобы ты хоть один раз пошла с нами в кино. Или в Пратер. А то все время церковь, да церковь!

Томас мало похож на брата, ростом невелик, глаза темные и в них много любопытства, он из тех, кто задает вопросы, в то время как Карл, кажется, заранее знает ответ на любой вопрос.

Катрин смотрела в окно, размышляя о чем-то своем. Не притронувшись к еде, поднялась, направилась к радиоприемнику. Этот внушительных размеров ящик я приобрела на собственные деньги после того, как в Вене появилась радиостанция, вещавшая круглые сутки. Радио развлекало гостей. Девочка быстро сообразила, как включается аппарат, и из динамиков полилась музыка. Катрин стала напевать и пританцовывать в такт, а я невольно залюбовалась малышкой, у нее было все то же круглое, детское личико, обрамленное белокурыми локонами, и круглые голубые глаза. Жаль, если она станет монахиней, спрячет свою прелесть под серым покрывалом…

– Сядь к столу, твой шницель остынет, – сказала я строго, и она послушно вернулась на место.

Мальчики жадно набросились на еду, они всегда голодны. Быстро управившись со своими порциями, глазами просили добавки.

– В школе вас хотя бы хорошо кормят? – спросила я, накладывая еды им на тарелки.

Оба посмотрели на меня так, что я осеклась.

– В Пратер, в Пратер ты с нами пойдешь! – не унимался Томас. – Я хочу покататься на колесе!

– Хорошо, пойдем в Пратер, – пообещала я и добавила для порядка, – но только если у вас будут хорошие отметки.

Учились все трое неплохо, а это значит, деньги мои расходовались не зря.

– А может, вы хотите посмотреть Ратушу? Сегодня как раз день открытых дверей. В Пратер пойдем в другой раз.

– Хотим, хотим! Мы все хотим! – вскричал Томас.

– Можно, – произнес Карл сдержанно, стараясь придать своему голосу мужские нотки, помолчал и добавил, – мы увидим там господина Зейца[4]?

– Не знаю, вряд ли бургомистр сегодня на месте.

– Но ты же с ним знакома, – подхватил Томас, – я всем в школе рассказываю, что ты знакома с самим бургомистром!

– Ну, знакома, это громко сказано, – засмеялась я, – просто он иногда обедает у нас в ресторане, ему нравится, как мы готовим.

– Ну и что! Подумаешь, какой-то красный бургомистр! – неодобрительно хмыкнул Карл и добавил, – его давно пора сменить!

– А ратуша изнутри такая же красивая, как снаружи?– спросила Катрин.

– Не знаю, я там еще не была. Пойдем, посмотрим!

***

Количество желающих взглянуть на помещения, в которых заседало правительство «красной Вены»[5] было так велико, что нам пришлось выстоять огромную очередь.

<hr>

[4] Карл Зейц (Karl Seitz) – австрийский политик, первый федеральный президент (1919-1920) б бургомистр Вены (1923-1934)
[5] После Первой мировой войны и раздела Австро-Венгрии Австрия была провозглашена республикой. На выборах в муниципальный совет Вены в 1919 году победила Социал-демократическая партия. Якоб Рейман был избран первым бургомистром. После выборов в 1923 году его сменил Карл Зейц.

Хотела увести детей обратно в ресторан, но они отказались:

– Мы будем ждать! Давай подождем!

Готика, или как это там называется... Потолки сводами уплывают куда-то ввысь, превращаясь в чудовищные звезды. При виде этой красоты во мне шевельнулось чувство, похожее на восторг. Эта величественная красота казалась нерукотворной. Ратуша внутри, как и снаружи напоминала собор. Восторг соединился с чувством собственной моей незначительности, тогда и беды мои стали так же незначительны.

Обратно шли не торопясь, разглядывали витрины, мимо нас с гудками проносились автомобили, цокали копытами лошади, запряженные в лакированные фаэтоны, и все это было таким праздничным, таким веселым.

Когда вернулись в ресторан, снова усадила детей за стол, принесла какао и сладкое.

Томас спросил робко:

– Сколько пирожных можно мне съесть?

– Сколько хочешь. Только смотри, чтобы живот не разболелся. Не торопись. Давай, лучше не ешь все сразу, я заверну вам, возьмете с собой.

***

Лето 1933 года выдалось горячим, город бурлил демонстрациями, а я злилась, они мешали делу, кто за что и против чего демонстрировал меня не интересовало.

Мы закрылись на перерыв, но один столик все еще был занят, за ним сидели три господина, по их лицам было видно, они вели беседу о чем-то серьезном, и мне неловко было их торопить. Одного из господ я знала по портретам в прессе, он занимал какой-то важный пост в полицейском департаменте.

Подошла к входной двери, чтобы запереть ее на ключ и услышала шум с улицы. Увидев бегущих молодых людей, поспешно повернула табличку надписью «Закрыто» наружу и уже взялась за ключ, как меня буквально отбросило к стене. В ресторан ворвался молодой человек в студенческой форме, по его лицу текла кровь. Он сам быстро закрыл за собою дверь и провернул ключ, после чего отпрянул к стене так, чтобы его не было видно через дверное стекло.

Мы стояли в гардеробной, отгороженной от зала тяжелым пологом.

– У вас есть запасной выход? – спросил парень громким шепотом и направился к пологу.

Я схватила его за рукав.

– Тихо! Вы распугаете моих гостей.

Боковым коридорчиком потащила на кухню.

– Я только хотел…

– Мне не надо знать, что вы хотели!

Кровь текла у него из носа и сочилась из располосованной щеки.

Пришлось усадить его на стул. Достав из медицинского шкафчика перевязочный материал, продезинфицировала глубокий порез на щеке, стянула и заклеила его пластырем, в ноздри воткнула два ватных тампона, после чего достала из холодильного шкафа лед.

– Чем это вас?

– Не знаю, у него было что-то острое в руке, кажется штопор, он метил мне в глаз, но, видите, повезло, – сказал парень, близоруко щурясь, и добавил, – мои очки…

Этот худенький юноша не был похож на тех, кто затевает драки.

– Я еврей, понимаете, – начал парень, но, посчитав, что этим все сказано, замолчал.

Я ничего не спрашивала и тогда он добавил:

– Они бьют евреев. Они хотят заставить нас покинуть университет… И вообще…

– Кто они? – спросила я скорее из вежливости.

– Вы сами знаете!

Все это было омерзительно.

С улицы донесся громкий стук, кто-то барабанил в дверь.

– Оставайтесь здесь! – сказала я и поспешила к двери.

Через стекло увидела четырех молодых парней с раскрасневшимися лицами, они были в студенческой форме и вид у них был воинственный.

– У нас закрыто, извините, – сказала через стекло.

– К вам вошел наш друг, мы хотим его видеть!

– У нас закрыто, – повторила я.

Один из парней уже занес руку с зажатым в ней камнем, он собирался разбить стекло, в счастью, именно в этот момент полог откинулся, засидевшиеся господа решили наконец покинуть ресторан. Парень тотчас опустил руку, а мне пришлось распахнуть перед господами дверь. Студенты отступили в сторонку, давая пройти гостям, лица их моментально изменились, судя по всему, они узнали господ и почтительно склонили перед ними головы. Господа в ответ вежливо прикоснулись к шляпам, а я поспешила захлопнуть дверь.

Официанты уже сновали по залу, готовя его к вечернему наплыву гостей. Я поспешила на кухню. Парень сидел на табурете в той же позе, глаза у него были закрыты.

– Пусть посидит, не трогайте его, потом выпустите через черный ход, – приказала я прислуге и поднялась к себе, мне тоже нужно было отдохнуть.

Филипп был здесь, он сидел в кресле и читал газету. Голос у меня все еще дрожал, когда я рассказывала ему о случившемся.

– Ну и дрянь! – выругался он, – этих сволочей уже не остановить, ты не поверишь, эти подонки проникли даже в парламент.

Какие сволочи, какие подонки, мне совершенно не хотелось вникать в эти подробности. Всем своим существом, животом чуяла опасность, смертельную опасность, она была рассеяна во все еще прозрачном венском воздухе, мне становилось страшно.

И это в то время, когда мир наполнялся удивительными вещами – радио, дирижабли, самолеты, звуковое кино, всюду звучала музыка, дорогие рестораны были полны народу, мое дело процветало. Тем не менее, все это не мешало мне видеть, как по ту сторону благополучия росла ужасающая бедность. Меня она пугала. Пройдя сквозь ад нищеты, ты уже никогда не избавишься от этого страха, не перестанешь, так сказать, прятать сухари под подушку.

***

– Что случилось, – забеспокоилась я, увидев судки с обедами, громоздившиеся на столе, – где Янис?

Янис, молодой парнишка, развозил обеды и занимался разной мелкой работой, у него была светлая голова и золотые руки. Впервые он не явился на работу, никого не предупредив.

– Ладно, упакуй все в коляску, – приказала я одному из официантов.

Нахлобучив на голову кожаный шлем и надев ветрозащитные очки, взгромоздилась на мотоцикл. Водить его меня научил Филипп. Юбка моя развевалась по ветру. Прохожие не сводили глаз с девушки на мотоцикле, останавливались, чтобы поглазеть на меня – одни с восхищением, другие с завистью, третьи с осуждением. Что ж, на всех не угодишь! Филипп считал меня лихим водителем. Ему это нравилось. Лихим! Я просто хороший водитель. Мне нравится это дело и мне плевать, женское оно или нет. Мне приходится заниматься и другими не женскими делами. Когда женщина таскает на себе мешки, это ни у кого не вызывает возмущения, а разве это женское дело?

Быстро развезла обеды, они еще не успели остыть, последним в моем списке был господин Леопольд, рядом с его фамилией на табличке стоял титул – профессор. Что ж, пусть будет профессор! Сняв шлем и очки, позвонила в дверь.

Хозяин сам открыл дверь.

– Ваш обед, господин профессор! Простите за опоздание.

– Вы сами на мотоцикле? – спросил удивленно, – а что с Янисом?

– Янис приболел, позвольте, я накрою вам стол!

– Да, пожалуйста, прошу вас, – произнес профессор, пропуская меня вперед. – У моей домработницы сегодня выходной, – и добавил, словно оправдываясь, – знаете, она совершенно не умеет готовить. Ваши обеды – совсем другое дело.

– Почему же вы ее держите? – сорвалось у меня и, смутившись, я тотчас добавила, – простите…

– Ничего… Сам не знаю. А впрочем… Она уже немолода, где ей найти другую работу? – задумался на мгновение, и добавил, – знаете, она напевает, когда убирает квартиру, у нее всегда хорошее настроение.

Это, конечно, аргумент!

Вошла в огромного размера кабинет, уставленный книжными шкафами доходившими до потолка. Обедал хозяин здесь же, за маленьким столиком у окна. Расстелив салфетку, быстро сервировала стол. Перед тем как усесться, он достал из шкафа начатую бутылку белого вина и два хрустальных бокала.

– Вы выпьете со мной, фрау Штайнер?

Я растерялась, а что если его обидит мой отказ?

– Да, пожалуй, но всего глоток!

Тогда хозяин добавил:

– Понимаете, я уже много месяцев не выхожу из дому, а вы, чувствую, человек, симпатичный.

– Вы нездоровы? – участливо спросила я.

– Можно сказать так… Я заболеваю, когда вижу этих марширующих молодчиков, когда слышу их крики.

Меня это пугает, после этого я не могу работать. А вы, надеюсь, вы…

– Нет, я не марширую, – успокоила я его.

***

Когда вернулась в ресторан, Янис сидел на кухне с забинтованной головой.

– Этого еще не доставало! Что случилось? – раздраженно спросила я.

Парень медлил с ответом. Оказалось, группа приверженцев Дольфуса схлестнулась с группой прогерманских активистов и у них завязалась потасовка.

– А ты что там делал? Тоже дрался? Выгоню вон!

– Да не дрался я, фрау Штайнер! Мне до них дела нет! – оправдывался бедный Янис, – я там случайно оказался, хотел сократить путь, и вот, наткнулся…

Я поверила ему, но на всякий случай переспросила:

– А ты за кого, к какой партии принадлежишь?

– Вы меня знаете, фрау Штайнер, – сказал парень уже совсем спокойно, – я только за вашу партию, мне нужна работа, ничего другого я не хочу, моя семья без моего заработка умрет с голоду, у меня мать уже два месяца с постели не встает, и две сестренки, малолетки. Я один у них.

– Вы слышали? – обратилась я громко ко всем, кто в этот момент находился на кухне, – запомните и передайте остальным, я не потерплю никакой политики, свои симпатии и антипатии оставляйте за порогом, а здесь я требую честной работы!

Ах, если бы все было так просто! Мой брат Карл, он еще так юн… На душе было паршиво. Взяла поднос с выпечкой и понесла в буфетную.

***

Фрау Гринфилд с приятельницами усаживалась за столик у окна, это был ее столик, она очень расстраивалась, если он оказывался занят. Что ж, надо звонить и заказывать заранее! Дамы попросили кофе и пирожных.

Удивительно, как этой сладкоежке удается сохранять такую стройную фигуру! Впрочем, моей фигуре тоже сладкое не вредит, но я весь день в движении, так что… Филипп разделяет со мной эту страсть, он тоже любит сладкое, только в отличие от меня… Да, худым его не зовешь. А Йозеф… Йозеф только курит. Любовь к сладкому – признак доброго характера, засмеялась я однажды в его присутствии, а день спустя увидела, как он, держа в одной руке сигарету, другой запихивает в себя пирожное. При этом делал он это так, чтобы я это видела, а меня разобрал смех. Тогда Йозеф разозлился, он часто злится.

Фрау Гринфилд оставила подруг, подошла к стойке и попросила упаковать для нее несколько пирожных, после чего заговорила совсем тихо:

– Это для моего племянника, – на мгновение замолчала и добавила, еще больше понизив голос, – фрау Штайнер, я хочу сердечно вас поблагодарить.

– Ну что вы, не стоит благодарности, – сказала я, упаковывая пирожные, ее тон меня удивил, – это я должна вас благодарить…

– Я не то имела в виду. Вы спасли жизнь моему племяннику.

– Вашему племяннику? А разве я с ним знакома?

И тут в памяти всплыла история с парнем, за которым гнались негодяи.

– Ах, вы имеете в виду тот случай? Я не знала, что он ваш родственник.

– Да, – продолжила фрау Гринфилд, – у нас с мужем нет детей, мой племянник, он нам, как сын…

– Не стоит благодарности, На моем месте…

– Ах! К сожалению, на вашем месте… – она не договорила, потом добавила, – не говорите ничего, я перед Вами в неоплатном долгу.

– Ну что вы, – снова возразила я, – если уж говорить о долгах, то это я в долгу перед вами! Я счастлива, что хоть как-то сумела отплатить добром за ваше доверие.

Эта женщина стояла на пороге моего успеха, это она дала мне первый шанс… В каком-то смысле, это благодаря ей я сумела подняться от положения прислуги до моего сегодняшнего положения. Теперь я чувствую себя полноценным человеком. Мои братья и сестренка тоже должны быть ей благодарны, ведь мне удалось забрать их из приюта и определить в частный интернат. Многого пришлось мне лишиться в жизни, но и а на моем пути встречались добрые люди. Человек я благодарный, странно только, что ни к Йозефу, ни даже к Филиппу я большой благодарности не испытывала – за все, что я от них получила, мне приходилось платить… Не слишком-то они со мною церемонились…

***

С ужасом спрашивала себя, догадывается ли Филипп… Неужели никто ему до сих пор не донес, не выдал меня? Как долго еще это может продолжаться? Порой готова была взорваться, сама все рассказать и потом все бросить, уйти, уехать, до такой степени отвратительна мне была необходимость лгать и лавировать между братьями. Интимные встречи с Йозефом стали редкими, но они были. Шла я на это лишь из страха, Йозеф грозился все рассказать Филиппу. Бывали моменты, когда мне казалось, я схожу с ума.

Большую часть времени проводила в «Львенке», приезжала к Йозефу лишь когда ему нужна была моя конкретная помощь. Йозеф теперь один занимался «Золотым львом» и вынужден был делать то, от чего в свое время его освобождала я, и это была еще одна причина его растущего раздражения. Редкая из наших встреч не заканчивалась бурной ссорой, уезжала я в ярости, грозя положить конец нашим встречам, на что Йозеф реагировал мольбами не бросать его, а потом грозился все рассказать Филиппу. Я верила и не верила. Может, так было бы и лучше, все равно эта игра добром не кончится, но разве ж я затеяла эту игру?

Филиппа я полюбила с первого взгляда. Да, так тоже бывает. Любила его, как только женщина может любить мужчину. Знаю, это звучит ужасно, но по-своему была я привязана и к Йозефу, пусть даже порой люто его ненавидела. Да, и такое бывает. Ненависть, которую я испытала в тот день, когда оба брата... Нет, она не угасла во мне, она никуда не делась, просто я гнала ее прочь, какой от нее прок?

***

Ненависть рождает желание мести, оно мне хорошо знакомо. Как часто, еще ребенком, лежала без сна в нашем маленьком домике и рисовала себе картины уничтожения Отто... Он погубил жизнь моей матери, он погубил мою жизнь, он произвел на свет троих детей лишь затем, чтобы сделать их несчастными, его одного винила я в ранней смерти моей матери, он заслужил самого страшного, он заслужил смерти, медленной, мучительной. Приходили моменты, когда я готова была на все, готова была собственными руками его прикончить. Не стану называть это чувство желанием справедливого возмездия, я не из тех, кто играет словами, справедливая или несправедливая, месть, она и есть месть.

А потом... Однажды случилось чудо, иначе я этого не назову. Под утро лежала без сна, а когда в ранних сумерках раздался первый свист дрозда, во мне вдруг что-то произошло. Умом я, конечно, всегда понимала, что убить Отто означало окончательно погубить свою собственную жизнь, но мне это было все равно, настолько сильна была во мне ненависть. И вдруг, в то раннее утро ощутила я совсем иное чувство. Как бы сладок ни был момент мести, сама она не принесет ничего, кроме опустошения. Месть никого не наполняет, она оставляет после себя выжженное поле. И даже само желание мести опустошительно. Это я поняла в то раннее утро. Церковь называет это грехом. Ах, не моя это задача – восстанавливать справедливость в этом мире, Бог знает лучше, кого наказать, кого помиловать.

Ненависть никуда не ушла, она осталась во мне, от нее мне не избавиться, но желание мести исчезло. Оно перестало меня мучить. Почему, собственно? Оттого, что мне удалось переложить эту задачу на другого? На того, кто все видит, и чей суд страшнее человеческого суда?

Дни шли за днями, я становилась старше. В свои годы добилась я многого, больше, чем когда-либо могла мечтать, но отчего нет в моем сердце радости? Нет удовлетворения. Напротив, живет в нем чувство безвозвратной потери. Что утратила я? Или чего я не нашла? Филипп... Мне нужна его любовь. Он любит меня, но любит по-своему, не так, как мне хотелось бы. Да, он всегда ко мне возвращается... А чего хотелось бы мне? Чтобы он никогда меня не покидал...

Глава шестая

В городе творилось нечто ужасное, гремели выстрелы, вспыхнул пожар во Дворце правосудия, то и дело сменялись правительства. Во главе государства стоял теперь некий Дольфус, мужчина детского росточка с детским личиком и детской шаловливой улыбкой, так и казалось, будто он играет в какую-то свою игру. У этого мальчика, тем не менее, было немало приверженцев, а сам он молился на Муссолини, портреты которого ежедневно мелькали в газетах. Да, взгляд у меня женский, и вообще о политике мне думать не хочется, у меня есть дела поважнее.

***

Фрау Гринфилд готовилась к банкету в своей квартире. Янис помог мне с доставкой вина и закусок, после чего исчез, а я осталась. Из патефона тихо лилась музыка, но никто не танцевал, гости были заняты беседами. Бросалось в глаза, что собравшиеся были разного происхождения и разного достатка – рядом с крупным промышленником сидел бедный поэт. Некоторых я узнавала по портретам в газетах, старенького профессора по фамилии Фрейд сразу узнала по многочисленным карикатурам. На диване у окна сидел знаменитый писатель, высокий и кряжистый, с тяжелой челюстью, он беседовал с таким же знаменитым композитором, потом к ним присоединилась жена французского посла…

Закуски стояли на столе в столовой, каждый обслуживал себя сам, я лишь разносила напитки и убирала использованную посуду, невольно становясь свидетелем обрывков разговоров. То, что я слышала, рождало во мне тревогу. Казалось, эти люди не просто предчувствуют большую беду, они знают о грядущей катастрофе.

Наутро послала Яниса забрать посуду, позже поехала сама, проверить, все ли в порядке, и получить деньги по счету. Фрау Гринфилд пригласила меня выпить с нею чаю. Мы сидели за тем же столиком, за которым беседовали в нашу в первую встречу, и я с тем же восхищением любовалась этой чудесной гостиной, выдержанной, как я теперь знала, в стиле модерн.

– Как ваши дела, Фрау Штайнер? – спросила хозяйка.

Она давно перестала обращаться ко мне «милочка» или «дорогая», почувствовала, что мне это не нравится, так богачи обычно обращаются к прислуге, а я не прислуга, я такой же предприниматель, как, скажем, ее муж, пусть даже зарабатываю не так много.

– Спасибо, хорошо. Можно сказать, очень хорошо, – ответила я с напускной веселостью.

– Ничто вас не беспокоит?

– Нет. А что может меня беспокоить?

– Это хорошо, – ответила она с грустью.

Что толку говорить о своих тревогах, разве я могу что-то изменить?

– А что говорят ваши хозя.., простите, компаньоны, господа Йозеф и Филипп Вольф? – настаивала фрау Гринфилд.

– О чем?

Уходить от ответа не имело смыла, я знала, что она имеет в виду, и сказала прямо:

– Ничего они не говорят, мы не говорим о политике, – и неожиданно для самой себя добавила, – вот только братишка мой, он еще так юн... Боюсь, как бы он не попал в дурное общество.

– Что вы имеете в виду?

– Ах, эти демонстрации... Эти немцы...

– Да, школа, друзья, – сделала заключение моя собеседница, – время теперь такое, молодежь..., – она не договорила, задумалась и добавила, – может случиться, что вскоре нам с мужем придется покинуть эту страну. Вы ведь знаете, мой муж родом из Англии, он собирается вернуться на родину. Пока не поздно. Другие наши знакомые подумывают о том же. Нам здесь опасно оставаться. Не только евреям будет тяжело...

Ее слова иглой вонзились в мое сердце.

***

Был сезон спаржи. В «Золотом льве» все кипело. Наш повар-француз успевал работать на два ресторана, обучив своих помощников, готовил такие блюда, каких в других ресторанах было не найти.

– Нужна нам эта спаржа! – по обыкновению ворчал Йозеф.

– Не нужна, так не нужна, закрывай лавочку, – огрызалась я.

Вся бухгалтерская работа по-прежнему лежала на мне. Йозефу пришлось переоборудовать для меня кабинет, теперь его каморка имела вполне пристойный вид, окно было расширено, с него исчезли горшки с геранью, вместо этого висели шелковые занавески, а на месте колченого стола появились красивый секретер и книжный шкаф, где аккуратно, по годам были рассортированы папки с документами. В углу стоял сейф, а во всю стену висела картина с видом Вены.

Я стояла у стола, спиной к входу, когда послышался скрип двери. Йозеф подошел ко мне вплотную, положил руки мне на бедра, одна рука поползла к груди.

– Не мешай, – оттолкнула я его, – мне до вечера не управиться.

– Не слишком ли много ты работаешь? – разозлился Йозеф.

– Работаю, сколько надо!

Хотелось вцепиться ногтями в его физиономию. Впрочем, равнодушие ранит больнее грубости. Интимные отношения я допускала только в постели, никаких других ласк я от него не принимала.

– Зачем я тебе нужна? Заведи себе любовницу, женись, наконец! – прошипела я.

– И заведу! И женюсь!

– Пустые обещания! Тебя никто не хочет.

Я умышленно злила его. Его убогие попытки вызвать во мне ревность были смешны. Он знал это и злился еще больше. Резким движением развернул меня к себе, в ответ я зашипела:

– Оставь меня…

Его губы впились в мои, я пыталась отбиться, но Йозеф был сильнее меня.

– Оставь, или я закричу!

Думаю, лицо мое исказилось, на мгновение в глазах его мелькнул страх, он разжал руки, и я отпрянула.

– Что с тобой? Я хотел только… Мы давно…

– Оставь меня в покое! И вообще… Сейчас приедет Филипп.

Настояниям Йозефа я уступала лишь когда Филипп бывал в отъезде, когда он был в Вене, спать с Йозефом я отказывалась, более того, я всячески избегала встреч с ним. Йозефа это злило. Филипп жил теперь в моей квартирке над «Львенком», но свою комнату в «Золотом Льве сохранял за собой.

Раздражения по отношению к брату Йозеф старался не показывать, но тут его прорвало:

– Я не хочу, чтобы он сюда приезжал!

***

В тот же момент за окном по гальке зашуршали шины. Я испытала облегчение. Йозеф оставил меня и вышел во двор. Окно было приоткрыто, мне слышен был его голос:

– Чего тебе здесь надо?

– Я тоже рад тебя видеть, братец, – добродушно отреагировал Филипп.

Приоткрыла дверь и смотрела, как он поднимается по лестнице. Помедлив минуту, Йозеф направился за ним, оба скрылись за дверью комнаты Филиппа. Оттуда послышались возбужденные голоса. Сердце мое полетело в пропасть, я ощутила почти физическую боль. Неужели речь обо мне? Ну, что ж, когда-то это должно произойти…

Страх потерять Филиппа… Этот страх был сильнее, чем страх потерять все, что мною нажито с таким трудом. Если Йозеф… Нет, он ничего не скажет! Он прекрасно знает, тогда он окончательно потеряет меня. Что они оба будут делать? С двумя заведениями им без меня не справится, в любом случае их жизнь не будет такой удобной, как сейчас, и они это знают. Знают ли? Дело у нас отлажено, как швейцарский часовой механизм, а это значит, и без меня система будет продолжать работать… Незаменимых людей нет...

Полчаса спустя братья спустились вниз почти в обнимку. Оба улыбались и у меня отлегло от души. На сей раз пролетело мимо. О чем они спорили? Мне нужно это знать!

***

Филипп вошел в кабинет, запер за собою дверь и обнял меня.

– Пойдем ко мне!

– Ах, нет, не сейчас, мне нужно до вечера управиться с отчетом, не хочу завтра снова сюда приезжать.

На глазах у Йозефа подняться с Филиппом в его комнату, это было бы слишком. И зачем только Филипп явился сюда! Все это невыносимо!

– Я хочу тебя. Сейчас же!

– Бесстыдник! Я тоже тебя хочу.

– Значит, ты тоже бесстыдница! Но я мужчина, мне можно.

– Ха! А я женщина, мне тоже можно.

– Не говори глупостей! То есть, говори глупости!

– Да, конечно, я всегда говорю глупости.

– Нет, не всегда. Вообще-то ты умная. Слишком даже умная, я даже немного побаиваюсь тебя. Но будь осторожна, если я тебя разлюблю, тебя уже никто не полюбит.

– Это почему же?

– А потому что мужчины не любят умных женщин.

– А я притворюсь глупой.

– У тебя не получится! На твоей милой мордашке написано, что ты умная. И притворяться ты тоже не умеешь.

– Ах, милый, если бы ты только знал, – вырвалось у меня и я поспешила добавить, – значит, не такая уж я умная, раз не умею...

– Умная, умная. Что я должен знать? – говорил Филипп, целуя меня в шею.

– Нет, ничего...

– И все же?

– Ничего... Я очень люблю тебя. Если ты меня разлюбишь, никто другой мне не будет нужен...

– Ну, тогда пошли скорее наверх!

– Нет, оставь меня, мне некогда. Стыдно, все сразу все поймут.

– Ну, и что? Все и так все знают.

– Знать, это одно, а видеть – другое.

Филипп закрыл мне рот поцелуем, раздвинул языком мои зубы, быстрым движением руки поднял мою юбку…

– Охальник! Бесстыжий, – хлопнула я его рукой по груди, когда все было кончено, – смотри, что ты наделал с моей прической…

– Угу, бесстыжий, но он любит тебя, не забывай этого.

Как легко срываются с его уст слова любви! Глаза мои наполнились слезами. Это были слезы счастья и обиды. Я отвернулась, а он через плечо поцеловал меня в щеку, как ребенка.

– Оставь меня! – сказала сквозь слезы.

– Ладно, оставляю. Пойду тоже займусь делами. Я там привез кое-что. Поужинаем сегодня вместе?

– Здесь?

– Да, здесь.

– Мне бы не хотелось…

– Я остаюсь здесь. Придут друзья. Хочу, чтобы ты тоже осталась.

После нашей близости Филипп всегда полон сил и настроение у него прекрасное.

***

Оркестр в тот вечер играл в «Золотом льве». Я сидела за работой, время от времени поднимала голову и слушала. Печальную и глубокую мелодию выводил саксофон, у меня защемило сердце.

Наконец поставила точку. Убрала книги в сейф, привела в порядок прическу, припудрила нос и вышла в зал. Филипп помахал мне рукой из табачного облака.

В отличие от «Львенка» с его более или менее постоянным контингентом гостей, в «Золотом льве» каждый вечер появлялись новые лица, да и публика была попроще. Мало того, за столиками все чаще возникали громкие споры, кто-то кому-то что-то доказывал, переубеждал, а если переубедить не удавалось, выкрикивал какие-то лозунги. Помешать этому было невозможно.

Пройдя между столиками, села рядом с Филиппом.

– Что ты будешь есть? – спросил Филипп шепотом мне на ухо, и я отчего-то покраснела.

– Я уже заказала салат и говядину.

– А спаржу?

– Спаржу я ела вчера. И позавчера… Хватит с меня спаржи!

– Филипп, а я еще не ела спаржи в этом сезоне, – сказала Жаннет своим обычным капризным голосочком, – закажи для меня спаржу!

Жаннет наполовину француженка, что само по себе делает ее чем-то особенным в глазах местных мужчин. Не понимаю, отчего это мужчины так падки на француженок, что в них такого особенного, ведь красивых среди них не так уж много, наши девушки куда красивее. Кто-то сказал, что в них есть нечто поинтереснее красоты. Ну и что это, любовь к сексу, которая откровенно написана на их детских мордашках? В широко распахнутых голубых глазах Жанет, в ее мелких рыжеватых кудряшках, обрамляющих узкий лобик, и правда, было что-то по-детски трогательное. Может, это и есть секрет – француженки похожи на маленьких девочек, а мужчин тянет к юности. Но только не Филиппа! Спаржу он ей, конечно, закажет, но большего Жаннет от него не дождаться.

Беспокойство вызывала во мне другая его подруга, Сибилла, эта была постарше, ее умные серые глаза смотрели иронично, казалось, она все видит и все понимает. Говорила она мало.

Анди и Франц – тоже старые друзья Филиппа.

Анди, полное имя Андрей, ребенком попал в Австрию с родителями, русскими эмигрантами, бежавшими от революции. Семья была не простой, отец – профессор, хотя и происходил из семьи сапожника, а мать, напротив, из дворянского рода. Родители любили друг друга. В Австрии отцу не повезло найти работу по специальности, от безысходности он даже запил. Когда сын подрос, у него обнаружилось деловая хватка, теперь он успешно торговал углем и чем-то там еще, денег хватало и на семью, и на женщин, он легко давал взаймы, забывая требовать возврата, ему предсказывали неизбежное банкротство, на что Анди отвечал, ничего, я русский, а русским Бог помогает.

Франц, напротив, был человеком вполне серьезным, несмотря на свою молодость, уже управлял текстильной фабрикой своего отца, а тот, видя успехи сына, готовился и вовсе передать фабрику ему в полное владение.

Похоже, Франц был влюблен в Сибиллу, та отвечала на его ухаживания благосклонностью королевы. Жанет была девушкой Анди. У Анди были и другие девушки, всех своих красоток он знакомил между собой, некоторые из них после этого его бросали, а другие начинали дружить между собой, и все вместе славно проводили время.

У меня друзья Филиппа вызывали странные чувства уже потому, что были они совершенно разные. Возможно, я им завидовала. Завидовала их досугу, избытку роскоши, всему тому, чего никогда не было у меня. В то же время понимала, что моим сегодняшним благополучием обязана я таким вот прожигателям жизни, распыляющим по ресторанам свои или родительские состояния, что ж, все в этом мире взаимосвязано.

Сибилла ленивым кошачьим жестом потянулась к сумочке, достала сигарету, воткнула ее в длинный мундштук из красного янтаря с золотой окантовкой и застыла каменным изваянием. Франц и Анди одновременно протянули ей зажигалки. Прикурила она не сразу, а чуть помедлив и ни на кого не глядя. Выпустила изящный клуб дыма и долго смотрела куда-то вдаль отсутствующим взглядом. Что за мысли витали под ее мраморным челом? Эта женщина казалась мне олицетворением нашего, такого неверного времени – не знаешь, чего от нее ждать.

***

За соседним столиком веселилась порядком подвыпившая компания юнцов, своими выкриками мешавшая другим гостям. Парни были одеты в одинаковые рубашки коричневого цвета, на рукавах были одинаковые нашивки. И отчего это мужчины так любят униформу, в то время как женщина упадет в обморок, если увидит на другой такое же платье? Дольфус запретил ношение униформ, может, и правильно сделал, не люблю толпу, где одного человека не отличить от другого. Запрет вызвал взрыв негодования. Улицы сотрясались от маршировавших мужчин, называвших себя гордостью нации, или совсем коротко – наци. В знак протеста шли они обнаженными до пояса, словно кроме мундиров им нечего надеть. Какое убожество! Очевидно, эти юнцы того же сорта! Их пьяные выкрики становились все громче.

– Мы покажем этим свиньям, где раки зимуют!

– Этот коротышка еще долго будет нас помнить!

– Наше оружие!

– Да здравствует великая Германия!

– Да здравствует великий Острмарк[6]!

– Да здравствует…

Оркестр заиграл на полную мощность и компания на минуту умолкла. Какое-то время парни слушали музыку, потом один из них, белобрысый и нескладный парень с короткими ногами и явным плоскостопием, подошел шатающейся походкой к подиуму, остановился напротив саксофониста. Пытался поймать его взгляд, но саксофонист играл, глядя куда-то вниз и в сторону, лоб его покрывали капельки пота. Постояв так с минуту,

---

[6] Старое название Австрии, когда она была еще германской провинцией

белобрысый протянул руку и ухватился за саксофон. Музыка смолкла. Парень тянул инструмент на себя, но саксофонист крепко держался за него обеими руками.

Зал притих.

– Знаешь, мне не нравится твой нос, – громко произнес белобрысый в наступившей тишине и с неожиданной прытью для своих коротких ног вскочил на подиум и попытался схватить саксофониста за нос. Тот в ужасе отпрянул, оставив саксофон в руках обидчика.

В следующее мгновение Филипп уже стоял на подиуме, прикрывая собой щупленького саксофониста. Вырвал саксофон из рук белобрысого. Тот от неожиданности застыл на месте. Филипп передал инструмент бледному музыканту:

– Маэстро, оркестру пора сделать перерыв.

Музыкантов как ветром сдуло, а Филипп повернулся к пьяному дебоширу и спросил все с той же улыбкой:

– А что с моим носом? Мой нос тебе тоже не нравится?

Голос его был спокоен, но в нем звучала угроза, хотя на лице по-прежнему играла улыбка.

– Твой нос вроде в порядке, – сказал парень, теряя уверенность, – но… вот твои волосы… Волосы у тебя не того… Ты тоже жид! – заключил он.

– Ну, вот что, парень, – вымолвил Филипп тем же спокойным голосом, – забирай-ка свою компанию и проваливай, счет оплачивать не надо, мне ваши деньги не нужны, считай это мой вам жидовский подарок!

Парень, кажется, не сразу врубился, натянуто улыбаясь, поплелся к своим. С жидовским подарком было что-то не так, за них платят, а с другой стороны… их выставляют вон. Что именно он сказал собутыльникам, я не слышала, но один из них тотчас вскочил с места, как ужаленный.

– Ах, вот как! - заорал во все горло, – Значит, тебе наши деньги не нужны?! Брезгуешь, значит, чистыми немецкими деньгами, жидовская ты морда! Все зло в мире от вас, жидов!

С этими словами парень подскочил к Филиппу и занес руку с зажатой в ней бутылкой из-под шнапса. Удар нанести он не успел, Филипп толкнул его, и тот полетел на пол, задев по дороге стул, бутылка треснула в его руке, я увидела кровь. Друзья кинулись на помощь. К счастью, все были слишком пьяны и на сопротивление не способны, Филиппу при помощи двух официантов удалось вытолкать всех за дверь и засунуть в как раз подъехавшее такси. В ответ на протесты шофера, Филипп бросил ему крупную ассигнацию со словами:

– Отвезешь этот хлам на свалку!

***

Я поискала глазами Йозефа. Он стоял за стойкой, невозмутимо перетирая бокалы, словно происходившее его не касалось. Лишь несколько минут спустя подошел к нашему столу.

– Присаживайся, братец, не стесняйся, – с улыбкой сказал Филипп, наполняя бокалы. – Выпьем за наше прекрасное будущее!

Йозеф опрокинул в себя рюмку обстлера. Спокойным он оставался лишь внешне. Хотелось спросить, отчего не помог брату, но это было бессмысленно, ответ я знала.

– Кругом сегодня одна только политика, – наконец вымолвил Анди, добавив незнакомое мне слово, очевидно выругался по-русски.

– Политика гонится за тобой, бежать от нее бессмысленно, – подтвердил Фриц, – скоро каждому придется выбирать, на чьей он стороне.

– А ты что, до сих пор своей стороны не выбрал? – усмехнулся Анди.

– Представь, не выбрал! И не собираюсь. Моя семья всегда голосовала за христианских демократов.

– А ты, ты лично за кого голосуешь?

– Раньше тоже голосовал за них, но теперь… Кажется, они не знают, за кого они сами, мечутся между Гитлером и Муссолини, как цветок в проруби, пытаясь понять, что лучше, быть повешенным или утопленным, хотя сама казнь кажется делом решенным.

– Ну, понятно… – засмеялся Анди, – нам с Жанетт с националистами не по пути – я русский, Жанетт француженка. Не так ли, милая?

Жанетт ничего не ответила, только глянула на Анди с детской улыбкой, потом внимательно посмотрела на Филиппа.

– На еврея ты не похож.

– Ну, спасибо! Не понял, мне радоваться или огорчаться?

Жанетт словно не расслышав, продолжила:

– Ты похож на итальянца. Ты не чистокровный австриец.

– Точно! – засмеялся Филипп, – а где ты видела чистокровных австрийцев? Может, это Поспишил? Или Сучич? А, Чурлвитц, этот уж точно чистокровный ариец! А ты как считаешь, госпожа Штайнер? – Филипп с улыбкой повернулся ко мне, – ты-то у нас точно чистокровная арийка!

– Да уж какая есть!

Сибилла молчала, застыв с сигаретой в руке, сизоватый дымок, вихрясь, поднимался кверху.

А ведь и она не чистокровка. Похоже, в нашей компании одну меня, да еще Франца можно было бы назвать арийцами, да и то лишь за отсутствием информации о грехах наших бабушек.

***

В ту ночь долго лежала без сна. Филипп тоже не спал.

– А ты отважный, не то, что другие, – промолвила, целуя его в плечо, думала я о Йозефе.

– Да, знаю, – отвечал Филипп, засмеявшись, – а если бы я не был отважным, ты бы меня любила?

Слова я произношу не так легко, как Филипп, ему хочется, чтобы я почаще говорила, что люблю его. Может, он и вправду итальянец?

– Нет, трусливого я не смогла бы полюбить.

А ведь твой брат стоял и не вмешивался, хотела я сказать, но снова промолчала.

– Ты всегда открыто говоришь то, что думаешь?

– А то ты меня не знаешь!

– В том-то и дело, что знаю.

Эти слова наполнили тревогой мое сердце, я не стала переспрашивать, что он имеет в виду.

– Полюбила я тебя таким, какой ты есть, другой мне не нужен. А я? Тебе хотелось бы, чтобы я была другой?

– Ну… Если честно… Вначале мне не очень нравилось, что ты слишком молода и слишком тонка, прям, как ребенок, сама знаешь, я люблю зрелых женщин, но ты этот недостаток уже давно выправила.

– Вот за это я тебя и люблю! Мои достоинства ты называешь недостатками, и недостатки достоинствами.

Филипп засмеялся в ответ, повернулся ко мне всем телом и прошептал на ухо:

– У меня для тебя сюрприз!

– Что еще за сюрприз? – забеспокоилась я, – хороший или плохой?

– Не знаю, как ты расценишь. Загляни-ка в мой чемодан!

– Ты его еще не распаковал?

– Я ждал, когда ты это сделаешь.

Пришлось включить свет. Открыла крышку изнутри пахнуло дорогими духами. Сверху лежало что-то шелковое, приглушенно-изумрудного цвета… Платье! Театральное! Вечернее платье! У меня перехватило дух, я едва сдержалась, чтобы не закричать от радости. Потом произнесла тихо:

– А туфли? У меня к нему нет туфель…

– Ну, если покопаешься…

Туфли оказались еще прекраснее. Золотистые с зеленью, на высоком каблуке, из мягкой, почти перчаточной лайки. Женщина, у которой есть такие туфли, уже никогда не будет чувствовать себя золушкой, она навек станет принцессой. В восторге кинулась Филиппу на шею, осыпая его поцелуями.

– Примерь, – потребовал Филипп.

Платье сидело, как влитое, у Филиппа никогда не бывает просчетов. Эта его любовь к красивой одежде, этот идеальный вкус… Ну, кроме, конечно, балдахина над его кроватью… А может и правда не врут злые языки… Йозеф совсем другой, до мозга костей практичный, трудно поверить, что они братья.

Радость моя, однако, быстро сменилась унынием.

– Ах, куда мне в нем ходить!

– Как куда, в театр, конечно!

В театре я никогда не была. Я имею в виду, в настоящем театре, не в Пратере или в каком-нибудь уличном балагане. О театре я до сих пор даже мечтать не смела.

***

Когда я увидела нас в огромном зеркале в фойе оперного театра, я поняла, что мы созданы друг для друга, мы вполне даже привлекательная пара и поэтому должны быть навек вместе, весь остаток нашей жизни, велик он или мал, но мы должны быть вместе.

Опера называлась «Риголетто». Это очень печальная история о большой любви. Филипп был весь внимание, кажется, он забыл обо мне и обо всем на свете, он слушал музыку. А я тайком поглядывала на него. Не сразу мое внимание приковала сцена, лишь постепенно музыка втянула и меня в свое лоно. Взволновал сюжет оперы. Как же надо любить человека, чтобы пожертвовать собственной жизнью, зная, что тебя не любят. Случается такое и в реальной жизни? Способна ли я так любить? Пожертвовала бы я своей жизнью ради Филиппа, зная, что он ко мне равнодушен?

В антракте мы пили шампанское.

Это была другая жизнь, мне казалось, я просто взираю на нее с другого берега. Сегодня обслуживала не я – меня обслуживали…

– Тебе понравилось? – спросил Филипп, когда мы спускались по лестнице.

– Разве ты сам не видишь, я чуть не заплакала, – говорила я, поддерживая юбку обеими руками.

– А я тебе тоже нравлюсь?

– Нет, ты мне совсем не нравишься, – говорила я, смеясь счастливым смехом.

– Хорошо. Значит, ты не поедешь со мной в Италию?

– Однажды ты уже спрашивал, – напомнила я, – а потом забыл…

– Что ты тогда ответила?

– Ничего не ответила. Я не поверила тебе.

– А сейчас веришь?

– Ну… Если… Если ты купишь мне еще одно такое же красивое платье… Не могу же я ходить в одном и том же!

– Так… Значит, если я куплю тебе платье… Итак, я могу купить тебя за платье?

– Нет уж, одного платья мало. Я стою дороже…

Глаза мои наполнились слезами. Сентиментальность – не в моем характере, но я ничего не могла поделать. Никогда не плакала от горя, не могла позволить себе плакать, а теперь слезы катились из моих глаз и я их не сдерживала.

***

Мне двадцать четыре года. Родилась я в 1910-м году, это был хороший год, говорила мама. Никто не думал, что вскоре грянет война. Я была счастлива, у меня были родители, у меня был отец, самый лучший человек на свете, он любил меня больше жизни. Много позже поняла, как трудно было содержать семью после того, как началась война. Шахтеров на фронт не брали, но зарплаты оставались прежними, а цены росли. Моим родителям приходилось нелегко. Отчего же я вспоминаю свое раннее детство так, словно это было воплощение рая на земле? Я была сыта, а главное, у меня была любовь, любовь мужчины, которого любила я всем сердцем, любовь моего отца. Что еще нужно для счастья?

Так отчего же мне стали так важны деньги, и я становлюсь все более ненасытной. Трачу мало, только на необходимое, питаюсь в ресторане тем, что остается после того, как кухня уже закрыта, одеждой меня обеспечивает Филипп, главные мои расходы, это плата за школу для детей и их одежду. Скопилась у меня приличная сумма, но я хочу еще и еще. Мне нужно много денег. Зачем? Потому что деньги – это свобода? Да, деньги – это независимость.

***

Для гостей я выписала несколько газет и два женских журнала Просматривала их за завтраком. Наши гости много говорят о политике, все словно с ума посходили, слушаю их краем уха, уши не заткнешь. Страна разделилась на два больших лагеря, не считая всяких там мелких брызг, при этом одни хотят демократии, другим подавай фашистов и Дольфуса. А еще есть монархисты, мечтающие о возврате старых времен. Громче всех орут те, что требуют Гитлера и присоединения к Германии.

Карлу уже шестнадцать, но с профессией он никак не определится. Начал учиться на сапожника и бросил, сказал, не хочет обслуживать чьи-то ноги. Пошел учеником в ремонтные мастерские на железную дорогу, можно сказать, по стопам отца, но и там, чувствую, долго не продержится. Прогуливает ради собраний и митингов. Пытался и мне что-то объяснять про национальную идею, но я слушать не стала, нет у меня времени на подобные глупости, работать надо, говорю, а не ерундой заниматься. Он обиделся, ушел, хлопнув дверью. Школу он уже закончил, теперь живет у отца.

Томас, напротив, немного медлительный, немногословный, все время что-то мастерит, любит работать руками, а руки у него золотые. За него я спокойна.

Катрин… Девочка растет мечтательницей. Больше молчит, думает о чем-то своем, и тогда глаза становятся светлыми, словно внутри кто лампочку зажег. Молится истово. Знает наизусть все службы на латыни.

Когда Катрин впервые заговорила о том, что хочет уйти в монастырь, я не приняла это всерьез, мало ли какие фантазии бывают у детей! Маленькие мальчики хотят стать пожарными, а потом забывают об этом, но теперь вижу, это серьезно. Пытаюсь понять ее. Нет во мне этой склонности к духовному, слишком рано пришлось столкнуться с грубой стороной жизни, приходилось думать о хлебе насущном, размышлять о духовном у меня не было времени. Пусть моя жизнь и не была легкой, но не могу я понять, как можно вот так, добровольно уйти от жизни, заключить себя в монастырских стенах. Как бы там ни было, мне нравится быть женщиной, нравится спать с мужчиной, чувствовать его тяжелое тело и теплое дыхание на моей коже, когда он… Мне кажется, я всегда это любила. Когда свинья Отто пытался меня соблазнить, его я готова была убить, но мысль о близости с мужчиной возбуждала меня уже тогда. Пусть даже у мужчин больше возможностей, пусть с мужчиной считаются больше, чем с женщиной, но променять мое тело на тело мужчины я не согласилась бы никогда, я хорошо чувствую себя в моем собственном теле, я его люблю. Особенно, когда к нему прикасается рука Филиппа… Однажды он сказал, я хорошая любовница, потому что люблю свое тело.

Филипп уезжает, и тогда является Йозеф... Его я ненавижу. А порой жалею, он кажется таким жалким. Похоже, он любит меня, и несчастен оттого, что я люблю Филиппа. А я... По-своему привязана я, пожалуй, к обоим братьям. Как было бы здорово, если бы Йозеф был мне просто братом! Ненавижу его, когда он вынуждает меня с ним спать, но когда мы с ним в постели, мне даже хорошо, потому что он любит мое тело. Йозеф, наверное, хороший любовник, я имею в виду, он так старается, порой его желание мне угодить действует мне на нервы! Ах, любовник, это больше, чем постель. По-настоящему хороший любовник – Филипп. В нем много страсти, он делает мне подарки, он говорит нежные слова, он поддерживает меня, его любовь чувствую я не только в постели.

***

«Золотой лев» сильно изменился с тех пор, как я стала большую часть времени проводить в «Львенке». Все здесь вроде бы на своих местах, но все как-то не так. Не знаю, чем это объяснить. Лишь комната Филиппа все та же, а главное, запах, там все еще пахнет Филиппом. Ах, снова эти сантименты! Бывает, забираю бухгалтерские книги и работаю в его комнате. Здесь я в безопасности. Сюда Йозефу хода нет, я запретила ему переступать порог этой комнаты. Йозеф злится, но слушается, я чувствую свою над ним власть, в то время как Филипп неуловим, он любит меня, но удержать его я не в силах. И куда только он то и дело уезжает? Что за дела у него?

Все, финансовый отчет готов!

Спустилась в ресторан.

Йозеф стоит за стойкой.

Входная дверь нараспашку, сноп солнечного света застыл в воздухе. Голубь нагло прошествовал в помещение, выклевывает что-то меж половиц.

– Сделай мне, пожалуйста, кофе, – попросила, присев на высокий стул.

– Кофе уже готов. В моей комнате.

Так я и знала! Нехотя поднялась и вышла в сад. Яблони уже отцвели, листья наливались зеленью. Как скоро кончается весна, как быстро отцветает ее робкая нежность! Так же скоро проходит молодость!

Йозеф вышел вслед за мной.

– Идем, – сказал, взяв меня за руку.

Я осторожно высвободила руку. Когда дверь за нами захлопнулась, Йозеф начал расстегивать пуговицы на моей блузке.

– Я сама, – отстранила я его, быстро скинула одежду и нырнула под одеяло.

Не хочу никаких нежностей, если он хочет меня, пусть берет, но только без ласк, без поцелуев…

Простыни скрипели свежим крахмалом, источая сладковатый аромат лаванды.

А потом… Мы молчали. Йозеф курил. Глаза у него были влажные. Мне не терпелось под душ и за работу, но я выдерживала паузу, необходимую для того, чтобы не слишком обидеть Йозефа.

Мое предательское тело… Желание овладевает мной, а потом я сама себе противна. Эх, добром все это не кончится.

– Я женюсь на тебе, – произнес Йозеф надтреснутым голосом, – будь моей женой!

Я замерла. Лежала неподвижно.

Йозеф тоже молчал.

– Это что, предложение? – наконец вымолвила я.

– Да, предложение. Я прощу тебе все, прощу Филиппа. Ты будешь принадлежать только мне, – сказал он так, словно уверен был в том, что своим предложением меня осчастливил. Во мне поднялся гнев, он, видите ли, меня простит! А я прощу тебя? Не прощать ты меня должен, а просить прощения! Едва сдерживала себя, чтобы не закричать. Молча выскользнула из-под одеяла и отправилась под душ.

Хотелось стать невидимкой.

Когда я начала одеваться, Йозеф тоже встал. Подошел ко мне вплотную, пытаясь заглянуть мне в глаза.

– Хорошо, хорошо, – закричал наконец не своим голосом, – бери все! Все перепишу на тебя, будешь здесь хозяйкой, только выходи за меня!

Я ничего не ответила. Пошла прочь.

Меня трясло. Все, надо все рассказать Филиппу и будь что будет! От этой мысли похолодело внутри.

Когда вышла из трамвая на Кольцевой улице, она вскипала, здесь снова маршировали какие-то молодчики с портретами Гитлера в руках. Тогда я свернула в боковую улицу, пошла быстрым шагом.

Небо было светлое, чистое. Деревца стояли нарядные, одетые в по-весеннему светлую листву...

Глава седьмая

В половине шестого прозвенел будильник. Могла бы позволить себе понежиться до семи, но это старая привычка, боюсь проспать, не успеть, что-то выпустить из-под контроля.

Сквозь шторы пробивался слабый свет от уличного фонаря, отбрасывая на пол причудливые тени. С улицы доносились гудки автомашин, стук копыт по мостовой, конское ржание, Вена уже давно начала свой новый рабочий день, а я могу принять душ и выпить кофе, это ли не счастье!

Щелкнула выключателем, скинула ночную сорочку, глянула на себя в зеркало. Да, на девочку я уже не похожа. Не то чтобы я поправилась, просто исчезла детская хрупкость, тело у меня сильное, под кожей крепкие мышцы, но кожа гладкая, как и прежде.

Филипп играет в теннис, приглашает и меня, а я лишь смеюсь – у меня на в ресторане физкультура с утра до вечера, да и где мне взять время на развлечения! Филипп считает, что время у меня есть. Может, и так, я уже давно не прислуга, я предприниматель, такой же, как Филипп или его друзья. А теннис… Ладно, доживем до лета, там увидим. Может, и правда, пора становиться светской дамой.

Скоро Рождество, надо готовить подарки – детям, персоналу, да и братьям тоже, я имею в виду Йозефу и Филиппу. Принимаю душ, одеваюсь, а голова уже полна мыслей и планов, так начинается мой день, задолго до того, когда я спущусь в ресторан. Открываем мы в восемь, но основная клиентура приходит к девяти.

Сварила кофе на электрической плитке, села к столу, надо проверить счета за последнюю неделю. За окном забрезжил поздний зимний рассвет.

В доме напротив, в квартире, что вровень с моими окнами, горел свет, семья часовщика тоже поднимается рано, их четверо – отец, мать и две девочки лет по десять-одиннадцать. Все они кажутся мне частью хорошо отлаженного механизма, по их действиям я точно знаю, когда мне пора начать приводить себя в порядок. У отца маленькая мастерская на первом этаже, из моего окна я вижу множество ходиков на стене. Он уже позавтракал, встает раньше всех, сам варит себе кофе и делает бутерброды для всей семьи. Сейчас он накинет пальто и спустится вниз, отопрет мастерскую, кинет пару поленьев в печку и, не снимая с плеч пальто, сядет за маленький столик лицом к окну, нажмет кнопку настольной лампы и его лицо вспыхнет в луче света. Потом он воткнет в левый глаз черную круглую лупу, значит, он левша. Каждый раз мне кажется, будто глаз его перевязан черной лентой, как у флибустьера. Ах, нет, таких тощеньких флибустьеров не бывает. Мне кажется, он тяжело болен. Открывает он мастерскую чуть позже, а до открытия будет сидеть, едва шевелясь и сосредоточенно копаться в часовых механизмах.

В это время мать собирает девочек в школу. Позже откроется дверь подъезда, девчушки в одинаковых шляпках малинового цвета, в одинаковых пальто с овечьими воротниками и с ранцами за плечами выйдут на улицу. Мать останется стоять на пороге, а они, перебивая друг друга, станут что-то говорить ей, потом по очереди поцелуют в щеку и вприпрыжку побегут по тротуару, а женщина будет любовно смотреть им вслед, пока они не скроются за поворотом. Тогда она вернется в квартиру, нальет в большую белую чашку оставшийся кофе, после чего выключит свет и устроится с шитьем у окна.

***

Меня отвлек голубь, уселся на подоконник и завел свою гулькающую песенку. Прилетает он каждое утро, словно поздороваться, ждет крошек, склонив головку, смотрит на меня через стекло вопросительным взглядом. В такие моменты во мне просыпаются воспоминания о малышах, и снова перед глазами встает картина – на меня смотрят три пары голодных глаз, полных слез и надежды. И все же мы не пропали, мы выкарабкались. Какой ценой? Ах, все в этом мире имеет свою нелегкую цену!

Катрин скоро четырнадцать, она маленького роста, худенькая и нежная, вся в маму, кажется, сил у нее совсем нет, хотя она убеждает меня в обратном. Учится хорошо. Не могу же я тебя разочаровать, сказала однажды, ты так много делаешь для нас. У меня от этих слов навернулись слезы. Точно так же и я боялась разочаровать моих родителей. Казалось, училась я для моего отца. Он и теперь продолжал жить во мне, в моем сердце. Сестрёнкина благодарность наполняет меня теплом. Болит у меня за нее сердце, трудно ей будет в жизни.

За Карла, старшего, тоже неспокойно. Он весь в отца. Отто берет его с собой на разные сборища. Во время путча оба, вооруженные дубинками, маршировали по улицам, о чем мне геройски поведал сам Карл. А я в тот день с перепугу закрыла ресторан, отправила персонал по домам, как чуяла беду. В тот день убили федерального канцлера. Теперь все вроде бы успокоилось, улеглось. Надолго ли?

Лучше бы ты с профессией определился, каждый раз говорю Карлу, но он в ответ только посмеивается, ничего, говорит, подожди, скоро весь мир будет наш. Чей это, говорю? В ответ он только хмыкает.

Томас, напротив, меня радует. Парень трудолюбивый, серьезный. Филипп устроил его на текстильную фабрику к Францу, тот доволен говорит, если так дальше пойдет, быть Томасу через пару лет начальником цеха.

Открыла окно. Голубь взлетел, подняв снежное облачко, сел на ветку, склонил головку, смотрит бочком, ждет. Порыв холодного ветра ворвался в комнату, вдохнула полной грудью и славно стало на душе, холод выветрил из меня грустные мысли. Покрошила остатки хлеба на подоконник и закрыла окно. Голубь тотчас перелетел с ветки и принялся стучать клювом по подоконнику.

Закончила свой туалет. Из зеркала на меня смотрела вполне привлекательная молодая женщина с тяжелым узлом волос на затылке, моя шею от этого казалась еще тоньше. Может состричь эти мои волосы, очень уж с ними хлопотно, теперь женщины носят короткие стрижки. Ах, нет, не знаю, придется тогда часто бегать к парикмахеру, а это тоже морока, пусть растут. Филипп любит мои волосы.

***

Спустилась в ресторан. Йозеф сидел за столиком у окна.

– Завтракать будешь? – спросила вместо приветствия.

Он что-то пробурчал в ответ.

– Сейчас принесу.

– Только чашку кофе. Нам надо поговорить.

Принесла кофе и села к столу.

– А ты?

– Я уже выпила мой кофе. Случилось что-то?

– У меня? Нет.

–А у кого?

– У тебя.

Удивленно глянула на него, он не торопился, я терпеливо ждала, глядя в сторону. За окнами мелькали тени прохожих. День был пасмурный.

Наконец он снова заговорил:

– Когда ты набираешь персонал, ты интересуешься, кто чем дышит?

– То есть? В каком смысле?

– Как в каком! Ты в курсе, что муж твоей Хельги коммунист?

Хельга была одной и лучших моих официанток.

– Откуда ты знаешь?

– Знаю! Мне можешь верить!

– Ну и что? Мне какое до этого дело?

– Смотри, как бы не пришлось поплатиться!

– За что? Не говори ерунду! Она у меня самая толковая. Случись мне заболеть или ненадолго уехать, на нее одну могу оставить ресторан.

– Ах вот как? А я думал, на меня, – в его голосе прозвучали злость и обида.

– Ты только ради этого пришел?

– Не только. Ты давно не была у меня. Там накопилось…

Я не дала ему договорить:

– Хорошо, завтра приеду. А сейчас извини, мне некогда.

С этими словами отправилась на кухню.

Муж – коммунист! Откуда он знает? Ну, а если и так? Да плевать я хотела! Какая мне разница! Что все это значит? А может, все же поговорить с нею при случае? Почему при случае? Хельга как раз вошла в кухню с подносом в руках и стала загружать посуду в мойку. Это была красивая двадцатипятилетняя женщина с приятным румянцем, с ямочками на щеках и очаровательной улыбкой. Клиенты ее очень любили.

– Хельга, на два слова!

– Да, я вас случаю, госпожа.

– Отойдем в сторонку. Хочу спросить, где работает твой муж?

– Он механик на электромеханическом заводе. А что?

Не в моих это правилах, ходить вокруг да около, спросила напрямую:

– Это правда, что он коммунист?

Женщина вздрогнула в ответ.

– Кто вам сказал?

– Это не важно. Так это правда? Не бойся, мне просто нужно знать правду, на случай, если…

На какой случай, я не знала, но раз уж об этом зашла речь, то знать правду необходимо.

– Нет, он не коммунист, – сказала она твердо, и я ей поверила, – но признаюсь, он симпатизирует социалистам. А разве это грех? Социалисты много хорошего сделали для города, и вы это знаете. То, что теперь все партии запрещены, еще не значит, что все они были плохими, не так ли?

– Нет, конечно, это не грех. Просто я подумала… Ах, не важно. Смотри только, чтобы у вас не было неприятностей.

– Он никогда не был членом партии, он просто…

– Ладно! Иди, работай.

Чего добивается Йозеф? Он шпионит за моими работниками. Значит, и за мной тоже.

***

«Золотой лев» процветал, к обеду ресторан был полон народу, но это была какая-то иная публика, возможно, люди за это время изменились. Меньше стало женщин, большей частью приходили молодые мужчины, и явно не только ради развлечения, их связывали какие-то общие интересы, к тому же было похоже, что чуть ли не все посетители знакомы между собой. Меня это пугало.

Прошла в свой кабинет, занялась бухгалтерией.

Дела у Йозефа шли прекрасно. Он уже давно мог бы расплатиться с братом, но отчего-то не желал этого делать. Когда я спросила, отчего, он нехорошо ухмыльнулся:

– Погоди, расплачусь! Со всеми я скоро расплачусь.

– Что ты имеешь в виду?

– Придет время, узнаешь!

Не стала допытываться. Зная, как тяжело Йозеф расстается с деньгами, решила, это его обычная его скаредность, но его тон оставил в душе тяжелый осадок.

Закончив отчет, поднялась в комнату Филиппа, с тех пор как он перестал здесь бывать, в ней царит порядок – дело рук горничной, журналы аккуратно сложены стопкой на столике, в шкафах все на своих местах. Филипп никогда не кладет вещи на место, а мне порядок необходим, без него я теряю душевное равновесие, и все же, беспорядок, который устраивает Филипп, мил моему сердцу, не знаю уж, отчего.

Скинула туфли, не раздеваясь, легла поверх одеяла. Долго разглядывала знакомую картину с видом Венеции. Каждый раз нахожу в ней новые детали. Не заметила, как глаза сомкнулись и я задремала.

Очнулась оттого, что на меня свалилось что-то тяжелое. Вскрикнула от неожиданности. Это был Йозеф. Он пытался меня поцеловать.

– Уйди, подонок!

Лицо его исказилось. Он рвал на мне одежду. Каким-то образом мне все же удалось сползти с кровати на пол, перевернувшись всем телом, вскочила на ноги, заорала не своим голосом, задыхаясь от гнева:

– Ты сбесился! Гад!

– Да, сбесился, – ответил он зло.

– Я тебе сказала, не сметь заходить в эту комнату!

– Гм, она мне сказала! Посмотрите на нее! Нечего разыгрывать из себя хозяйку! Ты здесь никто!

Никогда прежде не разговаривал он со мной таким тоном.

Блузка на мне была порвана, я прикрывала руками грудь. Мысли разбегались. Мне стало страшно. Йозеф говорил что-то, перемежая речь дурными словами, тогда я шагнула за порог ванной комнаты и заперлась там. Он стал кулаками колотить в дверь. Потом стало тихо.

Глянула в зеркало. Лицо покрылось красными пятнами, волосы растрепались, а глаза… На меня смотрели глаза вконец больного человека.

Нет, так дальше продолжаться не может! Из страха все потерять, потерять Филиппа вот уже десять лет живу я в этом кошмаре и страх сжирает меня изнутри.

Плеснула в лицо ледяной воды. Чуть успокоилась. Причесала волосы. Блузка… В мусор! Накинула висевший на крючке халат, открыла дверь и увидела Йозефа сидящим на кровати с опущенной на руки головой. Он поднял на меня глаза, полные вины и слез.

– Прости. Я не знаю, что на меня нашло. Я не могу жить без тебя. Выходи за меня замуж!

Я молчала, тогда в он снова обозлился:

– Знаю я тебя, стерву, тебя интересуют только деньги, только все это – он повел рукой вокруг, – хорошо, я согласен! Выходи за меня! Я уже сказал однажды, если тебе это так важно, перепишу все на тебя, все будет твоим. Только не бросай меня!

– Ну и дурак же ты! – вырвалось у меня из самой груди, – ты же видишь, что ты мне не нужен. Да, я хотела бы, чтобы все это было моим, потому что моего труда во всем этом прорва, но все дело в том, что ты мне не нужен! Перепишешь все на меня? Хорошо, давай, переписывай! Только учти, тебя самого я после этого выставлю за дверь.

Я не знала, что говорю, в меня словно дьявол вселился, это он вытаскивал наружу то, что накопилось во мне за долгие годы унижений. Не помню, что еще я говорила, из меня бил ядовитый фонтан, пока не иссякли мои силы.

И тогда я обмякла. Мне хотелось умереть.

Йозеф слушал меня молча, потом сказал с издевкой:

– Да, я вижу, ты у нас самая умная. Но не так-то легко тебе будет со мной расстаться. Или выйдешь за меня, или я тебя уничтожу. Поняла?

Голос прозвучал так, что я ему поверила.

– Убьешь? Мне все равно. Хочешь меня запугать? Ничего не выйдет! Я тебя не боюсь.

– Убью! – повторил он, – тебя, а потом его и себя.

– Ух ты! Какие страсти!

– Не веришь?

– Верю. И все же, вот что скажу. Я больше не буду с тобой спать. Делай что хочешь! Можешь меня убить. Мне все равно. Можешь рассказать все Филиппу. А впрочем, я сама ему все расскажу. И плевать я на вас обоих хотела!

– Ах, я знаю кое-что получше! Я убью твоего любовника! Мне это не впервой…

– Филиппа? Твоего брата? – перебила е его.

– Да какой он мне брат? Этот ублюдок воображает, будто он лучше всех…

Не дослушав, я вышла вон. Эти слова «не впервой» я пропустила мимо ушей, вспомнятся они мне много позже.

Спустилась в кабинет. Скинула халат, надела пальто и села в машину. Когда Филиппа нет в городе, я езжу на его машине. Включила зажигание. Руки у меня тряслись. Застыла на минуту, глядя прямо перед собой. Ком снега сорвался с ветки, тяжело плюхнулся на капот. Шла оттепель, но морозы еще вернуться. Завтра Рождество.

***

Минувший год принес немало потрясений не только стране, в моей жизни многое изменилось, я тоже изменилась. С того момента как я отказалась спать с Йозефом, у меня прибавилось сил, я почувствовала себя более свободной. Страх, мучивший меня годы напролет, утих, нет, он не исчез, просто опустился на дно и не мучил меня больше, как прежде.

Ничего я не сказала Филиппу. Йозеф очевидно тоже молчал. Ах, будь что будет! Устала я бояться. Да и чем я виновата перед Филиппом? Они оба использовали меня. Будь я глупее и будь во мне меньше злости, я бы, наверное, кончила панелью, или сидела за швейной машинкой на фабрике по двенадцать часов в день за мизерную плату. В худшем случае старела бы бессловесной тварью, продолжая вкалывать на этих двоих полной их рабыней.

Надоели мне эти его поездки! По-прежнему толком не знаю, чем он занимается. Когда он мне нужен, его нет рядом. Да и когда он здесь… Филипп не расположен к серьезным разговорам, он создает вокруг себя какую-то легкомысленную атмосферу. Друзья его обожают. Женщины в него влюблены. Изменяет ли он мне? Возможно. Но что с того? Я его рабыня. Я никогда его не брошу.

Из ванной доносится его голос. Филипп пел какую-то красивую итальянскую песню. Голос у него тоже красивый, он наполняет мое сердце теплом и негой. Шум воды прекратился. Теперь он вытирается… Наконец дверь ванной отворилась.

– Послушай, крошка, завтра я снова уезжаю.

– Как, ты только вчера приехал!

– Дела! Мне надо торопиться. Давай, быстро, собирай свой чемодан!

–То есть?

– Ты едешь со мной! – произнес он приказным тоном.

– Как это? Я не могу… Так вдруг… Почему ты раньше не сказал? На кого я ресторан оставлю?

– Гм, может, Йозеф присмотрит за рестораном?

– Нет уж! Только не он! – вскричала я.

Сердце у меня колотилось, мне казалось, я сейчас рухну без чувств.

Мы едем в Италию! Филипп и я! Мы вдвоем!

***

Мимо вагонных окон проплывали розоватые облака цветущих абрикосовых садов. Когда поезд описывал дугу, я видела его начало с пыхтящим паровозом. До моего слуха долетал гудок. Пахло горелым углем, меня возбуждал этот запах, это был запах дальних странствий. Ах, впервые у меня отпуск, настоящий отпуск, как у других людей. Волновало меня все, и прежде всего тот факт, что мы с Филиппом вдвоем, и никого больше нет на мили вокруг. Он сидит напротив, смотрит в окно, о чем-то сосредоточенно думает.

– Куда именно мы едем? – снова спросила я.

Филипп оторвался от своих мыслей:

– Не торопись, детка, потом все узнаешь. А пока наслаждайся. Тебе хорошо?

– Но почему ты не можешь сказать?

Да что это такое, он словно меня выгуливает, как собачку, почему это должно мне нравиться, не в моем это характере, я привыкла сама все держать в узде.

Мой друг улыбнулся в ответ этой своей необыкновенной улыбкой, чуть наклонился, взял мою руку, поднес к губам и сказал:

– Я хочу, чтобы мы поженились.

В ответ у меня сжало горло, закружилась голова, я не в состоянии была ничего вымолвить.

– А ты, ты тоже этого хочешь?

Вместо ответа слезы хлынули у меня из глаз.

Он обнял меня, и я прошептала едва слышно:

– Да.

***

Была уже глубокая ночь, когда мы прибыли в Удине, там нас ждал автомобиль с шофером. Ехали часа два. Дорога сначала была гладкой, потом начались ухабы, приходилось плотно сжимать зубы, чтобы они не цокали. Из темноты на нас летели высокие черные силуэты деревьев, потом они расступались и пропускали нас. Мы с Филиппом сидели на заднем сиденье, одной рукой он крепко прижимал меня к себе. Наконец под колесами зашуршала галька. Машина остановилась.

– Приехали! – сказал Филипп.

– Где мы? Что это за отель?

– Это не отель, это мой дом.

Я вышла из машины и огляделась:

– Да это же дворец!

В неверном свете луны вырисовывался силуэт трехэтажного дворянского дома. Две симметричные широкие лестницы вели к террасе, украшенной фигурной мраморной балюстрадой. Слева и справа здание врезалось в темное небо двумя невысокими жилыми башнями.

Наш шофер скрылся за дверью нижнего этажа и вскоре появился с фонарем в руках. Это был крепкий мужчина невысокого роста средних лет, на его лице играла радостная улыбка. Он что-то сказал Филиппу на итальянском, тот ответил ему тоже с улыбкой, потом повернулся ко мне.

– Не стоит включать электричество, сейчас все спят. Джулио проводит нас в наши комнаты.

– В наши комнаты? – переспросила я.

В ответ Филип засмеялся.

Глава восьмая

Проснулись мы, когда за окнами уже сияло светлое утро. Вчера, уставшая с дороги, уснула я, как только моя голова прикоснулась к подушке. Теперь смогла разглядеть комнату. Высокие потолки, стены обиты темно-красными шелковыми обоями, шкафы и кровать украшены резным орнаментом с порядком потершейся позолотой. На всех предметах лежал отпечаток древности, лишь постельное белье тончайшего египетского шелка благоухало свежестью. Через открытое окно в комнату проникал аромат цветов.

Филипп уже поднялся, обнаженный, стоял у окна, вдыхая полной грудью свежий прохладный воздух. Поднял руки, потянулся всем телом, сладко зевнул и снова повалился на широкую кровать, перевернулся раз и накрыл меня своим телом. Я не протестовала. Я задыхалась от счастья.

– А теперь завтракать! – скомандовал после того, как дыхание наше выровнялось и, накинув на себя простыню, направился к двери.

– Куда ты?

– В мою комнату.

– Ну что за карнавал? От кого мы скрываемся?

– Ни от кого. Просто здесь так принято. Пока мы не женаты…

– Подожди! Кто еще живет в этом доме? Как мне одеться к завтраку?

– Надень светлое платье. Я зайду за тобой.

Перед тем как отправиться на вокзал, мы заглянули к Гернгроссу на Мариахильферштрассе, Филипп сам выбрал для меня дорожный костюм и еще пару платьев, все это приказал упаковать в чемодан, от которого исходил запах дорогой кожи. У меня закружилась голова, это был запах совсем другой жизни.

Так, что значит, светлое? Светло-зеленое в цветочек? Оно прекрасно, оно похоже на это свежее весеннее утро. Легкая, мягкая ткань ласкала тело. Не успела бросить в зеркало последний взгляд, как на пороге появился Филипп:

– Ты готова?

– Готова!

На Филиппе были светлые брюки и бежевый пуловер, из-под которого выглядывал воротничок полосатой рубашки – зеленоватое с бежевым.

Оглядев меня, остался доволен. Во мне все трепетало. Пыталась скрыть мучившие меня страх и недоумение, но не думаю, что мне это удалось. Мы спустились по широкой резной лестнице и оказались в помещении с перегородчатой стеклянной стеной, выходившей в сад. Солнце уже поднялось довольно высоко и стояло чуть сбоку, отбрасывая на пол, на стол и на стены угольные тени от оконных перегородок. Стены в этой комнате были светло-голубые, разрисованные цветами, стол, покрытый белой скатертью, тоже был украшен букетиками ранних цветов.

***

За столом сидело семь человек. При нашем появлении все чуть приподнялись со своих мест и снова сели.

– Позвольте представить вам мою невесту, – сказал Филипп. – Изабелла Штайнер.

Ни жива, ни мертва, смотрела я перед собой, но мало что видела. Сил у меня хватило лишь на легкий поклон. Горло сжимало так, что я не отважилась ничего произнести. Перед собой я видела господ. Это были настоящие господа, в настоящем господском доме. Казалось, я попала не в тот фильм, открыла не ту дверь. Филипп крепко прижал локтем мою руку, словно хотел сказать, не бойся, я с тобой.

Вначале подвел меня к немолодому господину, сидевшему во главе стола.

– Познакомься, Фабрицио Романо, мой дед.

Старик приветливо улыбнулся, поднес мою руку к губам и сказал что-то по-итальянски.

– Дедушка говорит, ты ему нравишься, он очень рад наконец познакомиться с тобой лично.

– Что значит, лично? Выходит, он знал обо мне...

– О вашем существовании, – перебил меня старик на хорошем немецком, – да, конечно, Изабелла, Филипп рассказывал мне о вас.

Карие его глаза под копной седых волос горели лукавством. У него был волевой подборок, такой же, как у Филиппа. Хорошо было бы, если бы он рассказал и мне о вас, хотела я сказать, но вместо этого просто склонила голову.

Филипп представил мне и других членов семьи.

Стройную молодую кузину с красивыми вьющимися черными волосами и чувственным ртом звали Фелица, она была чуть постарше меня.

Другая женщина, Доменика, была представлена как друг дома. Она тоже была по-своему красива, несмотря на обильную седину в волосах, уложенных венчиком, как у римских матрон. Глаза у нее были грустные.

Микеле, кузен Филиппа, был упитанный и лысый коротышка с каким-то почти женским голосом, его круглое лицо то и дело расплывалось в улыбке и тогда глаза превращались в щелочки. Его жена, Агата, напротив, была высокой и худой, я бы сказала, слишком худой, на ее лице застыло какое-то обиженное выражение. Их сыну Рицо было лет пятнадцать, это был в меру упитанный похожий на отца паренек с гладко зачесанными, как у взрослого, волосами, одет он был тоже по-взрослому и весь излучал довольство и самоуверенность.

Лоренцо, другой кузен, был высокий и стройный, с узким и красивым лицом и военной выправкой.

Нескоро мне удалось прийти в себя.

Приступив к завтраку, тайком разглядывала комнату. Краска на стенах кое-где облупилась, неплохо было бы подновить роспись. Эта застекленная стена, оказывается, раздвигается, и тогда помещение соединяется с наружной террасой, за которой начинается парк. Через пару недель для этого будет уже достаточно тепло. Это моя привычка, моя особенность – я вижу все. Мой все подмечающий глаз говорил мне также об отсутствии руки садовника в этом парке. Дом прекрасен, в нем царит добрая атмосфера, и это несмотря на то, что все здесь требовало ремонта. А впрочем… Возможно, как раз эта легкая запущенность и создавала эту его волшебную атмосферу.

За столом прислуживала полненькая немолодая женщина с кротким лицом, звали ее Кармелла, она была женой Джулио, нашего вчерашнего шофера. Как потом выяснилась, все заботы по дому лежали на них двоих.

Разговор за столом тек вяло, сначала по-итальянски, потом перешли на немецкий, которым владели все, и даже юный Рицо, это и понятно, прежде край этот принадлежал короне Габсбургов.

– Вы не должны удивляться, – гордо сказал подросток. – Германия – великая страна. Она была великой и будет великой. Поэтому…

– Рицо, ешь, – перебил его отец, бегло взглянув на Фабрицио.

Тот молчал, его лицо ничего не выражало.

Это родственники Филиппа... В памяти всплыл рассказ Терезы, его я тогда не приняла всерьез. Ах, нет, порой я готова была поверить, слишком уж не похожи друг на друга эти братья – Филипп и Йозеф, и не только внешне.

Стоило встретиться взглядом с кем-либо из сидящих за столом, как мой визави мне слегка улыбался. Я тоже сдержанно улыбалась в ответ. От меня не ускользнули их изучающие взгляды и легкое напряжение, царившее за столом. Фабрицио смотрел на всех открытым взглядом патриарха, в его глазах светилось легкое лукавство, словно он совершил что-то, что другим может не понравиться. Взирал он на окружающих сверху вниз.

***

Как только мы снова оказались в спальне, я набросилась на Филиппа с упреками:

– Почему, почему ты поставил меня в такое глупое положение? Я ничего не знала, да и сейчас ничего не понимаю. Не люблю я, когда меня держат за сопливую девчонку, которой можно ничего не рассказывать!

– Ну, успокойся, – Филипп прижал мою голову к своей груди, – успокойся, малышка!

Он гладил меня по волосам.

– Я тебе не малышка! – снова взорвалась я.

– Знаю, ты человек, на которого я могу положиться, а таких у меня не так уж много. Если у меня до сих пор и были от тебя секреты, то, поверь, это лишь оттого, что и для меня все это непросто.

Он сказал это так, что я поверила. Более того, я видела перед собой другого Филиппа, не того, которого знала прежде. Тот был веселым и самоуверенным, а этот... К тому же, где-то внутри я продолжала смотреть на него так, словно он был взрослым, а я все еще оставалась той несчастной девочкой, растерянным подростком, без дома, без близких. Если Йозеф и позволял мне порой почувствовать мою власть над ним, то с Филиппом у меня никогда не было такого чувства. И вдруг я увидела, что мой неуловимый Филипп тоже раним, и ему тоже знакома растерянность. Теплое чувство близости залило меня, на глаза накатили слезы. Я сникла. То есть, успокоилась, поняла, у меня нет оснований для борьбы. К чувству близости добавилось доверие. Филипп – мой!

– Подожди, я все расскажу, – сказал он, – но сначала покажу тебе дом.

Мы вышли в коридор.

– Это моя комната, – Филипп открыл соседнюю дверь.

Это помещение походило на то, где мы спали, только кровать была односпальной, а все стены были уставлены шкафами с книгами.

– И ты это все прочитал?

– Отчего бы и нет? Я приношу их снизу, из библиотеки, а потом забываю возвращать на место. Ты же знаешь, как я ленив.

– Все понятно!

– Что тебе понятно?

– Ладно, после поговорим.

Поднялись на чердачный этаж, здесь царило полное запустение, все было навалено кое-как, на полу стояли запыленные сундуки, картины в рамах и еще какие-то вещи. Не мешало бы привести все это в порядок. По скрипучей лестнице спустились вниз. В библиотеке тоже было мало порядка.

***

Осмотрев дом, вышли в сад, в его запущенности тоже была своя прелесть. Платановая аллея вела к каменистому косогору, на котором извивались оливковые деревья.

– Они приносят урожай?

– Да. И вполне приличный.

– А кто занимается уборкой?

– Какая ты хозяйственная! У деда, кроме этой усадьбы есть еще небольшая ферма, она-то и позволяет содержать этот дом. Постоянных рабочих там мало, в сезон мы нанимаем приезжих.

Все здесь было какое-то другое, не такое, как у нас в Вене. Меня обволокло странное чувство, словно попала я наконец туда, где мне всегда хотелось быть. Может, это оттого, что все мои заботы остались далеко, впервые в жизни я отдыхала, по-настоящему отдыхала, моя голова была свободна от забот.

На деревьях уже распустилась юная зелень, нежная, светло-зеленая. День был напитан незнакомыми тонкими ароматами и пением птиц. Как же они красиво заливаются, ах, конечно, у них теперь брачный период. Как и у нас с Филиппом, улыбнулась я про себя. О, Боже! Не могла поверить – я невеста Филиппа! Настоящая, объявленная невеста! А это значит, я буду его женой. От такого счастья у меня кружилась голова. Господь услышал мои молитвы, он вознаградил меня за мои страдания, за весь мой тяжелый труд.

***

Филипп сжимал одной рукой мои плечи, в другой у него была травинка и он задумчиво ее покусывал. Ах, если бы только возможно было остановить время, я бы остановила его в этот момент.

– Белла, Белла, Изабелла, я уже говорил тебе, как сильно я тебя люблю?

– Нет, ни разу.

– Но ты это всегда знала?

– Нет, не всегда. Особенно, когда ты…

– Я знаю, я бросал тебя, оставлял одну. Я эгоист, я всегда думаю только о себе. Но однажды я все понял…

Он замолчал, молчание длилось довольно долго, не выдержав, я переспросила:

– Когда? Что ты понял?

– Многое я понял. Я стал другим, у меня открылись глаза.

Он снова замолчал.

– Почему ты решил, что стал другим? Я этого не заметила.

– Понимаешь, я всегда жил только для себя, думал только о себе, мне легко все давалось, у меня всегда было много друзей, очень разных, для меня границ ни в чем не было, я был свободен.

– Да, понимаю, но что в этом не так?

– А то, что в жизни каждого человека однажды наступает момент, когда ему надо сделать выбор. Я не хотел об этом думать, а потом понял, живем мы в страшное время, мир лопается, разрывается на части, баррикады уже построены, скоро, очень скоро начнется стрельба, и тогда каждому придется решать, на чьей он стороне. До того как это случилось, такие вопросы меня не занимали, я просто жил и плевать хотел на всякую политику.

– Что именно случилось? – недоумевала я.

– Понимаешь, они убили моего друга. Моего лучшего друга! У меня словно отрезали кусок сердца.

Мы остановились в конце аллеи. Филипп опустился на скамейку и уронил голову на раскрытые ладони. Он вроде как сразу постарел. Я молча сидела рядом, ждала. Наконец он поднял голову, глаза его покраснели.

Это действительно был другой Филипп.

– После того, как я его потерял, я понял, у меня осталась одна только ты. То есть, друзей у меня и теперь много, но это другое. Я ведь, как корабль в океане, меня носит по волнам. А ты… Ты – мой единственный якорь, моя надежная гавань. Я знаю, ты никогда меня не предашь, никогда мне не изменишь...

Холод пробежал по моему телу. Это я никогда тебе не изменю? Боже мой! Что же мне теперь делать?! Когда у меня были основания злиться на Филиппа, мне было легче, ведь я никогда не верила в его любовь. Да, он привязан ко мне. Как к кошке, как к удобному обстоятельству собственной жизни. А теперь… Закончилось мое счастье, не успев начаться… Я обязана все рассказать, и тогда…

***

Сглотнув слюну, спросила:

– Кто убил твоего друга? Почему?

– Фашисты. Они били его ногами. Только за то, что он посмел сказать им, что он о них думает. Это была озверевшая толпа. И их никто не наказал. Они воображают себя хозяевами жизни. Представь, они безнаказанно творят все, что им вздумается. Эта мерзость просочилась даже в мою семью.

– Что ты имеешь в виду?

– Ах, сама увидишь!

– Ты говоришь, это твоя семья, но я по-прежнему ничего не понимаю.

– Да, конечно. Я должен все рассказать. Наберись терпения, слушай! Возможно, до тебя дошли слухи о том, что наш с Йозефом отец на самом деле не был мне отцом, что у моей матери был возлюбленный. Так вот, это правда. Мать рассказала мне об этом, когда мне исполнилось тринадцать. Она не верила, что Энрико – так его звали – ее бросил, она знала, что обглоданный зверями труп, который нашли в лесу пару лет спустя после того, как он пропал, и был моим отцом. Меня она любила больше жизни, она хотела, чтобы я знал правду. Она собиралась развестись и выйти за Энрико, но вскоре после того, как она заговорила с мужем о разводе, Энрико исчез. Поехал на охоту и не вернулся. Она пыталась его разыскивать. У нее сохранилось лишь несколько его фотографий.

С мужем они никогда не ладили, меня он ненавидел, но мать не давала меня в обиду. Муж хоть и поднимал порой на нее руку, но вынужден был ей покоряться, ведь сам он был без гроша, ресторан и гостиница, все принадлежало моей матери. Когда я подрос, мать показала мне фотографии. Надо сказать, чем старше я становился, тем разительнее становилось мое сходство с моим настоящим отцом.

При первой же возможности я сбежал из дому. Сказал матери, еду разыскивать Энрико. Мать заплакала, пыталась меня удержать, но это было бесполезно, было мне уже почти семнадцать, я был взрослый.

Долго скитался по Италии. Здесь у меня появились друзья, ты знаешь, я легко схожусь с людьми. Кормился подработками в ресторанах, опыт у меня, как ты понимаешь, был, с детства я помогал матери. Быстро выучил итальянский. Научился готовить, меня даже звали шеф-поваром в один хороший ресторан.

Тогда-то мы и познакомились с Лино. Он был чуть постарше меня. Постоянной работы у него тоже не было, мы вместе скитались. Он был итальянец, благодаря ему я быстро научился ориентироваться в обычаях этой страны. Я искал отца, это было нелегко, фамилия Романо в Италии довольно распространенная. Поскольку отец – по словам матери – свободно владел немецким, я решил ограничиться севером страны, принадлежавшим некогда Австро-Венгрии.

Знаешь, я ведь везучий. Есть люди, у которых все уплывает из рук, несмотря на весь их труд, а есть баловни судьбы – за что бы они ни взялись, все у них получается. Так вот, мое везение, честно говоря, порой меня пугало, попадал я в такие переплеты, из каких мало кто выбирался живым. А мне все нипочем. Лишь иногда появлялся страх, неужели наступит момент, когда судьба отвернется от меня!

Филипп замолчал, потом произнес совсем другим тоном:

– И вот она отвернулась. Когда убили Лино… Это было, словно убили меня. Второго такого друга мне не найти, это он вытаскивал меня из бед. Мы бывали с ним в таких переделках… Тебе лучше этого не знать.

***

Филип снова замолчал, потом словно ожил:

– Ладно, вернусь к моему рассказу. Сведений о моем отце у меня было всего ничего. Рассказы матери о том, каким он был веселым, добрым, благодушным, вряд ли могли помочь. Искал я в той среде, к которой принадлежал сам, ведь это логично. Я знал, что был он не беден, а значит, у него должна была быть фабрика или большое хозяйство, а может и ресторан. Так я решил. О, это целая детективная история, был бы я писателем, непременно написал бы роман. Но буду краток. Знаешь, сколько в Италии людей по фамилии Романо? Боже, где я только ни побывал!

Филипп рассмеялся.

– Над чем ты смеешься?

– Ах, просто вспомнился один забавный случай. Явился я однажды к богатым фермерам по фамилии Романо. Это была немолодая уже чета. Услышав мой рассказ, оба как-то странно переглянулись. Потам муж сказал: «Да, был у меня племянник по имени Энрико, но потом он пропал куда-то». Жена недоуменно глянула на мужа, они снова обменялись взглядами, после чего, запнувшись, она подтвердила, что племянник такой был. Дальше они стали плести что-то, а я не мог понять, зачем им это нужно. Спросил напрямик, чего они от меня ждут. Старики растерялись и выложили правду. Не знаю уж, чем я им так приглянулся, что они готовы были принять меня в семью. Все дело в том, что были они одиноки, у них не было детей и им трудно было справляться с большим хозяйством.

– Что ж, понимаю, – рассмеялась я.

– Что ты понимаешь?

– То, что ты обаятельный. Тебя нетрудно полюбить.

– Ладно. Перестань! Некоторые меня ненавидят. Были и другие случаи, порой забавные, порой не очень. Потом наступил момент, когда я окончательно отчаялся, решил, что не суждено мне найти тех Романо, которые мне нужны, и решил вернуться домой. Это Лино заставил меня напоследок все же заглянуть и этот дом, ну что, говорит, ты теряешь, тем более, что лежит он у нас на пути.

В моем списке давно была и эта семья Романо, но я обходил ее стороной – очень уж знатен их род, пусть даже теперь они не так богаты, как прежде, зато с какой родословной! У них были в роду и генералы, и сенаторы. Ну что мне там делать? Слишком далек я от таких родственников! Лино все же уговорил меня.

Филипп снова смолк. Видно было, рассказ давался ему с трудом.

***

– Когда мы приехали на место, – продолжил он вскоре, – ворота были раскрыты настежь и я вошел во двор. Не знаю, как это объяснить, никогда не забуду того чувства, которое испытал в первый же момент. Смотрел на этот дом и мне казалось, бывал я уже здесь когда-то. Это была мистика. Широкий двор был пуст, вокруг стояла тишина, и я обошел дом вокруг. В саду тоже никого не встретил. Осмелев, поднялся по парадной лестнице. Терраса была пуста, и я шагнул к распахнутой двери. После яркого солнца глаза различили лишь неясные силуэты в дальнем конце просторной гостиной. Ты ее видела. Стоял поздний май, было тепло, вот как сейчас.

И вдруг раздался женский крик, мне навстречу кинулась маленькая старая женщина:

– Энрико, сыночек, Энрико, ты вернулся!

Она буквально повисла на моей шее, обнимала и гладила, прижималась щекой к моей груди, из глаз у нее катились огромные, как горошины, слезы. Женщина в белом переднике, это была Доменика, ты ее сегодня видела, чуть не силой оторвав старушку от меня, осторожно повела ее вглубь комнаты, усадила в кресло.

– Входите, молодой человек, – раздался из глубины густой мужской бас.

Я не мог двинуться с места, стоял на пороге в полной растерянности. Ко мне подошла служанка, Кармела, ты ее тоже знаешь, сказала, господа просят меня войти.

Они сидели за чайным столиком. Мой взгляд остановился на пожилом, весьма импозантном господине, сама понимаешь, кто это был. В гостях у них была еще одна пара, это были соседи и друзья семьи.

Меня попросили сесть, и я сел.

– Кто вы такой? Что вам здесь нужно? – требовательным тоном произнес господин, не отрывая взгляда от моего лица. Он беззастенчиво оглядывал меня всего и недоумение в его глазах становилось все явственней. Старушка, как я понял, его жена, продолжала причитать тоненьким голоском:

– Он вернулся, он вернулся, я знала, что он вернется. Мой сыночек. Мой Энрико! Посмотрите, он совсем не изменился!

Впрочем, недоумения были полны глаза всех присутствовавших, взгляды были прикованы ко мне, а в глазах Кармеллы я увидел слезы. Испытал я такую неловкость, что язык у меня присох к небу, поэтому просто вынул из кармана фотографии и положил на стол.

***

Филипп замолчал, погрузившись в воспоминания. Я тоже молчала. История была настолько невероятной, что я приняла бы ее за вымысел, если бы не сидела сейчас в этом саду, перед этим домом.

– Да, история совершенно невероятна, – подтвердил Филипп мою мысль, – как в каком-нибудь сопливом романе, но это, как видишь, правда.

– Ты не боялся, что тебя примут за…

Хотела сказать, за афериста, но это слово застряло у меня в горле.

– Не было у меня времени на такие мысли, я ведь не собирался ничего просить у своей родни, просто мне хотелось что-то узнать о моих корнях. Каждому этого хотелось бы на моем месте, так ли? Мне от них ничего не было нужно. Собирался поговорить и отправиться восвояси. Фабрицио настоял, однако, чтобы я погостил у них пару дней. Ему хотелось поближе со мной познакомиться. Так все и началось.

– И они вот так, сразу тебя признали?

– Я действительно невероятно точная копия моего отца, видимо, это их убедило.

– На деда ты тоже похож. Представляю, в его возрасте ты будешь выглядеть точно так же.

– Я не против!

– А кто была та старушка, которая обнимала тебя, твоя бабушка?

– Да, жена Фабрицио.

– Что с нею стало, ее больше нет?

– Умерла в прошлом году. До последнего дня верила, что я Энрико. Никто ее не переубеждал. С того момента как пропал ее сын, она впала в тоску, часто плакала, а после моего появления ее словно подменили. Она умерла счастливой.

– А эти все твои родственники?

– Что ты хочешь знать?

– Они тоже здесь живут?

– Нет, наведываются в гости, хотят видеть деда.

– По какой линии они тебе родня?

– Микеле и Лоренцо – дети младшей сестры деда, а Фелица…, она племянница ее мужа от первого брака, короче, она родня не кровная. Запутаешься! Живет она в Риме.

– Чем она занимается?

– Да так, ничем особенным, у нее картинная галерея, которая не приносит дохода, короче, проживает наследство отца.

– Фелица тебя любит.

– Что? Откуда ты взяла?

– Я видела, как она на тебя смотрит.

– Не выдумывай!

– Я не выдумываю, и ты это знаешь.

– Вот так проницательность! Не ожидал от тебя.

– Чего еще ты от меня не ожидал?

Сказала и прикусила язык. Ах, чего еще ты не ожидал от меня, любимый?!

– А чем занимаются эти твои троюродные братья?

– Лоренцо – служит в артиллерии в чине капитана, их часть как раз стоит неподалеку. Микеле живет в Удине, он член муниципального совета и у него своя обувная фабрика. Теперь он здорово разбогател, ему удалось получить грандиозные заказы от военного министерства. Не к добру все это, поверь.

– Микеле тебя не любит.

– И это ты заметила? Может, скажешь, отчего?

– Да. Потому что тебя любит Фабрицио и Микеле видит в тебе соперника, он изо всех сил пытается понравиться деду. Но ты знаешь, те, кто из кожи лезет, чтобы кому-то понравится, не нравятся никому.

– Гм… А что скажешь о Лоренцо?

– О нем трудно что-то сказать. Он занят какими-то своими мыслями. Или делами.

– Откуда ты все это знаешь?

– Ты сам сказал, я проницательная.

– Ладно, едем кататься на велосипедах!

– Мы вдвоем?

– Нет, другие. Надо же чем-то себя занять!

***

Сквозь легкую дымку синели горы, над ними клубились розовые облака. За этими горами была Австрия. Так близко! И так далеко!

Фабрицио и Доменика остались дома, остальные, как коней из конюшни, вывели из гаража велосипеды. Поехали по укатанной дорожке вдоль реки. Во время войны, которую потом назовут Первой мировой, в этих местах шли ожесточенные бои, об этом говорили многочисленные воронки от разорвавшихся бомб, теперь в них белели маргаритки. Поля наливались зеленью, по обочинам расцветали первые маки.

Филипп говорил о баррикадах, ах, нет, невозможно в это поверить среди такой красоты! Воздух напоен такими тонкими, такими мирными ароматами, он чист и прозрачен, вокруг разливается сладостный покой.

С непривычки крутить педали было тяжело, мы уже оставили позади не меньше двадцати километров.

Вдали на холме показалась колокольня, вокруг нее громоздились черепичные крыши.

Филипп ехал впереди, он поднял руку и показал, куда сворачивать, и наконец остановился перед домом с вывеской: «Il fiume azzurro". Так, azzurro, это что-то голубое. Небо, река? Так называлось кафе, в котором решено было перекусить, прежде чем двинуться в обратный путь.

Несколько столиков стояло снаружи под навесом из разросшегося винограда, он отбрасывал на террасу ажурную тень, листья еще не совсем расправились и были того светлого цвета, который неизменно вызывает в моем сердце прилив нежности. Официант сдвинул два столика вместе. Филипп сделал заказ. Вскоре на столе появились тарелки с закуской – сыр, оливки, пицца, паштеты, корзинка с хлебом и две бутылки легкого белого вина. Официант поставил на стол запотевший стеклянный графин с водой, в ней плавали мелкие листочки мяты и дольки лимона. Так, надо этот рецепт запомнить и взять на вооружение.

Что бы ни происходило, как бы счастлива я ни была, совсем отключиться от работы я не могу. Так или иначе, мысленно возвращалась в Вену, спрашиваю себя, все ли там в порядке. Впрочем, чувство тревоги смягчалось с каждым часом, любовь заполняла мое сердце, ни о чем другом думать не хотелось.

– Это паштет из маслин, ты должна это попробовать, – сказал Филипп.

Наши взгляды встретились, Филипп смотрел на меня глазами, полными нежности. Я ответила благодарным взглядом.

Наши спутники тихо переговаривались по-итальянски, потом перешли на немецкий. Разговор шел о каких-то общих знакомых, мне это было не интересно, затем заговорили о политике, и я стала прислушиваться. Понимала немного, имена итальянских политиков, за исключением, конечно, Муссолини, были мне едва знакомы. Ясно стало одно: единодушия в этой компании не было. Филипп участия в разговоре не принимал, он, как и я только слушал. Когда Лоренцо пренебрежительно отозвался о Муссолини, Микеле сделал вид, будто занят созерцанием гусеницы, ползшей по земле. Агата поджала губы, она это делала часто, зато юный Рицо весь вспыхнул:

– А вот вы, дядюшка, вы совсем даже не правы. И вы это знаете. Вам, как офицеру, и вовсе не пристало так говорить. Дуче сделает Италию снова великой. Как во времена Рима. Великий Рим возродиться, вы это увидите!

Лоренцо перебил его, сказав что-то по-итальянски, и тот опустил глаза, потом глянул исподлобья взглядом, полным ненависти.

Лоренцо этого не видел, он повернулся ко мне:

– А что думаете по этому поводу вы, фролайн Штайнер?

Вопрос меня удивил, что я должна об этом думать? Так я и сказала:

– Я ничего об этом не думаю, у меня не было пока времени размышлять над такими вопросами.

– А в Вене? Что говорят об этом в Вене?

Я окончательно растерялась. Да, я досадовала на беспорядки в городе, меня раздражали гости в ресторане, которые слишком громко говорили о политике, но больше всего удручало то, что Карл, мой брат, вместо того, чтобы приобрести профессию, работать и думать о будущем, шлялся по митингам и собраниям. Но что я могла сказать Лоренцо?

Филипп пришел мне на помощь:

– Лоренцо, называй ее по имени, она для всех нас Изабелла.

– Да, конечно, – поддержала его Фелица, – мы ведь уже почти родственники, – замолчала на мгновение и спросила уже другим голосом, – ну и когда свадьба?

– Через пару дней, – спокойно ответил Филипп.

– Изабелла, наверное, лютеранка, как все немцы, – с неприязнью произнесла Фелица, – позвольте спросить, в какой церкви вы будете венчаться?

– Меня крестили в католической церкви, – спокойно ответила я и добавила, – я не немка, я австрийка. В Австрии живут австрийцы, а не немцы, возможно, вы этого не знаете.

– Знаю. Но язык-то у вас один, значит, и культура одна.

Не думаю, что эта женщина была настолько не образована, чтобы не знать разницы между немцами и австрийцами, это были выпады в мою сторону. Отвечать не имело смысла.

– Вы должны побольше рассказать нам о себе, – сказал Микеле с улыбкой и глаза его превратились в щёлочки.

– Непременно, – ответил за меня Филипп. – Мы вам все расскажем, как на духу. Дайте срок.

Он защищал меня, в его голосе прозвучали нотки, заставившие меня подумать о коршуне, защищающем своего детёныша. Этой черты в Филиппе я не знала, ему всегда все было безразлично, ни разу не видела, чтобы его что-либо вывело из себя. И даже когда он пришел на помощь саксофонисту, он сохранял олимпийское спокойствие, словно играючи выставил дебоширов за дверь.

Фелица поднялась из-за стола. Вслед за нею в дамскую комнату последовала Агата. На этом общая, так сказать, беседа закончилась. Я тоже встала, отошла в сторонку, прислонилась спиной к дереву, смотрела вдаль, на простиравшиеся до горизонта холмы, расчерченные неправильными прямоугольниками полей, одни из них были уже покрыты густой зеленью, другие все еще темнели вспаханной красноватой и влажной землей. Между полями бежали шеренги тонких, извивающихся деревьев, они словно в благодарственной молитве тянули к небу свои ветви. Все вокруг дышало, жило, радовалось жизни.

***

Солнце клонилось к западу. От решетки сада протянулась длинная ажурная тень.

– Устала? – спросил Филипп, когда мы поднимались по лестнице.

– Да, немного.

– Иди к себе, я сейчас приду.

На нашем этаже в этой жилой башне было всего две комнаты. Филипп скрылся за дверью. Ну и зачем он оставил там свои вещи? Все равно все знают, что мы спим вместе!

После душа мы лежали под благоухающими простынями. Такого сильного, такого восхитительного чувства близости не испытывала я никогда прежде.

– Очень уж этой твоей Фелице хотелось знать, в какой церкви мы будем венчаться, – произнесла я.

– Во-первых, Фелица не моя. А во-вторых...– Что ты скажешь, если мы обвенчаемся, так сказать, тайно? Я имею в виду без всякого там свадебного тарарама?

В ответ я испытала чувство облегчения. Мысль о свадьбе с множеством гостей меня пугала. От меня не укрылось некоторое напряжение в семье, не все здесь радуются нашей помолвке. Наверняка будут приглашены и другие гости, не знакомые мне люди, и кто знает... Да и я не девственница, если по правилам, мне так и фата не полагается... Меня охватила непривычная для меня робость.

– В церкви в любом случае нужны свидетели, – сказала я, – я бы пригласила Лоренцо, он кажется мне наиболее симпатичным. А кто будет вторым?

– Лоренцо – парень хороший, но родственники нам ни к чему. Я все устрою, не думай ни о чем.

В ответ я благодарно поцеловала его в плечо и сказала:

– Да, да, ты все делаешь так, как надо. А что скажет Фабрицио? Мне не хотелось бы его огорчать.

– С ним я уже говорил. Он согласен со мной, ему тоже не хочется созывать множество гостей, времена теперь не те, мир треснул и дальше трещит по всем швам, сейчас не знаешь, кто есть кто. Потом отпразднуем, в тесном кругу. Если хочешь, и в Вене тоже.

– В Вене...

Эти слова вернули меня с небес на землю.

Встала, обернулась простыней, подошла к окну. Солнце уже касалось верхушек деревьев. От горизонта поднималась серая дымка, грозя вот-вот поглотить розовый диск солнца. С севера, со стороны гор шла грозовая туча.

Вот так началось и кончилось мое счастье. Все, дальше ждать нельзя! Я должна все рассказать. Должна признаться. Сейчас! Все равно потом все выплывет наружу, и какая разница, когда все рухнет, сейчас или через неделю, через месяц. Я не вынесу этой муки, этого ожидания.

Филипп молчал. Прошло немало времени, прежде чем он поднялся и подошел ко мне. Встал сзади, обнял за плечи. Возможно, это последнее наше объятие. При этой мысли из глаз моих потекли слезы.

Филипп ничего не спросил, тогда я сказала:

– Мне надо в чем-то тебе признаться. Я знаю, после этого ты бросишь меня, но я должна это сделать.

Филип продолжал молчать и только сильнее прижал меня к себе.

– Знаешь, Йозеф и …

– Замолчи, – приказал он охрипшим вдруг голосом, – я все знаю.

От неожиданности у меня перехватило горло, я начала задыхаться.

– Что ты знаешь?

– Я знаю все, – ответил он, взяв меня за подбородок и глядя мне в глаза.

Нескоро миновал первый приступ растерянности. Я стояла не шевелясь. И вдруг на меня накатила злость. Ожили воспоминания. Я увидела трактир, увидела себя, пятнадцатилетней, моющей посуду, подметающей пол, и Филиппа, неотразимого, беззаботного, в окружении друзей, его комнату, полную красивых вещей, и потом

Йозефа за мойкой… Меня душила обида. На кого? На Филиппа? На Йозефа? На свою жизнь?

– Нет, я не стану перед тобою оправдываться! – вскричала я не своим голосом – не собираюсь я каяться ни перед кем, и просить у тебя прощения тоже не буду. Не по моей вине все это случилось…

В слезах горя и отчаянья повалилась на кровать.

Филипп сел рядом. Я плакала. Он молчал.

Вскоре злость отхлынула и я сникла. Что ж, все возвращается на круги своя. Кончилось мое великое счастье. Несколько коротких, лучезарных дней, и вот от них остался один только дым. Что ж, это моя судьба. Скоро мы вернемся в Вену, и все снова будет попрежнему. К счастью, теперь я не бедна, и это одно уже хорошо.

Проглотила комок и вымолвила едва слышно:

– Значит, свадьба отменяется…

– Ах, перестань, – произнес Филипп со своей обычной беззаботностью, – если ты не передумала, я тоже не передумал.

В ответ я онемела. Мы оба снова долго молчали. Потом он наклонился ко мне и стал меня целовать.

– Да, да, не воображай, что я буду просить у тебя прощения, не дождешься, я ни в чем перед тобой не виновата, – шептала я между поцелуями.

– Ах, если бы ты знала… Я не жду от тебя ничего такого. Именно такой ты мне нравишься.

– Какой?

– Злой! Взъерошенной! У тебя есть характер, а это значит, на тебя можно положиться. Ненавижу добреньких. Нет, не добрых, а именно добреньких. Ты меня понимаешь? – и, не дожидаясь ответа, произнес очень серьезно, – прощения, пожалуй, должен просить я, это я допустил… Мужчина должен уметь защитить своих друзей и свою женщину, но я слишком поздно стал мужчиной. Слишком долго я оставался мальчишкой, я ничего не принимал всерьез.

– А я слишком рано вынуждена была стать женщиной, – с горечью вымолвила я и добавила, – Боже мой, да мы же с тобой, как огонь и вода, как небо и земля… Мы слишком разные…

– Значит, мы хорошо дополняем друг друга. Мы будем хорошей парой. С тобой можно ходить на дело.

– Это на какое еще дело?

– Ах, это всего лишь поговорка такая, в смысле, ты можешь стать хорошим другом.

– Не сомневайся. Но при одном условии.

– При каком?

– Если и ты будешь мне хорошим другом. А раз уж ты заговорил о деле, я давно хотела спросить, чем ты, собственно, занимаешься, куда ты ездишь, откуда у тебя деньги? Надеюсь, теперь это не секрет?

– От тебя у меня теперь не будет секретов. Я покупаю в Италии партии товаров по хорошим ценам, чаще всего это вино или другие деликатесы, то, чего нет в Австрии, и перевожу в Вену

– Минуя таможню?

– Не всегда. Часть товара идет официальным путем.

– А другая часть?

– Послушай, Изабелла, можно спросить, а ты сама никогда не утаивала налогов? А когда ты делаешь бухгалтерию для Йозефа, на стеночках у тебя там ничего не остается?

– Прекрати! – вспыхнула я и покраснела до корней волос.

– Нет, я тебя не сужу…

– Гм, в смысле, пусть первым бросит камень тот, кто сам безгрешен? – засмеялась я натянутым смехом.

***

Черт побери, от него ничто не скроется! Странно... Получается, он закрывал глаза на мои, как бы это сказать, шалости... А ведь это было, по сути, мелким воровством. Или не очень мелким? Другой бы на его месте голову мне оторвал. А Йозеф? Он тоже все знает? Возможно, догадывается, Йозеф тоже неглуп. А с другой стороны, зная меня, надо было бы быть круглым идиотом, чтобы поверить, что я ничего не оставлю себе при том труде, который вкладываю в их дело. Не так я глупа, чтобы позволить собой пользоваться, не позаботившись о некоторой, так сказать, компенсации, если представляется такая возможность. В любом случае, их выигрыш от моего труда намного превышает их потери.

– Не расстраивайся, – утешил меня Филипп, – была бы ты другой, я бы по-другому к тебе относился.

– То есть?

– Мне нравится, что ты такая... Ты умеешь за себя постоять. Я люблю таких. Терпеть не могу дурочек. Или тех, кто играет дурочек, чтобы заставить других о них заботиться.

– Гм, очень рада, – пробормотала я, пытаясь скрыть неловкость, потом добавила, – что до налогов..., знаешь, тут главное, все делать, не нарушая закона, лазейки есть всегда и везде. В этом деле я уже собаку съела, могла бы открыть собственную контору по налоговым консультациям. Поверь, за все эти годы я сэкономила тебе и твоему брату целое состояние, несравнимо больше, чем то, что, как ты говоришь, осталось у меня на стеночках.

– Знаю. Поэтому и прощаю тебе все.

– Ты мне прощаешь!

– Прощаю, прощаю, – сказал Филипп и закрыл мне рот поцелуем, – ты, моя злючка, я тебя ужасно люблю.

Тяжелый камень упал у меня с души. Годы напролет таскала я его, и вот, наконец я свободна! Не надо больше ничего скрывать, ничего утаивать. Не надо больше ничего бояться. Теперь я легка, как мотылек.

И все же горечь осталась. Он все знал и не пришел на помощь, оставлял меня в моих мучениях. Могу ли я после этого… Себя винить я не могла, пусть даже предательское чувство вины и жило во мне. Все эти долгие годы приходилось смирять свою гордость, свою злость, порой я готова была убить их обоих. Нет, не стану я оправдываться, не стану говорить о том, что мне надо было поднимать моих младших братьев и сестру, и лицемерить тоже не собираюсь, – в конце концов все, что я делала, я делала для себя. Хорошая я или плохая, права я или виновата, другого пути у меня не было.

***

Ужин мы пропустили. Глаза у меня опухли от слез, в таком виде нельзя было показываться семье. Долго стояла под душем, терла мочалкой тело до красноты, словно смывала с себя грязь прошлой моей жизни, хотела очистить себя от былого горя, от страданий, от пережитых унижений.

– В салон мы обязаны спуститься, – сказал Филипп, когда я вышла из душевой, – не то дед рассердится.

– Да, конечно. Часто у вас бывают гости? Мне кажется, такой дом всегда должен быть полон гостей.

– Раньше так и было. А теперь заглядывают лишь родственники, да несколько старых друзей.

– Понимаю. Идем, я готова.

Салон представлял собой огромного размера помещение с расписным потолком, по которому летали нимфы и древние греческие боги в струящихся одеждах, едва прикрывающих интимные места. Помещение предназначалось для балов. На стенах висели потемневшие от времени картины с пейзажами Италии и руинами старинных храмов. Вдоль стен стояли диваны с когда-то богатой, а ныне порядком истершейся бархатной обивкой, посередине высилось нечто вроде невероятного размера ложа, по его краям могло усесться не меньше двадцати человек, вероятно, барышни отдыхали здесь, устав от танцев.

Маленькая группка людей затерялась в глубине зала.

– Изабелла, подойди ко мне, – громко скомандовал Фабрицио.

Легкая фамильярность выдавала зародившуюся симпатию, я чувствовала, что нравлюсь Фабрицио. Ему шел уже восьмой десяток, но я не назвала бы его стариком, пусть даже ходил он, опираясь на палку. Духом был он бодр, как юноша, и даже копна его седых волос была по-юношески непослушна. Крупные черты лица выдавали хорошую породу и твердый характер, и весь он был большой и крепкий. Филипп похож на него, но он, как бы это сказать, чуть нежнее, что ли. Судя по фотографиям, его сходство с отцом поистине разительно, в Энрико проступала и материнская кровь.

– Садись рядом, расскажи о себе, – произнес Фабрицио отцовским тоном.

– Я полагаю, ваш внук уже рассказал вам достаточно много, не знаю, что еще я могла бы добавить. Скажу честно, для меня и вы, и этот дом оказались большой неожиданностью, Филипп решил сделать мне сюрприз, мне он ничего о вас не рассказывал.

– Ну и что ты думаешь по этому поводу?

– По какому поводу, позвольте спросить!

– Ну, обо всем, что ты здесь увидела.

– Я ошеломлена. Для меня это невероятная честь... Я имею в виду, быть принятой в вашей семье, и особенно вами. Вы, конечно, знаете, что моя семья... То есть, я хочу сказать, в моем роду не было аристократов, напротив, все мои предки... Короче, мы простые люди. Я этого не скрываю и не стыжусь этого, но и гордится тут, конечно, тоже нечем. Каждому человеку Господь дарует его судьбу, так что надо нести ее честно, стараясь извлечь лучшее, не так ли? Поэтому…

– О, да ты, я вижу, философ, – перебил меня Фабрицио и ласково потрепал по руке, лежавшей на подлокотнике кресла, – но если ты думаешь, что я горжусь моими родственниками или предками, то ты ошибаешься. Были в нашем роду и такие, кому я руки не подал бы. Так что… Все в миру устроено так. В то время как одни поднимаются над собой и над своим окружением, другие… Мельчает наш род, Изабелла, мельчает. Вся надежда только на моего внука, на Филиппа. И на тебя.

– Чем же мы можем прославить ваш род? – спросила я с улыбкой, – мы простые люди…

– Хорошо будет уже, если вы его не опозорите. Как это делают другие. Ты родишь Филиппу детей, вы воспитаете их так, чтобы я на том свете мог думать о них с гордостью.

Фабрицио замолчал, а я не знала, что ответить. Слишком много неожиданностей свалилось на меня за последние дни.

Секунду спустя он спросил уже другим тоном:

– Тебе нравится Италия, Изабелла? Ты здесь впервые?

– Да впервые. Я в восторге! В таком восторге, что описать невозможно.

Фелица остановила на мне долгий взгляд. В ее глазах метнулся радостный огонек, значит, заметила, что я плакала. Не радуйся, дура, не дождешься, у нас все в порядке, больше в порядке, чем когда-либо, подумала я и ответила ей самой милой улыбкой, на какую была способна.

***

Дверь гостиной распахнулась и без доклада на пороге объявились два незнакомых молодых человека. Филипп быстро пошел им навстречу.

– Изабелла, познакомься, это мои хорошие друзья, Рикардо и Марио, – сказал он, подводя к нам молодых людей.

Рикардо был высокий и русоволосый, у него были светлые глаза и светлой была легкая полуулыбка, не сходившую с его лица. Марио, напротив, смугл, четкие черты лица и нос с горбинкой делали его похожим на древнюю римскую статую.

– Марио – сицилиец, а Рикардо родом из Милана, – сказал Филипп.

– Ты мог бы этого не говорить, это и так видно, – улыбнулась я.

Признаться честно, я продолжала испытывать некоторую неловкость в этой новой для меня обстановке. Учусь я легко и быстро и у меня вошло в привычку копировать жесты, манеру держаться и говорить у тех дам, которые мне особенно нравились. От умения держать себя с достоинством зависит отношение окружающих к тебе, а, следовательно, и твой успех. Нет, я не разыгрывала светскую даму, я была дамой, пусть даже и не слишком светской. Живем мы в такое время, когда даже богачи обязаны работать, а вернее, как раз они работают больше других, иначе не сохранить им своего богатства. Не все унаследовали свои состояния, некоторые из тех, кого я знаю, начинали с нуля, а теперь ворочают миллионами. Именно это и есть нынешняя, так сказать, аристократия. Думаю, и в прежние времена только тот умел сохранить наследство и свои позиции, кто неустанно трудился. Эта мысль заставила меня взглянуть на Фелицу, она увлеченно беседовала о чем-то с Марио, говорили они по-итальянски.

***

– Фроляйн Штайнер, – юный Рицо снова обратился ко мне с вопросом, на который днем ему ответа получить не удалось, , – а как у вас там в Австрии?

– Что именно хотелось бы тебе знать?

– Как там относятся к Гитлеру и в нашему Дуче, что о них говорят?

Вопрос поставил меня в тупик.

– Послушай, ты, – пришел мне на помощь Фабрицио, он явно не желал называть внука по имени, – я тебе уже сказал, не произносить эти имена в этом доме! Ты понял?

Рицо промямлил что-то по-итальянски, опустил взгляд и сел на место, покраснев до корней волос, но это не была краска смущения или стыда, это была краска гнева. Отец сказал ему что-то с упреком в голосе, а на лице Агаты отразилось нечто похожее на страх. Спустя минуту Рицо поднялся и вышел на террасу, я видела, как он начал спускаться по лестнице. Дед проводил его тяжелым взглядом. Не жаловал он этого своего внучатого племянника, хотя тот и носил его имя.

Микеле смотрел на дядюшку растерянным взором. Жена, по обыкновению поджав губы, смотрела в сторону.

– А отчего нет с нами Лоренцо? – спросила я.

– Ах да, он просил передать вам большой привет, ему пришлось вернуться в часть, – сказал Микеле, – служба, понимаете.

Доменика встала с места и подошла к Фабрицио, шепнула что-то ему на ухо. Тот ответил кивком. Тогда она отправилась к столику с напитками, налила в бокал белого вина, поставила перед Фабрицио, сунув ему что-то в руку. Фабрицио провел ладонью по губам, после чего отхлебнул из стакана. Он запил лекарство вином.

Доменика обратилась ко мне:

– Поухаживать и за вами?

– Нет, спасибо, у меня все есть.

Она улыбнулась мне ласковой улыбкой и заняла место рядом с хозяином дома.

Была она моложе его лет на двадцать. Интересно, какие отношения связывают их? Филипп назвал ее другом дома, а потом сказал, что она была сиделкой при его бабушке. Ну да, была сиделкой, а теперь стала домоправительницей. Судя по тому, как она смотрит на Фабрицио, Доменика его подруга. Скромная, нетребовательная, верная, к ней здесь все хорошо относились.

Интересно, а что они думают обо мне?

Вышла на террасу. Минуту спустя Филипп оказался рядом.

– Все в порядке?

– Да. Я счастлива. Мне здесь очень нравится. Особенно твой дед...

– Я тоже счастлив. Что ты скажешь, если мы завтра отправимся в Венецию?

В ответ я застыла с открытым ртом.

– Понял! Ты в восторге! Я тоже, – подытожил Филипп и добавил, – , выезжаем утром рано. После Венеции мы еще вернемся сюда на пару дней перед тем, как отправиться в Вену.

***

– Машина ждет, – сказал Филипп, глянув в окно.

Я стояла перед зеркалом в своем светлом дорожном костюме и мое отражение меня радовало. Чувствовала себя отдохнувшей и посвежевшей, все, все, все ужасное осталось позади, я была счастлива.

– Красавица! – констатировал Филипп и стал меня целовать.

– Отстань, испортишь макияж.

– Какой макияж? У тебя только губная помада.

– Это тебе так кажется.

– Ладно, пошли, нас ждут.

– Кто нас ждет?

– Марио и Рикардо.

– Они едут с нами?

– Да, часть пути.

Тихо, чтобы никого не разбудить, спустились вниз.

В окне наверху увидела лицо Фабрицио. Он помахал нам рукой.

Мы с Филиппом уселись на заднее сиденье.

Проехав около тридцати километров, свернули в сторону от шоссе на проселочную дорогу. Вскоре из-за поворота выскочила деревенька, прислонившаяся к скале, дома, плотно жались друг к другу, карабкаясь вверх по крутому склону. Над черепичными крышами высился шпиль колокольни.

Рикардо остановил машину на площади перед церковью.

– Выходим, – скомандовал Филипп и подал мне руку.

– Подождите, мне надо проверить, приехал ли человек из муниципалитета, – сказал Рикардо и скрылся за дверями церкви.

– Что за человек? – спросила я. – Что мы тут делаем?

– Все должно быть официально, – сказал Филипп и, как фокусник в цирке, начал вынимать из внутреннего нагрудного кармана нечто белое, бесконечное и воздушное. Это оказалась, фата с легким венчиком из флёрдоранжа – шелковых цветов апельсина. Филипп аккуратно расправил ее и бережно надел мне на голову. Еще раз поправил, так хорошо, и предложил мне руку, согнутую в локте.

– Нет, – сказал уже вернувшийся Рикардо, – не так! Мы договорились, я замещаю отца, а Марио – твой шафер. Вы с Марио идете вперед и ждете у алтаря, потом являюсь я с Изабеллой. Так, – он похлопал себя по карманам, – кольца у меня.

Я видела, как за Филиппом и Марио закрылась дверь церкви.

– А теперь мы, – сказал Рикардо.

Я оперлась на его руку. У меня дрожали колени. Ни жива, ни мертва, послушно двинулась навстречу новому повороту моей судьбы.

Помню священника, помню органную музыку, помню человека в черной тройке, протянувшему нам какую-то книгу на подпись и выдавшему Филиппу какую-то бумагу, должно быть, свидетельство о браке.

Когда мы снова сели в машину, я все еще не в состоянии была вымолвить слова. И вдруг меня разобрало, губы задрожали, мне стоило большого труда не разрыдаться в голос. Сколько боли накопилось во мне! Слезы текли по моему лицу. Уткнулась в плечо Филиппа, он гладил меня по волосам и шептал тихо:

– Плачь, милая, – плачь, пусть это будут твои последние слезы.

– Только пообещай мне, – сказала сквозь, когда первый приступ кончился, – это был последний твой сюрприз. Обещаешь?

– Обещаю.

Поверила ли я ему? Не знаю.

***

Венеция. Да, это было настоящее свадебное путешествие! Неописуемая красота. Прогулки в гондоле по каналам. Это была любовь. Это было счастье. А что можно рассказать о счастье? Это о боли можно говорить бесконечно. О том счастье, которое везение, тоже можно кое-что сказать, но не о том, которое любовь, которое состояние души, потому что оно просто счастье.

Неделю спустя мы снова были в доме Фабрицио. Радушный хозяин встретил нас музыкой, он пригласил небольшой оркестр. В нашу честь был устроен званый ужин. Присутствовали все те же родственники, Рикардо Марио и еще одна пожилая пара. Нам подарили кучу подарков. В Вену вернулась я другим человеком. Это была окончательно счастливая Изабелла.

Глава девятая

Когда мы вернулись из Италии, выглядела я такой счастливой, что все в ресторане невольно улыбались мне в ответ. Хельга кинула взгляд на кольцо:

– Вы с Филиппом поженились, не так ли, Фрау Штайнер?

– Фрау Вольф! – поправила я ее.

В ответ раздались аплодисменты.

Разговор с Йозефом Филипп взял на себя. Быть женой, как же это здорово, теперь не обязательно все решать самой, у меня есть муж. Филипп уладил и наши финансовые дела, ему удалось наконец обменять остаток долга Йозефа на его долю в моем, то есть, в нашем ресторане именно так, как я этого хотела, «Золотой львенок» теперь принадлежал мне и Филиппу. Филипп посоветовал также Йозефу подыскать другого бухгалтера. Когда я спросила, как он на это отреагировал, Филипп ответил:

– Сдержанно.

Наконец я окончательно освободилась от груза, который давил на меня много лет. Понимала, что должен был чувствовать Йозеф и даже в душе ему сочувствовала, сочувствие, однако, ничего не меняло в той радости, которую я испытывала.

Поздравив меня с бракосочетанием, Йозеф добавил с хрипотцой в голосе:

– Да, Элизабет, теперь я потерял все, мне больше терять нечего.

Сказано это было так, что я испытала чувство, похожее на страх. Недавно он сказал мне еще что-то такое… Что-то ему было не впервой… Ах, ладно, когда человек в отчаянье, с его губ часто срывается не то, что он думает.

***

Ровно три месяца спустя после нашего возвращения из Италии я обнаружила, что беременна. А ведь я была уверена, что так и останусь бездетной. В самом начале, девочкой, когда это случилось в первый раз, панически боялась забеременеть, и каждый месяц радовалась – пронесло. Случись такое, я не знала бы, от кого ребенок – от Йозефа или от Филиппа. Позже стала задумываться над тем, что во мне очевидно есть какой-то изъян, знать, что тело твое не работает так, как надо, это, согласитесь, горько. И вдруг произошло чудо, я видела в этом руку провидения. Это было ощущение безграничного счастья. Беременность и роды были легкими, мое тело было на моей стороне. Сына назвали Энрико.

Накануне появления на свет наследника мы приобрели небольшой домик с садом в достаточно богатом венском районе Дёблинг. Как только мы въехали, Филипп тут же начал устраивать в саду качели.

– Куда ты торопишься? Ребенок еще не скоро дорастет до них.

– Ничего. Пока это для тебя.

– Качели для меня?! – рассмеялась я счастливым смехом, – да где ж у меня время на такую ерунду!

Моя любовь к Филиппу с каждым днем только росла. Теперь он реже отлучался по своим делам, а когда уезжал, говорил, куда и зачем едет. Так и должно быть, ведь он – отец семейства.

Когда Энрико исполнилось полгода, мы втроем отправились в Италию.

Фабрицио был счастлив. Он вроде даже помолодел.

– Дети, вы продлили мне жизнь на пару десятилетий! Я обязан увидеть, каким он станет, когда вырастет!

День шел к концу. Золотистый солнечный свет заливал гостиную, рисуя на полу палевые квадраты теней от оконных рам, за окнами трепетала листва. Я была счастлива, как когда-то в детстве, когда был жив мой отец.

***

Шел 1938 год. Энрико исполнилось три года. Жили мы до сих пор между большим счастьем и большой тревогой. Счастье было в нас и с нами, тревога маячила за окном.

И вот наступил день, когда беда окончательно вошла в нашу страну. Чем конкретно грозило лично нам объединение Австрии с Германией, я не могла сказать, но чувствовала, добра от этого не жди. Мне передавалось беспокойство, которое испытывал Филипп, обычно такой беззаботный, такой веселый, теперь он изменился. Филипп много ездит по свету, общается с разными людьми, а значит, много знает. Я же по-прежнему занималась только рестораном и старалась побольше времени проводить с сыном.

Многое изменится в стране, в том числе в налоговой, бюрократической системе, австрийских денег вероятно скоро не станет, мы будем расплачиваться немецкими марками.

Мысль о предстоящих переменах наводила тоску. Какое же это объединение? Это поглощение! Наша маленькая страна не всегда была маленькой, мы были империей, которая называла себя Священным Римом, многие из нас до сих пор мечтают о возвращении былого величия. Можно ли его вернуть таким вот путем? Нет, теперь мы потеряли последнее, что у нас оставалось, свою независимость, свою гордость, Австрии больше нет, мы проглочены Германией, мы стали немецкой провинцией, утратив даже свое имя, теперь мы не Австрия, мы – Остмарк. Не понимала я причин для ликования, царившего в стране.

***

В тот день Йозеф явился необыкновенно веселым, никогда прежде не видела его таким радостным.

– Что тебе надо? – спросила, меняя скатерть на столе и не глядя в его сторону.

– Ничего! Просто так зашел, топал мимо, ну и думаю, дай зайду. Соскучился, знаешь! А ты не слишком любезна с родственником! Разве ты не скучаешь по мне?

В его голосе звучали какие-то новые, хозяйские нотки. Обычно, если нам доводилось видеться, говорили мы только о делах, никогда не болтали просто так.

– Ты ходила вчера на площадь Героев? – спросил все тем же ликующим тоном.

– Что я там потеряла?

– Как это что? Там собралось больше миллиона человек. Я тоже приветствую новый миропорядок, ведь Гитлер – австриец. Наша страна снова станет великой, как в былые времена. Все настоящие австрийцы были на площади.

– Значит, я не настоящая! Мне пришлось на целый день закрыть ресторан, я потеряла целую дневную выручку.

– Кроме денег тебя ничего не интересует?

– Представь, ничего! А тебя?

Йозеф был мне невыносим – как напоминание о моем грехе, моем позоре, моем унижении, о том, что мне хотелось забыть навсегда.

***

За пару дней до аншлюса Карл в очередной раз наведался ко мне за деньгами.

– Послушай, дорогой, тебе пора бы уже самому зарабатывать, а не клянчить у сестры. Сколько платит тебе Йозеф?

– Гроши. Я и работаю у него всего пару часов в неделю. На большее у меня нет времени.

– Как это нет времени?! Чем ты занимаешься?

– Послушай, сестричка, – произнес брат покровительственным тоном, – извини, но тебя это не касается. Придет время, все узнаешь!

– Не дури, раз уж ты берешь у меня деньги, значит, я имею право знать.

Вместо ответа Карл набросился на меня:

– Напрасно ты его бросила. Йозеф – классный мужик! Он лучше твоего непонятного Филиппа, который сам не знает, кто он такой.

– Что это значит, не знает?

– Ладно, подожди, скоро все встанет на свои места.

Я не понимала его слов. Не хотела понимать. А они, оказывается, уже тогда все знали, они со дня на день ждали присоединения к Германии.

– Так ты дашь мне денег?

– Вот все, что у меня сейчас есть, – я вынула из кармана передника несколько мелких купюр.

Он долго их разглядывал, словно никогда прежде не видел, потом сказал с вызовом:

– Ну и скряга же ты, сестричка!

Не попрощавшись, направился к выходу. Я тяжело вздохнула ему вслед. Хельга, убирая со стола, тоже смотрела вслед моему брату осуждающим взглядом. Боже, что происходит в нашей стране! Семьи трещат по швам! Страшно думать о будущем. Не хочу я никакой политики, хочу заниматься своим делом, работать, любить и быть любимой, и чтобы никто не смел указывать, как мне жить.

***

Вслед за Йозефом пришли Карл и Отто. Эти трое теперь неразлучны. Что их связывает? Любовь к новому миропорядку?

– Найдется для нас свободный столик? – с вызовом выпалил Карл, даже не поздоровавшись.

– Вы никогда здесь не обедали. Думаю, у нас вам будет не очень уютно.

– Еще как уютно, не волнуйся, сестричка!

– Мы платим, если ты об этом, – сказал Отто, глядя мне в лицо с нагловатой улыбкой.

Не дожидаясь приглашения, все трое уселись за лучший столик у окна.

Из радиоприемника неслись звуки бравурной музыки, вдруг они прервались и в динамиках раздался уже знакомый истеричный мужской голос.

Я направилась к приемнику.

– Не трогай, не выключай! – послышался за моей спиной строгий голос Карла.

Я махнула рукой.

– Хельга, обслужи, – кивнула официантке и ушла на кухню.

Меня трясло. Все трое здесь! И даже Карл, мой брат, которого я спасала от голода, теперь на стороне моих недругов. Нет, я не считаю себя ни благодетельницей, ни героиней, но такой враждебности я не заслужила. Они сидят там, за одним столом, о чем-то весело беседуют и громко смеются, так громко, что другие гости, поеживаясь, оборачиваются на них. В этом ресторане так вести себя не принято, это у Йозефа в «Золотом льве» можно гоготать по всю глотку, как в мюнхенской пивной, там это никого не шокирует, но не здесь, не у меня! Ко мне приходят австрийцы, настоящие австрийцы… Кажется, я становлюсь горячей патриоткой! Станешь тут, не захочешь, а станешь!

Попросила Генриха почаще посматривать в зал:

– Если кто станет себя не слишком хорошо вести, все равно кто, вышвырни вон без разговоров. Ты понял?

– Понял, мадам.

Генрих – мой повар, он француз, и по совместительству вышибала, потому как он огромного роста и вид у него устрашающий, хотя добродушнее парня не сыщешь во округу. Вышибать в моем ресторане некого, разве что пару раз возникали ситуации с подвыпившими юнцами, но стоило Генриху показаться на пороге, как юнцы ретировались и больше сюда не наведываются.

Мне тоже лучше всего ретироваться, эти трое умышленно вызывают меня на скандал.

Хельга показалась на пороге с подносом в руках:

– Фрау Элизабет, ваши гости зовут вас, говорят, им надо с вами поговорить.

– Скажи, меня нет, я ушла!

С этими словами вышла через задний ход и подозвала такси.

***

Дома было тихо, уютно, Энрико спал, няня тоже прикорнула возле него в кресле. Я вышла в сад. Был конец марта. Такого теплого начала весны не помню отродясь. Зацветала в саду яблоня – крупными, мясистыми, розовыми цветами. И вишенка распускалась белой воздушной пеной, по синему небу плыли чудесные пушистые облака – мирная, милая сердцу картина… Вспомнилась Венеция с ее дворцами, отражавшимися в Большом канале, тогда тоже в небе плыли розовые облака, похожие на взбитые сливки. Зеркальная картина отражалась в синей воде.

Нежное воспоминание разрушилось вдруг нехорошим, тревожным чувством. Что-то похожее на ожидание боли сжало сердце. Беда уже здесь, она хозяйничает в нашем доме. Еще несколько дней назад этим троим не взбрело бы в голову разыгрывать из себя хозяев в моем ресторане.

А ведь Йозеф мне грозил. И Карл тоже. Но это были слова, я не задумывалась над их смыслом, принимала за обычное проявление недружелюбия. Однажды, когда Карл в очередной раз пришел клянчить денег, я возмутилась тем, что хулиганы разбили часовщику витрину, на что мой брат засмеялся:

– Смотри, сестричка, на чьей стороне твои симпатии, не то и с тобой тоже может что-нибудь приключиться.

– Что значит, на чьей стороне? Мои симпатии на стороне тех, кто, как и я, тяжело работает, чтобы прокормить семью, – сказала я с прозрачным намеком на безделье Карла.

– Он не человек, – ответил на это Карл, – он жид!

– А еврей что, не человек? – выдохнула я.

– Нет, не человек! И советую, пока не поздно, уволить твоего саксофониста, а то как бы чего не вышло…

– Пошел вон отсюда, негодяй! – впервые взорвалась я в ответ, – ты, сопляк, бездельник, ты будешь мне указывать, что мне делать?! Вот же выкормила на свою голову!

Тогда он ушел, ни слова не сказав, а теперь они втроем сидят за столом в моем ресторане, давая мне понять, что я здесь больше не хозяйка.

Филипп должен сегодня вернуться из Италии. Он пропустил это великое событие – для одних радостное, для других страшное. Что он на это скажет? А что он может сказать? Ему нельзя больше уезжать, оставлять меня одну с ребенком.

Проснулся Энрико. Услышала его голосок и сердце наполнилось теплом, поспешила к сыну.

***

Когда вернулась в ресторан, родственнички уже убрались. Проводив последнего гостя до дверей, повернула ключ. Мы закрываемся на два часа, чтобы подготовить зал к встрече вечерних гостей. Распахнула все окна, впустив в помещение свежий воздух, хотелось выветрить запах этих троих из помещения, из моей жизни.

Отдав распоряжения персоналу, поднялась наверх.

Углубилась в бумаги, не слышала, как вошел Филипп. Обычно я злюсь, когда он так вот бесшумно подходит сзади, а тут вскричала от радости. Прижалась всем телом, он целовал меня, и я чувствовала, он истосковался по мне так же сильно, как я по нему. Сунула нос в его подмышку, вдохнула знакомый аромат, у меня закружилась голова.

– Ах, я потный с дороги, мне надо под душ!

– Не надо! Это ты! Это ты...

Не знаю уж отчего, но я заплакала.

Снаружи, с улицы донесся вдруг шум, мы подошли к окну. У дома напротив остановился грузовик с крытым верхом, вслед за ним подъехали «опель-капитан» и два мотоцикла с колясками. Немецкие солдаты в черной униформе выстроились вдоль тротуара, из легковушки бодро выпрыгнул офицер в черном кожаном плаще. Один из солдат стал громко барабанить в дверь прикладом автомата:

– Открывайте!

Дверь чуть приоткрылась, тогда он силой ее толкнул, едва не сбив с ног дворника, но тот не возмутился, напротив, стал услужливо кланяться. Офицер что-то спросил, и дворник указал пальцем на лестницу. Два солдата побежали наверх, офицер остался внизу. Прошло совсем немного времени и в дверях показалась семья часовщика. Все четверо были в пальто, девочки с ранцами за плечами, женщина прижимала к себе большую сумку, в руках у отца был чемодан, он перевешивал его тщедушную фигурку. Солдаты подталкивали всех четверых дулами автоматов, не щадя детей, грубо впихнули в грузовик, где уже стояли другие люди. Все происходило без слов, слышен был лишь гул мотора. Ни часовщик, ни его жена, ни даже дети не вымолвили ни слова, лишь молча выполняли то, чего от них требовали. Мороз прошел у меня по коже. Филипп крепче прижал меня к себе. Мы ничем не могли этому помешать.

– Куда их везут, ты не знаешь?

– Знаю, – ответил Филипп и замолчал, потом вымолвил дрогнувшим голосом, – чтобы не создавать паники, им говорят, что отвезут их на вокзал, а оттуда они смогут уехать куда захотят, поэтому им советуют взять с собой все самое ценное. На самом же деле их отправят в лагерь и там разденут догола.

– Что за лагерь?

– Рейху нужна рабочая сила. Физически сильных будут использовать на тяжелых работах, а остальных… Эта система уже отработана в Германии, теперь она пришла к нам.

– Что ты такое говоришь! – воскликнула я.

Филипп ничего не ответил. Все это было слишком чудовищно, чтобы быть правдой.

– Так быстро они не могли собрать вещи, – заметила по-хозяйски, – похоже, их действительно предупредили заранее. Может, все не так страшно?

– Нет. Просто, многие пытаются уехать, пока их не забрали, и вещи у них собраны на всякий случай, но удается это лишь тем, у кого есть деньги, большие деньги – на выкуп и на визу.

– Так они же изо всех рупоров кричат о честности арийской расы!

– Ха, честность тоже имеет свою цену. Евреи, у которых была возможность выкупить себя, давно покинули Австрию, богатых даже Англия принимает с распростертыми объятиями, а те, у кого денег нет... Простые трудяги никому не нужны, помочь им трудно.

– Но это чудовищно!

– Не переживай, – иронично засмеялся Филипп, – это же всего лишь евреи! Главное, чтобы процветала Германия! Германия превыше всего!

– Ах, прекрати!

Как часто видела я этих прелестных девочек, весело бегущих в школу, видела их больного отца, дни напролет просиживавшего за работой с лупой в глазу, их мать, хлопотавшую по хозяйству и выполнявшую надомную работу! Изучила их мелкие привычки и это заставляло меня испытывать непонятное чувство близости к этим людям, они вроде как стали членами моей семьи, хотя мы не были знакомы. Это были трудяги, такие же, как я.

Горькое чувство залило душу.

– Неужели нельзя этому помешать?

– Уже нельзя, – сказал Филипп с горечью в голосе, – машина набрала обороты и мчится на полном ходу к пропасти. Ты не можешь даже высказать собственное мнение без риска оставить сына сиротой. Они не церемонятся ни с кем, знай, у них на службе масса негодяев, доносчиков. Помни об этом всегда! Наша главная задача – выжить в этом аду.

– Ты говоришь, к пропасти? Но они считают, им принадлежит весь мир.

– Никому еще не удавалось завоевать весь мир.

– А древний Рим, а древняя Греция?

– Все империи рассыпаются однажды. А уж в наше время... Знаю совершенно точно, чувствую всеми моими печенками, всеми кишками, они тоже погибнут. Погибнут в ими же самими созданном аду. Не знаю, когда, через пять лет, через десять, но погибнут! Дай Бог дожить до того момента!

– Знаешь, – вспомнилось отчего-то вдруг, – я хочу убрать из зала радио, что ты на это скажешь? Мне действуют на нервы эти истеричные речи фюрера, они разрушают атмосферу…

– Я сам хотел это предложить, достаточно нам и автомата с пластинками, но не надо делать это сейчас, это может вызвать подозрения. Позже я его потихоньку его испорчу, сломаю какую лампу, а потом перевезем его домой.

– Саксофониста, пожалуй, придется уволить. Для его же безопасности. Карл грозился… Ах, негодяй!

Если бы я не была свидетелем этой страшной сцены за окном, я бы из одного протеста не стала никого увольнять, а теперь мне стало страшно. За бедного парня и за нас.

– Знаешь, если он согласится, предложу ему работу на кухне, – решила я, – там форма его носа никого не будет раздражать. Жить-то ему на что-то нужно.

В моем персонале я была уверена, людей я выбираю осторожно, плачу им хорошо, никогда не понукаю, так что по логике вещей им не выгодно было бы потерять такую работу, а случись что со мной, им придется искать другое место. Хотя…Логика логикой а жизнь…

– Пожалуй, ты права, не мешает соблюдать осторожность, – подтвердил Филипп.

Саксофонист, однако, в тот вечер не появился и на следующий тоже. Что ж, может, так и лучше. Молила Бога, чтобы он уцелел.

Потянулись тоскливые дни, наполненные страхом, ненавистью и тревогой.

***

Февраль 1942 года. Идея с блицкригом провалилась, остаток довершит русская зима, как это уже было с Наполеоном. Так сказал Филипп. Сторонники нового режима продолжали верить в победу, в конце концов, у ног великой Германии лежала вся Европа, теперь территория Третьего Рейха почти больше территории древнего Рима. Верила ли я в победу? Не знаю. Филипп говорил, все кончится великой катастрофой, считал, она уже началась.

Друзья Филиппа собрались в «Львенке», в маленьком зале. Это была наша старая дружная компания. Рикардо и Марио тоже были здесь.

Жанетт за прошедшие годы ничуть не изменилась, все так же похожа на маленькую девочку, те же рыженькие кудряшки обрамляют ее детский французский лобик.

И Сибилла осталась такой же элегантной и немногословной. Вынула из сумочки свой длинный янтарный мундштук, сунула в него сигарету, но не закурила, задумчиво положила на стол. У ее глаз я заметила маленькие морщинки, их раньше не было.

Франц чуть раздался вширь, теперь он даже внешне похож на процветающего промышленника. Его фабрика свернула до минимума производство модных тканей, расширив производство военного сукна, на которое он еще при Дольфусе получил подряд от полицейского министерства, теперь он обеспечивал тканями швейные предприятия, работавшие на Вермахт.

– Тебе-то уж точно безработица не грозит, – сказал Филипп, похлопывая друга по плечу.

– Да, – подтвердил тот и добавил, – и моим рабочим тоже. Во всяком случае, на ближайшие пару лет. Но если думаешь, меня это радует…

– Ладно, не будь ханжой!

– Я не лицемерю, и ты это знаешь. Но я бизнесмен, что мне делать? Закрыть фабрику? Бежать в Америку? Ты знаешь, это невозможно. Мне никто не позволит закрыть предприятие, а за попытку вывезти деньги и вовсе поставят к стенке, предприятие перейдет в другие руки, и вуаля!

Эти двое совсем потеряли рассудок! За одни такие разговоры их обоих могут повесить. Филипп обычно очень осторожен, а тут... Сегодня нельзя до такой степени доверять людям, даже лучшим друзьям.

– А что с Анди? Кто-нибудь знает, где он? – и все же спросила я.

Когда Германия заняла Польшу и объявила войну Франции, Анди понял, война с Россией неизбежна, и это несмотря ни на какие договоры.

– Я уже обзавелся автоматом, как только Гитлер пойдет на Россию, пристрелю гада, – сказал он тогда.

Анди всегда говорит, что думает, но редко думает, что говорит.

– Твой язык доведет тебя до виселицы, – сказал Филипп, на что Анди засмеялся:

– Я знаю! Поэтому мне лучше убраться отсюда, пока не поздно.

Филипп помог Анди покинуть страну, переправил его вместе с родителями в Италию, там они какое-то время жили в доме Фабрицио, а в июне 1941-го Филипп спрятал их где-то в горах. Когда я спросила, где именно, сказал, для меня же безопаснее, если я не буду знать.

– Я слышал от кого-то, что Анди.., – начал Франц.

– От Анди ничего нет, – перебил его Филипп, – скорее всего, он давно уже за океаном.

– Анди – хороший парень, – вымолвил Франц.

– Анди – парень что надо, сорвиголова, – задумчиво произнесла Сибилла, наконец закуривая свою сигарету, – он мне очень нравился. Жаль, что его теперь нет с нами, с ним было весело.

Сибиллу мало интересовала политика, по ее словам, хорошо жить можно при любом режиме, главное, не ждать от жизни больше, чем она может дать.

Ревновала ли я Филиппа к ней по-прежнему? Возможно. Ведь именно такие женщины ему нравятся – зрелые, независимые, уверенные в себе. А разве я неуверенная? В себе-то я уверена, но как быть уверенной в других, в людях, в обстоятельствах? Эх! И всплыло в памяти…

***

Пару недель назад мне нужно было по делу в девятый район. Шла медленно, наслаждалась свежим воздухом и минутами отдыха. Филипп не хочет, чтобы я так много работала, говорит, надо больше отдыхать. Его забота согревает мне сердце.

Свернула за угол и увидела толпу, кто-то что-то выкрикивал, другие смеялись. Приблизившись, увидела двух стариков, мужчину и женщину, ползавших по тротуару с одежными щетками в руках. Было холодно, а старик был в пижаме, женщина в домашнем халате, на обоих не было обуви. Кто-то сорвал шляпу с головы старика, стал подбрасывать ее ногой, вытер ею свои сапоги и снова нахлобучил старику на голову. Растрепавшиеся седые пряди волос выглядывали из-под платка женщины, лицо ее было залито слезами, на губе запеклась кровь. Толпа глумилась над ними, гоготала, раздавала советы. Заправляли всем два молодчика с резиновыми дубинками в руках.

– Вон там вытри, за трубой!

– И в канализации тоже!

– Нет, так не годится, пусть эти жиды возьмут свои зубные щетки!

Кровь ударила мне в голову, и я закричала не своим голосом:

– Что вы делаете, негодяи! Как вам не стыдно! Прекратите сейчас же!

Все вокруг сразу умолкло. Один из молодчиков подошел ко мне вплотную и, не сказав ни слова, наотмашь ударил по лицу. Удар был таким сильным, что голова ударилась о стену, зубы громко цокнули и я почувствовала соленый вкус во рту. Сквозь звон в ушах слышала смех и улюлюканье. Толпа, отпуская издевки, оставила стариков и двинулась на меня. Мне стало ясно, сейчас меня просто разорвут на части.

Мое счастье, что страх рождает во мне злость, таков уж мой характер. Вместо того, чтобы бежать прочь, выпрямилась и стала громко кричать на них, это были слова о чести, совести и благородстве немецкой нации, во что сама я уже давно не верила. На мгновение толпа застыла в легком недоумении. Минуту спустя молодчик, тот, который меня ударил, грубо схватил меня под локоть и вытолкал из толпы. Брызжа слюной, процедил мне на ухо:

— Иди отсюда, ты, благородная сучка, и лучше не показывайся мне на глаза. В следующий раз, если вмешаешься, убью! Так и знай!

Когда приступ ярости прошел, вернулся страх, лишь тогда осознала случившееся. Этот страх тупой иглой застрял в моем сердце. Вспоминалось, одни прохожие останавливались и принимали участие в травле, другие, опустив голову, шли мимо. Может, и мне не следовало вмешиваться. Никакой я не герой, я всегда думаю только о себе, но я не сдержалась. Много унижений пришлось мне пережить, и я слишком хорошо знаю, что унижение страшнее любой боли, страшнее голода, страшнее болезни. Да, я легко отделалась. Вот только зуб шатается.

О Боже, что ты сделал с нашей прекрасной Веной! С нашей страной! Как только мог ты допустить такое! Теперь прошлые времена казались мне счастливыми и незапятнанными.

***

Сибилла поднялась с места:

— Рикардо, пригласите меня на танец.

— С превеликим удовольствием.

Они пошли танцевать, а я отправилась на кухню. Может, лучше было бы встречаться нам всем в другом месте, где меня не отвлекает работа.

Ресторан всегда был полон, но публика была иной, большей частью это были немецкие офицеры, им теперь принадлежит все самое лучшее в этом городе. Являлись они в сопровождении дам, выряженных в дешевые меха и фальшивые бриллианты. Подвыпив, дамы разговаривали громко и заливисто смеялись, офицеры объяснялись в любви к Австрии, и особенно, к Вене.

Тосковала я по нашим прежним посетителям, по нашей такой чопорной, такой воспитанной Вене, ее больше не было.

Кухня работала слаженно. Огромный мой Генрих орудовал кастрюлями и сковородками с ловкостью циркового фокусника. Официанты с той же легкостью вносили и выносили тяжелые подносы.

Хельга, освободив поднос от грязной посуды, вынула носовой платок.

– В чем дело? Ты плачешь? – подошла я к ней.

– Нет, ничего.

– Давай, быстрее выкладывай! – скомандовала я.

– Этот офицер, кажется, гауптманн Миллер, или Мюллер? Короче, он сидит за крайним столиком у окна. Обычно он один приходит сюда, без женщин, только с мужчинами. Так вот, он…

– Нельзя ли покороче?

– Он привязался к нашему меню. Требует, чтобы мы писали не «каротенсуппе», а «мёренсупе», не «парадайзерсоусе», а «томатенсоусе», в общем, чтобы в нашем меню не было австрийских слов, а одни только немецкие. И еще, он хочет поговорить с хозяином.

– Не расстраивайся и никогда не спорь. На все говори да. Договорились? Иди, работай, – сказала я, послав про себя этого немца в одно известное место, будет он мне указывать, на каком языке мне разговаривать в моей стране!

И все же, неприятное чувство сковало меня. Лишние конфликты в такое время нам совершенно не нужны. Надо попросить Филиппа побеседовать с этим гауптманом, Филипп обаятельный, он со всеми находит общий язык, в то время как я могу, нет, не нагрубить, просто смерить таким взглядом, что потом беды не оберешься. Дипломатия дается мне лишь сквозь стиснутые зубы, зато Филипп рожден для этого ремесла, он умеет приветливо улыбаться даже когда внутри у него кипит злость.

Вернувшись к столу, на ухо изложила Филиппу что случилось, в ответ он кивнул и пошел в зал.

– Может, и мы потанцуем? – спросил меня Марио.

– С радостью!

Мы вышли в зал. Найдя глазами Филиппа, застыла от удивления. Он сидел за столом с тем гадким немцем и они вполне дружественно о чем-то беседовали.

Сибилла и Рикардо все еще танцевали, оба были заядлыми танцорами. Вот только музыка была теперь не та, джаз считался не патриотичным, да и вообще, все вокруг как-то поскучнело. И все же, эти наши вечера позволяли расслабиться, забыть на время о том, что происходит за пределами этого помещения.

Когда закончился танец, я подошла к Филиппу:

– Все в порядке, господа? Могу я что-либо для вас сделать?

– Изабелла, познакомься, Это гауптманн Миллер, он из Тюбингена. Мы беседуем о немецких и австрийских диалектах.

– Как мило! – улыбнулась я натянутой улыбкой.

– Да, вы, конечно, знаете, что Германия тоже говорит на множестве диалектов, – оживился гауптманн, – и вот теперь к нашим диалектам добавились еще и австрийские, но объединяет нас всех великий Веймарский высокий немецкий, не так ли, на нем писали Гёте и Ницше.

– Я очень этому рада, – сказала я и добавила, – не буду мешать вашей беседе.

С этими словами снова направилась на кухню.

Хельга шепнула мне:

– К вам пришла сестра.

***

Катрин ждала меня на черной лестнице.

– Пойдем, поужинай с нами, – сказала я.

– Нет, нет, не могу я, да и в ресторан в этой моей одежде… Не надо, чтобы меня тут видели.

Катрин осталась верна своему намерению, как я ни отговаривала ее. Единственное, чего я смогла от нее добиться, так это того, что она отложила пострижение на какой-то срок. Теперь она жила при церковном госпитале и училась на медсестру. Носила она черное платье со стоячим воротником и черное пальто с пелериной. Маленькая, изящная, с милым юным личиком, она даже в этом наряде выглядела соблазнительно.

– Хорошо, как знаешь, тебе приготовят пакет с едой, возьмешь с собой.

– Спасибо, мне это не помешает, но я не за этим пришла.

– У тебя есть новости от Томаса? – спросила, не дав ей договорить.

– Да, две недели назад получила письмо. Он просит передать привет, пишет, что тоскует.

– Ах, – вздохнула я облегченно.

Томаса призвали в армию и отправили на восточный фронт, в эту страшную мясорубку. Карла тоже призвали, но ему повезло, служит он в Голландии, в спецвойсках. Что это за такие специальные войска, мне не хотелось знать.

– Я не за едой пришла, – повторила Катрин, – не знаю, как попросить тебя, это очень трудно и опасно, ты можешь отказаться.

– О Господи, во что ты впуталась?

– Ни во что! Просто надо помочь одному человеку. Ему грозит смерть. Его надо спрятать на пару дней.

– Нет! Катрин, мне тоже грозит смерть, если я буду заниматься такими делами! – вскричала я шепотом.

– Ну, хорошо, – сестра опустила взгляд, – тогда я пошла. Извини. Я все понимаю. Я не имею права…

Отвратительное чувство сжало мне сердце.

– Ладно. Постой. Кто этот человек, еврей?

– Нет, он немец. Его ищут. Больше я ничего не могу сказать. И тебе лучше не знать.

– Поднимись ко мне наверх, там открыто. Не зажигай света. Сиди тихо и жди.

Сказала я это против моей воли. Моя маленькая мужественная сестренка! О Боже, что ты с нами делаешь! Нет, без Филиппа я на такое решиться не могу.

Когда я вернулась в зал, Филипп уже закончил лингвистическую беседу с хозяином новой жизни и присоединился к своим друзьями. Сибилла рассказывала какой-то забавный случай из мирной жизни на Ривьере, все слушали и время от времени смеялись. Я не в состоянии была уловить сути рассказа, меня трясло, мои мысли путались.

– Можно тебя на минутку? – прошептала Филиппу.

– Слушаю, – он наклонил ко мне голову.

– Там Катрин. Ей нужна помощь! Она…

Продолжить я не смогла, но Филипп как-то очень уж быстро все понял.

– Оставайся здесь. Меня не жди. Извинись потом, скажи, я пошел наверх и заснул пьяный.

С этими словами налил в бокал вина, выпил залпом, поднялся и шатающейся походкой покинул помещение.

***

Домой в Дёблинг вернулась я за полночь. Филипп уже спал. Он лежал на спине, а четырехлетний Энрико мирно посапывал у него на животе. Ощущение счастья разлилось по моему телу. Опустилась на стул, на нем лежала одежда Филиппа, он по-прежнему разбрасывал вещи, слезы потекли из моих глаз. Слезы радости и печали.

Внутри у меня давно поселился какой-то червь, он выгрызал из меня мой покой, мое ощущение счастья. Да и странно было бы в такое время не испытывать страха. Мы с Филиппом жили в двух мирах, а вернее, Филипп жил в двух мирах, и я это знала. Катрин тоже принадлежала к тому другому миру, в который Филипп меня не впускал. Он оберегал меня. Понимает ли моя маленькая сестра, эта милая девочка, что рискует жизнью? Конечно, понимает. Очевидно, мы с нею сделаны из одного теста, она, как и я, если что решила, ее уже не остановить. И это при видимой ее хрупкости, беззащитности. Она выбрала свой путь. Как я в свое время выбрала свой. Но это разные вещи. Жизнью своей я не рисковала.

Мечусь между моими, такими разными сестрой и братьями. Катрин помогает тем, кто попал в беду, в то время как Карл служит в Гестапо и гордится своей должностью.

Когда Карла призвали, помогать Йозефу в ресторане стал Отто. Это его и сгубило. Я имею в виду, погубил его неограниченный доступ к алкоголю. Однажды ночью, будучи вдрызг пьяным, он попал под трамвай и его отвезли в больницу. Там вина не было, ну и с ним стало твориться что-то ужасное, он срывал с себя бинты, буянил, его привязали в койке. В результате умер от заражения крови. Туда ему и дорога, сказала я, собаке собачья смерть! Ни капли сожаления не шевельнулась в моей душе. Бог каждому воздает по заслугам. Достанется когда-нибудь и мне за мои грехи, но, надеюсь, Господь учтет смягчающие мою вину обстоятельства.

***

Все теперь изменилось. Часто я не узнаю себя. Когда мной руководила жажда борьбы, когда я сражалась за себя и за свое будущее, когда поднимала малышей, чувствовала я себя уверенной, порой сама себе казалась железной, во мне была одна лишь решимость. Счастье расслабило меня. Я даже стала порой плакать, чего раньше со мной не случалось. Счастье вселило в меня страх, теперь мне было что терять. И как же я боялась за этих двоих, мирно посапывающих в густом сумраке ночи…

Не стану ни о чем расспрашивать. Да он и не скажет. Филипп хочет защитить меня, он не понимает, что это невозможно. Это наша общая судьба. Уехать бы куда-нибудь, где люди мирно живут, не опасаясь за каждое свое слово! Скоро Энрико пойдет в школу, теперь домашнее обучение запрещено. Чему его там научат? Детей в школах воспитывают теперь так, что они восстают против родителей… «И брат пойдет войной на брата…» Карл… Томас… Что ждет нас в будущем? Какое будущее ждет нас всех? Думая о том, что будет, я все больше тосковала по прошлому, теперь оно – со всеми его горестями – казалось мне почти радужным.

Разделась. Осторожно скользнула под одеяло. Долго не могла уснуть. Прислушивалась к дыханию моих любимых. Под звуки этой едва уловимой музыки чувствовала себя счастливой, хотелось, чтобы никогда не кончалась эта ночь.

Глава десятая

Дни шли за днями, мало утешительного приносили они с собой. Настал февраль 1943 года, итак, минул еще один год.

В то утро, глянув в окно, изумилась – снега навалило чуть не до подоконника, ветви деревьев ломались под его тяжестью. Выглянуло солнце и все вокруг заискрилось, засверкало в белых его лучах. Казалось, мир очистился от грязи, такая чудесная, такая мирная картина простиралась за окном.

Энрико подбежал к окну и захлопал в ладоши:

– Папа, папа, идем кататься на санках!

– Обязательно, – засмеялся Филипп, – но вначале папе придется раскопать дорогу из нашего замка. Мы даже дверь открыть не сможем.

Это была их обычная игра: наш дом был замком, Филипп был королем, я, соответственно, королевой, а Энрико – маленьким принцем, который вырастет и тоже станет королем. Филипп любил играть с сыном, его фантазия была неистощима.

А я играть не умею, давно забыла, как это делается – слишком рано кончилось мое детство. Забота моя о сыне была, если можно так сказать, чисто материальной, я ревниво следила за его питанием, за одеждой, за тем, чтобы у него ни в чем не было недостатка. И только по вечерам читала ему книжки.

Как же я люблю их обоих! Когда я об этом думаю, у меня начинает кружиться голова. Иметь ребенка от любимого мужчины, это ли не высшее счастье для женщины!

Эти двое носятся по дому в какой-то сумасшедшей игре. Пришлось прикрикнуть на обоих, так, для порядка, в то же время глаза мои увлажнились от счастья.

– Ладно, идемте завтракать, – сказала, подхватив сына на руки.

Он стал со смехом отбиваться:

– Папа, пап, спаси меня!

– А ты тяжелый!

Филип обнял нас обоих, прижал к себе:

– Пока мы вместе, мы непобедимы!

– Мы непобедимы! – закричал Энрико в ответ.

Налила кофе в чашки. Энрико получил свое какао. Хорошо, что со вчерашнего дня осталось немного молока и хлеба, по таким заносам разносчика не дождешься. Обычно утром у нас под дверью уже стоит корзинка с молоком и хлебом.

– Ах, да, – сказал Филипп, – совсем забыл. Йозеф просил тебя зайти. Ему нужна твоя помощь.

– Зачем? Что ему от меня нужно?

– Сказал, у него что-то сложное с бухгалтерией, ему нужен совет.

– Какое отношение я имею к его бухгалтерии?!

– Не знаю, он уже несколько раз спрашивал, вроде как не может разобраться с этой новой системой налогов.

– А почему он сам мне не сказал?

– Не знаю. Ну, не хочешь, не ходи.

– Налоги! Опять он хитрит! В наше время это может стоить головы.

– Спроси его сама!

***

Встречи с Йозефом были невыносимы. Отчего-то я стала его бояться. Отношения между братьями были на редкость вежливыми, а что это как не признак внутренней враждебности? С годами враждебность только росла, особенно меня настораживало то, что внешне она едва ли проявлялась. Ненависть Йозефа чувствовала я всем моим нутром. Филипп старался как можно реже встречаться с братом, тем более, что общих дел у нас уже давно не было.

После аншлюса Йозеф утратил свою обычную сдержанность, он стал развязным, да и дружба с Отто не шла ему на пользу, тот втягивал его в попойки. Однако после смерти отчима к Йозефу вернулось внешнее его спокойствие, он снова стал замкнутым, неразговорчивым, казалось, живет он в своем окопе, и со всех флангов у него враги.

В отличие от Отто, который, как многие неудачники, сразу и горячо поверил в национал-социализм, Йозеф ни во что не верил и никому не доверял. Впрочем, вечно пьяному моему отчиму новая власть принесла не больше пользы, чем прежняя. Что же до Йозефа, то его восхищение новым миропорядком очень быстро угасло, его нервировал усилившийся контроль всяких там инспекций – от санитарной до налоговой, и вскоре я начала замечать неприязненные взгляды, которые он бросал на своих немецких гостей. В его сердце не было места ни для веры, ни для любви, ни для привязанности, лишь ревность и возрастающая ненависть к брату окончательно отравляли ему жизнь. Если прежде эта ненависть в какой-то степени переплеталась с любовью, то теперь от любви не осталось и следа. Страшно было об этом думать. Старалась по возможности не обострять отношений, пусть хотя бы внешне все остается прежним.

***

Как я ни оттягивала этот момент, все же пришлось отправиться к Йозефу в «Золотой лев».

Апартаменты Филиппа теперь занимал Йозеф, нашего здесь ничего не осталось. Конторской работой я давно не занималась и ломала голову, что за помощь ему вдруг понадобилась.

Встретил он меня без улыбки.

Я огляделась. В ресторане кое-что изменилось, маленьких столиков почти не осталось, столы были составлены вместе в расчете на большие компании, совсем в духе времени. Отчего-то эти новые хозяева жизни очень уж любят собираться в своры.

На стене, над фотографиями Георга Якоби, миловидной Лале Андерсен, толстоногой Марики Рёкк и других артистов висели огромного размера портреты Гитлера, Гиммлера и Геринга.

Йозеф проследил за моим взглядом и у него дернулся уголок рта.

– Чем я могу тебе помочь? – спросила не слишком дружелюбно.

Он поднял на меня взгляд и произнес:

– Пойдем в кабинет!

– Нет. Принеси бумаги сюда.

Был как раз перерыв, гостей в ресторане не было, официанты закончили свою работу, и только из кухни доносился звон посуды.

Налила себе холодного кофе из стоявшего на стойке кофейника и села к столу. Отметила про себя некоторую запущенность – на лампах и на подоконниках лежала пыль. Что ж, хорошие времена закончились. Еще в прошлом году проблем с продуктами не было, а уж если вспомнить аншлюс, то какие только товары не потекли в страну в тот период, это была истинная река изобилия! Народ, конечно же, был в восторге, вот и благословлял этот аншлюс, будь он неладен. Мало кому приходило в голову, что Изобилие не может длиться долго, всему однажды приходит конец. Теперь добывать продукты становилось все труднее. Мне пришлось прекратить доставку обедов на дом, и не только из-за нехватки продуктов, но и по причине снижения платёжеспособности наших клиентов. В стране начался голод, все припасы были брошены на фронты.

Минуту спустя Йозеф уже стоял передо мной с бухгалтерскими книгами в руках.

– Ну, в чем проблема?

– Вот здесь!

Он положил книги на стол, открыл одну из них, ткнул куда-то пальцем и начал что-то объяснять.

Руки него были ухоженные, с обработанными ногтями, о, да это что-то новенькое! Йозеф хоть и чистоплотен, но особого внимания своей внешности никогда не уделял. Э, да он и вовсе сегодня при полном параде, костюм парадный, и пахнет от него недешевым одеколоном. Хочет походить на Филиппа? Все та же ревность…

Быстро проверив колонки цифр и последние записи, поняла, что никакой проблемы нет, он уже сам использовал все возможности, чтобы снизить налог. Книги были в образцовом, скажем так, немецком порядке, теперь иначе нельзя. Как же он достиг такого мастерства, ведь он всегда ненавидел эту работу!

– Что все это значит? – спросила с натянутой улыбкой.

– Мне нужно с тобой поговорить, – ответил он прямо.

– О чем, о чем нам говорить? – возмутилась я, – если у тебя какие-то дела, говори с Филиппом!

– У меня к тебе особое дело. Я хочу тебя предупредить. У тебя могут быть большие неприятности, я хочу спасти тебя.

Почувствовала, как кровь прилила к лицу, к голове. На мгновение я онемела. Смотрела окаменевшим взглядом, а Йозеф продолжал:

– Я тебе друг. Хороший друг. На меня одного ты можешь положиться. Я хочу уберечь тебя…

– От чего ты хочешь меня уберечь? – перебила я его, – ты лучше себя побереги!

Тут он понес и вовсе какую-то околесицу, в которой я толком ничего не понимала, предлагал переехать к нему, обещал, что будет любить моего сына, как своего собственного, и что он один может спасти и уберечь меня от беды.

– Что ты болтаешь! – задохнулась я, поднявшись с места. – Ты хочешь отнять жену у брата? Он твой брат!

– Этот ублюдок? Нет у меня братьев! Я один во всем свете!

– Неужели ты действительно никого не любишь?

– Люблю. Люблю тебя. Тебя одну! Больше жизни, больше всего на свете.

– Что за ерунда! Мы с этим давно покончили! Сколько лет прошло! И не забывай, – тут я уже перешла на крик, – это ты отдал меня Филиппу, я была еще ребенком! Ах, ну да ладно!

– Да, я помню, и никогда себе этого не прощу. Мое чувство к тебе с каждым годом только росло. Поверь мне! Будь со мной! Я… Я не могу без тебя… Ты должна ко мне вернуться! Ты обязана!

– Замолчи! Я никогда тебя не любила. А теперь я тебя и вовсе ненавижу.

– Это неправда! – вскричал он, подскочил ко мне и попытался обнять.

Изо рта у него пахло перегаром фруктовой водки, меня передернуло.

Он продолжал меня уговаривать:

– Знаю, ты тоже любишь меня! Ты вышла за него, потому что он… Потому что…

– Глупости! – перебила я его. – Оставь меня!

Йозеф снова двинулся на меня.

С криком вырвалась из цепких его рук, побежала к выходу.

Йозеф не тронулся с места, только крикнул вдогонку:

– Остановись, я должен тебе сказать что-то очень важное!

Незнакомые, железные нотки в его голосе заставили меня на остановиться.

– Даю тебе на размышление три дня. Если ты не одумаешься, тебе будет плохо. Меня ничто не остановит! Ты должна знать, это я прикончил его папашу. Да, я долго чувствовал себя виноватым, потому и терпел его, но теперь знаю, я все тогда сделал правильно. И никто меня не заподозозрил. Прикончу и этого ублюдка... И скрываться мне не нужно будет, теперь я получу за это орден...

Не дослушав, кинулась вон. Меня била дрожь. Бежала, увязая в сугробах.

Шел снег. Все вокруг было серым, казалось, само небо давит на меня своей тяжестью. Крупные снежинки холодили разгоряченное мое лицо. О, Господи, да что же это такое! Неужели это проклятие будет тянуться за мной до конца жизни! Вот она, расплата за мои грехи!

Филиппу грозит опасность и виновата в этом я.

***

Филипп задумался надолго, потом переспросил:

– Что именно он сказал? Повтори слово в слово.

Я повторила.

– Оказывается, это он убил. Но ведь ему было тогда... Он был подросток. Поэтому сго никто не подозревал. Они с отчимом сделали это вместе...

– Ты думаешь, он что-то знает о твоих делах? – спросил он.

– Трудно сказать. Просто он знает меня. Да ему и не надо ничего знать, сама понимаешь, в какое время мы живем.

– Ничего определенного он не сказал, но его решимость.... Он был, как сумасшедший. Ты же понимаешь, тут не о любви речь. Это ненависть...

Нет, не о любви шла речь. Йозеф так и не смог простить брату... Чего он не смог ему простить? Что тот всегда преуспевал, что у того много друзей, что он нравился женщинам? В то время как Йозеф... Не думаю, что он продолжал бы меня любить, если бы я не досталась Филиппу. Я оказалась трофеем, желанной наградой в этой борьбе братьев, и она досталась не Йозефу. Это стало его поражением и эта боль иглой застряла в его ничего не прощающем сердце.

С самого начала, я имею в виду, после того как мы с Филиппом поженились, нам нельзя было оставаться в этом городе, мы совершили большую ошибку. Но что нам было делать? Это ведь и наш город, здесь все наши корни, это наша родина, оскорбленное наше отечество...

Но что такого страшного произошло теперь, отчего так вдруг, ведь нам удавалось до сих пор мирно сосуществовать. Во всяком случае, внешне. Возможно, какая-то мелочь, что-то малозначащее, одна капля переполнила чашу его терпения. Вид нашего счастья был ему невыносим. А что, если он следил, выследил нас, узнал о чем-то таком, что дало ему оружие против Филиппа?

В тот вечер я не пошла в ресторан. Молча сидели мы в уютной нашей гостиной, в окружении милых моему сердцу вещей. Каждую из них выбирала я вдумчиво, в доме не было ничего, что можно было бы назвать лишним. Мы были счастливы в этом нашем доме, мы укрывались от ужаса, который царил за его стенами.

Утопая в обитом цветным штофом кресле с высокой спинкой, Филипп сосредоточенно думал о чем-то своем. Я молчала. Наконец он поднялся и направился к телефону. Разговор был коротким и для меня не совсем понятным, после чего Филипп повернулся ко мне:

– Собирай чемоданы!

– Что! – вскричала я.

Трудно описать словами мои чувства. Это были досада, злость, обида, ненависть. Верх одержал страх. В прошлые времена я бы ответила на угрозы Йозефа одной лишь насмешкой, насмешкой и злостью. Никто не заставил бы меня двинуться с места. А теперь… Боже, покинуть мой дом! Покинуть это убежище, покинуть ресторан. Все, что было добыто долгими годами тяжкого труда!

Филипп прижал меня к себе. Мы долго стояли молча. Хотелось кричать, плакать, но глаза были сухи. Меня одолевал страх, бесконечный страх.

– Утром за тобой и Энрико приедет Сибилла, она отвезет вас в свой дом в Тироле. Я приеду неделю или две спустя, мне нужно сначала здесь уладить кое-какие дела. Не пиши мне и не звони. Я сам дам о себе знать. Потом подумаем, как быть дальше. Вероятно, придется на время перебраться в Италию, там тоже теперь неспокойно, но у меня там много друзей, легче будет скрыться.

– А Катрин? – вспомнила я о сестре, – ей тоже грозит опасность?

– Не думаю. Надеюсь, нет.

– А что будет с рестораном?

– Оставлю его на Франца. Не думай об этом. Когда корабль тонет, спасают не добро, а жизнь.

Моя жизнь рушилась.

***

Уже рассвело, когда Сибилла приехала за нами на своем «опеле». Настроение у нее было такое хорошее, словно нам предстояла увеселительная прогулка. Сказала только:

– Дорога будет трудной, кругом заносы, но мы справимся.

Утро было солнечным, искристым, над нами простирался глубокий синий купол неба, от его синевы слепило глаза.

Филипп проверил замки на окнах, запер входную дверь.

– Белье пусть остается на веревке, как будто мы дома, – сказал он и добавил, – на время я перееду в гостиницу.

– Поживи у меня, – сказала Сибилла и протянула ему ключи от своего городского дома, взглянула на меня и добавила, – мы с Бэлой останемся в горах до твоего приезда.

А может, мы все же напрасно подняли тревогу, глупо все это как-то все. Ну, чего мы испугались? При виде этого чудесного зимнего утра, страх мой свягчился. Йозеф и раньше, бывало, грозился расправиться с нами, но это был полупьяный бред, никогда не принимала я его угрозы всерьез. Что же изменилось теперь? Ответить на этот вопрос я не могла.

С тоской смотрела на наш чудесный белый домик, в его окнах, как в воде, отражалось солнце. Ладно, скоро все утрясется, и мы вернемся. Через пару недель, через пару месяцев...

Ах, нет, ничего уже не утрясется. Нет на земле места этим двоим – если Филипп хочет выжить, он должен уничтожить брата, но он этого не сделает. Значит, брат уничтожит его. Неужели и это моя вина?

***

Дом Сибиллы стоял в нескольких километрах от границы с Южным Тиролем, некогда принадлежавшим Австрии, а теперь это Италия. Захватывающий вид простирался отсюда на все четыре стороны света. Синеву неба прорезали заснеженные пики гор, внизу лежала широкая долина с игрушечными деревеньками, жавшимися к прямым, словно под линейку прочерченными колокольням церквей. Неужели среди этой красоты есть место беде? Зачем нужны нам какие-то чужие земли, когда Бог дал нам такую, ни с чем несравнимую красоту!

А в это же время мой брат… Где сейчас Томас? Жив ли он? Мой милый, мой трудолюбивый мальчик, он создан для мирной жизни, не для войны. Искалеченные судьбы. Если даже ему суждено вернуться назад, вернется он другим человеком – пройдя через пекло войны, никто не останется прежним. Война искорежила всех нас, и даже здесь, в мирном тылу она изломала наши судьбы, сделала друзей врагами, поселила вражду в семьях, дети ненавидят родителей, люди не доверяют друг другу, каждый держит свои мысли за семью замками. Мы и здесь живем, как на поле битвы.

Воодушевления моего брата Карла по отношению к новой власти я не никогда могла понять, не верила я в победу великого немецкого рейха, не может он победить! Почему, объяснить я не могла, просто всем своим нутром чуяла надвигающуюся беду! Своей интуиции я верила, она никогда меня не обманывала, напротив, именно она часто меня оберегала. Никому, кроме Филиппа сказать об этом не смела, за одни лишь такие мысли сегодня можно поплатиться жизнью. Да, наше решение покинуть Вену было верным решением.

***

– Ты умеешь кататься на горных лыжах? – спросила Сибилла за завтраком.

– Никогда не пробовала. Не знаю.

– Прекрасно, – рассмеялась она в ответ, – сегодня же и проверим. А ты, Рико, ты умеешь?

– Мня зовут Энрико!

– Прости. Энрико! Хочешь покататься на лыжах?

– Да, да, да!

– В кладовой лежат несколько пар, кажется, найдутся и для тебя. У меня частенько гостят друзья, в прошлом году приезжала семья с маленьким сыном.

– Я – большой! – возмутился Энрико.

После завтрака мы уже стояли на горке позади дома, внизу лежало заснеженное поле, а подальше начинался крутой спуск.

– Сначала потренируемся здесь, – сказала Сибилла.

Не успела она прикрутить лыжи к ботинкам Энрико, как тот стремглав полетел с горки. Я застыла в тревоге, но он быстро притормозил и остановился, развернувшись всем телом.

– Мама, мама, ты видела? Я умею!

– Где ты научился?

– Да это, как на коньках! Папа учил меня.

– Ты у меня совсем большой. Я горжусь тобой.

Со мной Сибилле пришлось немного повозиться, я оказалась ученицей не такой талантливой, как мой сын, но уже через пару часов и я бесстрашно спускалась с горы. Так начался мой неожиданный отпуск. Если бы не тревога за мужа, чувствовала бы я себя вполне счастливой.

***

Вечером, уложив Энрико в постель, мы пили вино и беседовали о жизни, впервые у нас появилась такая возможность. А она, оказывается, совсем не такая холодная, как я думала, все большей симпатией проникалась я к этой женщине.

В облицованной синими изразцами деревенской печке потрескивали сосновые поленья, распространяя теплый, смолистый дух, этот аромат напомнил мне детство. Прикрыла глаза и увидела себя сидящей на коленях у отца. Отец встает, перемешивает жар в печке, снова сажает меня к себе на колени и продолжает рассказывать историю о заблудившихся детях. Она пугает меня, эта история, но сказка хорошо кончается.

Теперь все мы такие вот заблудившиеся дети. Найдем ли мы выход из этого заколдованного леса? Как жить человеку, если он не желает принимать участия в этом кошмаре, и все равно эта страшная сила тянет его к пропасти?

Сибилла включила радио, из золотистого цвета ящика полились звуки знакомой песни. «Лили Марлен…». Ее теперь крутят почти каждый вечер. Мелодия красивая и до жути навязчивая, теперь она будет крутиться у меня в мозгу всю ночь и все утро! Возможно, Томас тоже слушает ее сейчас, сидя в окопе, там, в заснеженной России. О, Боже!

– Нежная песня, – задумчиво произнесла Сибилла и добавила, – странно, она ведь совсем не героическая, напротив, в ней столько горечи…

– Да, странно, обычно они передают бравурную музыку. Я тоже становлюсь меланхоликом.

– А как не стать, когда эта жизнь…

Она не договорила.

– Можно спросить откровенно? – сказала я.

– Прошу тебя.

– Мне странно, что именно ты нам помогаешь. Мы знакомы давно, но я тебя совсем не знаю. Мне всегда казалось, тебя интересует только твоя собственная жизнь, что ты не из тех, кто станет рисковать собой ради чего бы там ни было.

– А я ничем и не рискую! С чего ты взяла?

– Это неправда.

– Хорошо. Ты хочешь знать, отчего я это делаю? А почему бы мне этого не делать?

– Хочешь сказать, это для тебя всего лишь способ развеять скуку?

– Возможно. Но ты не беспокойся, у меня знакомства на самом верху, так что я ничем не рискую.

Мы обе знали, что это не так, в случае первого же доноса, никакие знакомства никого не спасают, не те сегодня времена.

– Скажи, а эти люди, они надежные, – спросила я, имея в виду мужа и жену, которые заботились о доме, занимались уборкой, доставляли из долины продукты.

– Им можно доверять!

– Почему ты так уверена?

– Очень просто. Ты не знаешь горцев. Поверишь ли, что некоторые из них даже укрывают евреев?

– Откуда ты знаешь?

– Знаю я много, но не люблю рассказывать.

– Да, ты права, мне трудно в это поверить, – сказала я, подумала и спросила, – У них есть от этого какая-то выгода, они делают это за деньги?

– Ах, нет! Никакой выгоды! Они даже кормят их за свой счет.

– Этого не может быть! – вырвалось у меня.

– Может! Горцы – странный народ. Они всегда были такими, они ненавидят власть, любую власть. Если завтра придут коммунисты или американцы, они будут урывать у себя нацистов.

– Странно. А что, если это откроется, они об этом не думают?

– Не знаю. Впрочем, я тоже ни о чем таком не думаю. Об этом лучше не думать. Налить тебе еще?

– Да, чуточку. Вино у тебя хорошее.

– Старые запасы. Из виноградников Фабрицио.

– Фабрицио?

Мысль об этом человеке наполнила мое сердце теплом. С той, первой нашей поездки в Италию началась моя новая, моя счастливая жизнь. Как чудесно было все тогда! Могли ли мы предположить… Память не хотела воскрешать воспоминания о первых признаках приближавшейся катастрофы, о тревоге и о дурных предчувствиях, уже тогда поселившихся в моей душе. Дорые воспоминания – это спасательный круг, который позволяет удержаться на плаву, когда беды грозят поглотить тебя.

Что сейчас делает Филипп? Он не хотел впутывать меня в свои дела, так он говорил, и теперь я сожалела о том, что не была более настойчива. Догадывалась о многом, но боялась спрашивать. Хотелось сохранить хотя бы остатки душевного покоя. А ведь я могла быть ему полезной, если бы не прятала голову под крыло, подобно этой глупой птице.

– Ты давно знаешь Фабрицио? – спросила я.

– Да, с незапамятных времен. Мои родители были дружны с его домом. Так мы потом познакомились с Филиппом.

– Твои родители…

– Папа владел фабрикой по производству металлоизделий, ты о ней, наверное, слышала. Отец умер в тридцать восьмом, от сердечного приступа, двух месяцев не дожив до аншлюса. Тогда мама продала фабрику и, очень удачно поместив бо́льшую часть денег в один американский банк, уехала в Португалию, она всегда любила эту страну. А я осталась здесь, деньги у меня есть, как видишь, я не бедствую.

– А твои знакомства… Ты сказала… Откуда ты знаешь этих людей?

– Это знакомства моего отца, они досталось мне, можно сказать, в наследство. Одни из наших бывших друзей уехали из страны, другие процветают при новом режиме.

– И все же странно это. Никогда не могла подумать, что ты способна рисковать жизнью ради других людей, – повторила я.

– Ах, никакого риска нет! – снова отмахнулась Сибилла. – Мы просто проводим время в моем чудесном доме. Ты не находишь его чудесным?

– О да! А тебе никогда не хотелось завести собственное дело? С твоим характером…

Сибилла не ответила на мой вопрос.

Ах, пора бы понять, я это я, а другие, это другие, ни к чему примерять на них свои одежки. Просто меня уже на второй день начало мучить вынужденное мое безделье в этом чудесном доме с его пахнущей сосновой смолой мебелью, с потрескивающими в печи поленьями. Вынужденное безделье усиливало тревогу. Мне необходимо работать, чем-то заниматься, быть в постоянном движении, это помогает сохранять душевное равновесие.

– Если хочешь, завтра поедем в город, – сказала Сибилла, – погуляем, посмотрим кое-что.

– А если в это время приедет Филипп?

– Он знает, как добраться, и где лежит ключ.

Хотела бы и я знать все то, что знают эти двое. Теперь, как и в былые времена, большая часть того, чем занимался Филипп, оставалась для меня секретом. На мгновение почувствовала себя чужой в своей собственной жизни.

***

Прогулка по городу отвлекла от тяжелых мыслей. В луна-парке Энрико, визжа от удовольствия, катался на карусели. Потом взобрался на пони.

– Мама, мама, я тоже хочу такую лошадку! Купи!

– А где она будет жить? Кто будет ее кормить?

– В нашем саду будет жить, там много травы, она будет есть траву!

– Хорошо, придется подумать.

– Сейчас, купи сейчас!

– Сейчас не получится. Во-первых, эти пони не продаются, а во-вторых, мы не скоро вернемся домой. Но я обещаю тебе подумать.

– Крепко подумай!

Минуту спустя его внимание отвлек клоун, он смешно двигался в толпе, выкрикивая какие-то шутки. Поравнявшись с нами, наклонился к Сибилле и прошептал ей что-то на ухо, после чего отпустил очередную шутку и сам же громко рассмеялся.

Лицо Сибиллы помрачнело.

Энрико прижался ко мне, клоун его напугал.

– Что он тебе сказал? – спросила я Сибиллу, когда мы покинули ярмарку.

– Не знаю, какую-то глупость, – отмахнулась она, – идем обедать!

***

Когда мы вернулись домой, уже смеркалось. Вскоре стало совсем темно, звезд на небе не было, лишь внизу, в долине светились редкие огоньки. Ночью пошел снег. Мне не спалось. Стояла у окна. Крупные снежинки плюхались в стекло, скатывались вниз, оставляя мокрые следы. К утру дороги заметет, значит, мы будем отрезаны от мира, как же Филипп доберется до нас?

Тоскливо тянулись дни, наполненные тревогой. Дом был полон книг, но я едва ли могла читать, мои мысли были далеко, они были в Вене. Энрико капризничал, он скучал, ему передавалось мое волнение. Лишь Сибилла оставалась прежней. Что это, неунывающий характер или она просто хорошая актриса? Все больше восхищалась я этой женщиной, рядом с нею сама я себе казалась какой-то маленькой. Эти ее черты характера я нередко замечала у женщин, родившихся богатыми, живет в них эта несокрушимая вера в себя, в свои силы, они реже нервничают и в трудных ситуациях быстрее находят выход.

– Смотри, пошла оттепель, значит.., – задумчиво сказала Сибилла, глядя в окно, – значит, завтра мне удастся снова съездить в город.

– А что там, в городе?

– Возможно, узнаю что о Филиппе. Буду звонить в Вену.

– Кому? Филиппу?

– Нет.

Надежда согревала мое сердце, и в то же время противное чувство сжимало горло.

– Скажи, что сказал тебе тога клоун? – отчего-то вспомнила я.

Бывает, в памяти остаются моменты, которым в свое время не предаешь большого значения, и лишь позже понимаешь, что скрывалось за ними нечто важное. Теперь я была уверена, клоун и Сибилла знали друг друга, они были знакомы, их что-то связывало.

– Клоун? – переспросила Сибилла.

– Да, клоун, он сказал тебе что-то, что тебя взволновало.

– Возможно. Не помню.

Это была ложь. Я настаивала. Тогда Сибилла сказала:

–Извини, не хочу быть грубой, но есть вещи…

– А тебе не кажется, что я уже втянута в ваши дела? Так что лучше было бы…

– Нет, не лучше, – твердо сказала Сибилла и добавила, – сейчас я займусь обедом.

К моему удивлению она любила кухню и умела готовить. Кладовая в этом доме была полна припасов, на крюках висели копченые окорока и колбасы, на решетках лежали головки сыра, на полках выстроились банки с вареньем и консервированными овощами. Запас вина тоже был впечатляющим.

***

На следующий день Сибилла поехала в город одна. Дорога была скользкой, и я переживала за нее. Энрико катался на лыжах, но вскоре ему это надоело, и мы вернулись в дом. Тревога моя росла. Минуты тянулись томительно долго.

Сибилла вернулась лишь к вечеру. Выражение ее лица меня насторожило. Молча смотрела на нее, боясь задать вопрос.

– Садись, – сказала она, – постарайся взять себя в руки. Не забывай, у тебя есть сын…

Я все поняла.

– Его арестовали?

Сибилла опустила взгляд.

– Но он жив?

Она продолжала молчать, а я нескоро выдавила я из себя:

– Что произошло? Рассказывай!

– Это Йозеф. Оказывается, это он нас выследил. Ему это ничего не стоило, ведь он знает всех нас. Он донес на Филиппа.

– Ты это точно знаешь? Как, на что он мог донести?

– В наше время не нужны факты, достаточно подозрений.

– Его забрали из твоего дома?

– Нет. Это случилось на улице. Филипп пытался бежать. Возможно, ему это и удалось бы, но в одном из подъездов прятался Йозеф. Он следил за братом, ему хотелось видеть, как его арестуют. Когда Филипп поравнялся с ним, он подставил ему подножку и Филипп упал, в то время один из жандармов успел выстрелить ему в спину.

Все поплыло у меня перед глазами, голова наполнилась туманом, я лишилась чувств.

Очнулась в постели, долго не могла понять, где я и что со мной.

Нет сил передать боль, которую я испытала. Все потеряло смысл, моя жизнь потеряла смысл. Без Филиппа… Не знаю, сколько времени я лежала без сил, без чувств. Сибилла ухаживала за мной, она же заботилась об Энрико.

О Боже, как сказать сыну, что его отец…

***

Спустя пару дней поднялась с постели и стала заниматься чем-то по дому. А спустя еще два дня явились двое молодых мужчин.

– Они переправят вас в Италию, – сказала Сибилла, – а я завтра уеду в Вену.

Глаза у нее опухли, голова была повязана платком, такой я ее никогда не видела. И все же она сохраняла присутствие духа.

Из прихожей донесся какой-то звук, что-то стукнуло. В тревоге я направилась к двери. Надежда мелькнула в мозгу, а что если это Филипп, что если это все ошибка и он не погиб! Сибилла хотела меня остановить, но я уже распахнула дверь. В полумраке, прижимаясь друг к другу, стояли мужчина и женщина, они были легко одеты, на исхудалых лицах застыл страх.

Ничего не сказав, вопросительно глянула на Сибиллу.

– Они побудут здесь, пока я не вернусь, – ответила она коротко и добавила, – ну, раз уж ты их видела, то, позволь, я сначала их устрою.

Она пригласила гостей войти, провела на кухню и усадила за стол. После того, как они насытились, проводила наверх, в одну из гостевых комнат.

Вернувшись, приступила к делу:

– О том, чтобы пересечь границу официально, не может быть и речи. Надеюсь, ты сможешь стоять на лыжах?

– Постараюсь.

– Соберись с силами! Мне не надо тебе объяснять, что ты нужна твоему сыну!

В ответ слезы потекли по моим щекам, у меня не было сих их сдержать.

– Ну, наконец-то! – вздохнула Сибилла, – наконец ты заплакала! Теперь станет легче, – она прижала меня к себе, – передавай привет Фабрицио.

***

Один из парней посадил Энрико в рюкзак с прорезями для ног.

– Я тоже могу сам на лыжах, – запротестовал Энрико.

– Зато сверху тебе будет все лучше видно, – сказал парень, – ты будешь наш рулевой, будешь показывать нам дорогу. Согласен?

– Согласен!

Сын не знал, что остался сиротой.

О, Боже! Сердце мое разрывалось от боли.

Другой парень водрузил на себя наши вещи.

Смутно помню опасный спуск среди заснеженных гор. Лишь с наступлением темноты мы оказались в крестьянском доме, где нам предстояло переночевать. Хозяева, муж и жена, встретили нас радушно. Ночь мы провели в хлеву. То и дело просыпалась, прижимала к себе сына, меня пугало мычание коров.

На следующий день ждала нас долгая тряска в переполненном вагоне, пересадка и снова поезд. Перед Удине наши провожатые распростились с нами и на ходу выпрыгнули из поезда. На вокзале нас поджидал Джулио с машиной.

Когда мы приехали на виллу, уже стояла ночь. Я упала в объятия Фабрицио и меня затопили слезы:

– Боже мой, Боже мой, что нам теперь делать! Как мы теперь будем жить? Без Филиппа…

Глава одиннадцатая

Глаза старика тоже были полны слез. Он прижимал меня к себе, подхватил на руки внука:

– Один ты у меня остался!

Фабрицио постарел, сгорбился.

Доменика взяла у него заспанного внука, понесла в мою комнату. Нашу с Филиппом комнату.

***

Завтракали в молчании.

Все мы словно тени передвигались по дому. Дни тянулись медленно. Энрико капризничал, мне трудно было его чем-либо занять, я сама не находила себе места. Как рассказать ребенку, что у него нет больше его горячо любимого отца? О Боже!

– Он уехал, – солгала я.

– Далеко?

– Очень далеко.

– Но он вернется?

В ответ я обняла сына, прижала к себе.

– Мне тоже его очень недостает.

Несколько дней спустя Фабрицио попросил меня сесть рядом и рассказать, что именно произошло. Ах, что я могла рассказать?! Повторила то, что услышала от Сибиллы, но он хотел знать все до малейших подробностей, снова и снова задавал одни и те же вопросы, просил напрячь память…

– Значит, это сделал его брат?

– Сибилла сказала, его выдал Йозеф.

– Ты в это веришь?

– Как я могу в это поверить?! – ответила я в полном отчаянье.

Меня мучило чувство вины, ведь все это из-за меня… Но что я могла рассказать Фабрицио? Теперь это навек останется моей тайной, эту ношу я буду нести до конца моих дней.

– Но это похоже на него? – продолжал расспрашивать Фабрицио, – какие у них с Филиппом были отношения? Расскажи мне все! Если это действительно так, я позабочусь… Придет час…

Ах, могла ли я рассказать ему о наших отношениях? О чем он позаботится? Меня тоже мучило желание мести, но я знала, он будет наказан и без нашего вмешательства. И тут в мою подавленность, в мое горе на мгновение ворвалось чувство ярости. Ворвалось и исчезло, но на одно это мгновение ко мне словно вернулась жизнь. Так уже не раз бывало, моя злость, моя ярость не раз помогали мне вновь обрести себя.

Поднялась, подошла к окну. Деревья уже набухали почками, занималась новая весна. Не для нас она занималась. Мои весны кончились.

***

Редко выходила из дому. Старалась быть полезной, что-то делала, заливаясь слезами, наводила порядок в вещах Филиппа. Старалась скрывать свои слезы от других.

Вечера мы с Фабрицио и Доменикой проводили в гостиной, я все больше привязывалась к старику. Учила итальянский, вскоре уже читала сыну «Пиноккио».

А потом пришла настоящая весна и мы много времени проводили в саду, напоенном ароматами нового цветения, в природу возвращалась жизнь.

Боль не покидала меня, она становилась тупой и привычной, все мое тело было словно опутано веревками, мне трудно было двигаться. Лишь работа отвлекала от тяжких мыслей. Помогала Кармеле на кухне, училась у нее и учила ее готовить венские блюда. Фабрицио нравились мои венские шницели.

Туго с продуктами было и здесь, процветал черный рынок, но нас кормила ферма. Налог на войну отнимал больше половины дохода, а после выплаты зарплаты работникам, что теперь производилось натурой, хозяевам оставалось совсем немного, но в такое тяжелое мы были благодарны и за это.

Фабрицио не в состоянии был держать все хозяйство под контролем, на это у него не было сил, а управляющий не вызывал у меня доверия. Это был огромного роста мужчина с глазами навыкате, в которых невозможно было прочесть, что он думает. Ходил он в черной рубашке, демонстрируя тем самым свою принадлежность к теперешним хозяевам жизни.

***

В июле пришло письмо от Франца, его принес незнакомый человек и, не назвав себя, тотчас исчез. Франц писал, что в нашем доме живет мой брат Карл, он вернулся из Голландии и служит теперь в венском гестапо. В доме полно гостей, они кутят, дебоширят, будоражат весь квартал, но соседи не смеют на них пожаловаться. Франц приложил все усилия, чтобы спасти ресторан, но если я не вернусь, его приберет к рукам наш адвокат, он член партии и сделать ему это будет совсем нетрудно. Тем не менее, возвращаться мне опасно, Франц просил повременить.

Эта новость едва ли меня тронула. После гибели Филиппа меня мало что трогало, и даже моя былая страсть к обогащению покинула меня. К чему мне теперь все это? Тянулись долгие, тоскливые дни. Когда человек несчастен, время тащится медленно.

***

Ферма с ее хозяйственными постройками, гумном и техникой находилась в двух километрах от виллы. Хотелось взглянуть, как она работает Ходила туда пешком. На то, чтобы во всем разобраться, времени у меня ушло немного, и тогда я предложила Фабрицио свои услуги, хотелось вплотную заняться фермой.

Фабрицио удивился:

– А ты это можешь?

– У меня есть некоторый опыт, ты же знаешь.

Он и сам уже давно понял, что управляющий за его счет набивает собственные карманы, но ничего не мог поделать. Валенте Грассо был нагл и шел напролом, бесстрашие этого чернорубашечника объяснялось полным отсутствием воображения и тупой жаждой наживы. Мне он внушал страх. Тем не менее, затребовала бухгалтерские книги, счета и накладные, в ответ желваки заходили у него под кожей.

– Это еще зачем?

– Мой свекор желает посмотреть документацию.

– То, что ему нужно видеть, находится у него.

Ах, так ты мне грозишь! Этот наглый тон словно пробудил меня ото сна, кажется, именно в этот момент я снова стала самой собой, во мне проснулась былая моя злость. Грассо смотрел мне в зрачки, ожидая, что я первая отведу взгляд. Как же! Не дождешься!

И вдруг в нем произошла перемена, взгляд и голос его смягчились.

– Идемте, – сказал уже другим тоном, – я покажу вам все. Только не обессудьте, у меня беспорядок.

Поднявшись по лестнице, оказались в просторной комнате, которая служила ему спальней, столовой и кабинетом. Бросились в глаза портреты Муссолини и

Гитлера на стене. Узкая кровать была прибрана, круглый стол с огромной керамической пепельницей посередине был застелен белой скатертью. Некоторый беспорядок царил лишь на письменном столе и в шкафу с папками.

– Что именно вас интересует?

Я назвала документы.

Он задумался на минуту и в мгновение ока выудил из этого видимого хаоса все, что нужно.

– Вот, пожалуйста, – произнес тихо и добавил деланно заискивающим тоном, – что еще пожелаете, сеньора?

– Пока это все. Остальное доставьте, пожалуйста, сегодня к вечеру на виллу. Все документы должны храниться там.

– Как прикажете, мадам! – сказал он с оттенком легкой издевки.

Грассо вежливо проводил меня до ворот, но я чувствовала его негодование, а его внезапная кротость пугала меня больше, чем открытая ненависть. В жаркий июльский день я вдруг ощутила озноб.

Обычно страх парализует человека, но со мной все происходит наоборот. В сказках, которые я читаю Энрико, животные вступают на место людей, ведь люди часто своими характерами напоминают животных. Если мышь под взглядом змеи теряет волю и разум и безропотно позволяет себя сожрать, то волк сам нападает на охотника. Заяц, убегая, выписывает немыслимые зигзаги, заставляя преследователя выбиться из сил. А какой зверь я? Гм… Если и убегу, то только затем, чтобы потом вернуться оттуда, откуда меня не ждут. Короче, страх заставляет меня действовать.

Не хотелось волновать Фабрицио, и я не стала рассказывать ему о стычке с Грассо.

Фабрицио все больше привязывался ко мне. А я к нему. У меня остались теперь только он и мой сын. Душа болела за Катрин, за Томаса. Молилась, чтобы Господь их пощадил. От Томаса уже много месяцев не было известий. Франц писал, после гибели Филиппа он встретил однажды Катрин на улице, но она отвернулась, молча прошла мимо.

По вечерам мы слушали лондонское радио, иногда ловили русскую радиостанцию, вещавшую на итальянском. Русские призывали итальянцев капитулировать и тем самым сохранить человеческие жизни. Войну Германского рейха они считали проигранной.

Итальянцы не хотели воевать, не тот это народ, их боевой запал начал сдуваться уже к зиме 1941-го. Да, русская зима здорово охладила их южный пыл. И даже чернорубашечники лишь в самом в начале войны громко кричали о близкой победе, а тут и они притихли. Что принесла им эта война? Италия не только потеряла все свои колонии в Африке, теперь Сицилия и юг страны были оккупированы союзными войсками, там хозяйничали англичане и американцы.

***

Грассо прислал с посыльным документы, которые я просила, сам он на виллу не явился.

Изучив накладные и счета, и сопоставив их с тем, что мне довелось видеть в хозяйстве, я поняла, еще немного, и хозяином на ферме будет Грассо, а Фабрицио придется просить милостыню. В моих ли силах этому помешать, этого я не знала, но обязана была попытаться это сделать.

Пришлось поговорить с Фабрицио. Ознакомившись с документами, он поднял голову и долго смотрел перед собой куда-то поверх моей головы. Что он там видел? Некогда счастливую свою жизнь и ее медленное разрушение? Этот век всем нам принес слишком мало мирных, мало счастливых дней, он преподнес нам две войны и неизвестно, что еще преподнесет.

Фабрицио дал мне полную власть, сам он был слишком слаб для борьбы, и я молила Бога, чтобы Он продлил его дни. Если Фабрицио уйдет, я потеряю последнюю мою опору.

***

Бензин приходилось экономить, а пешком по два раза на дню ходить на ферму было нелегко, так я научилась править бричкой и ездить верхом. Кажется, мы подружились с серой кобылкой по имени Лиза, моей тезкой, она была уже немолода, но вполне еще энергична, и ей больше нравилось бегать под седлом, чем тащить повозку. Я могла ее понять. При моем приближении она радостно фыркала, я приносила ей то кусочек сахара, то яблоко или морковку. Вот так завязывается дружба.

Приближалась к ферме, когда из-за поворота вынырнула повозка, груженая мешками. Возница занес кнут и погнал лошадей так, что меня обдало облаком пыли.

К этому времени уборка пшеницы уже закончилась, сезонные рабочих должны были еще вчера отправиться по домам, позже они понадобятся на уборке гороха. Я велела Грассо с ними расплатиться, от денег они по обыкновению отказались, желая получить натурой, деньги теперь обесценивались с каждым днем, в то время как цены на продукты росли.

Часы на башенке пробили одиннадцать, когда я въехала во двор и увидела, что рабочие – мужчины и женщины – сидят во дворе.

– В чем дело? Почему вы еще здесь?

В ответ все заговорили разом, я ничего не поняла.

В глубине двора, в тени галереи, опоясывающей постройки, стоял Грассо, курил, прислонясь спиной к стене, и наблюдал за происходящим.

Подняв руку, я заставила всех замолчать.

– Один, пожалуйста, пусть кто-то один скажет, в чем дело.

– Я скажу, – от группы отделился немолодой мужчина с изборожденным морщинами обветренным лицом.

– Вот, посмотрите! – с этими словами он бросил мне под ноги тощий мешок с зерном, – вы считаете, это нормальная плата за наш труд? Мы договаривались по-другому!

– На весы! – скомандовала я, открыла папку с бумагами, посмотрела договор.

В мешке было чуть больше половины того количества зерна, которое было обозначено в договоре. Я глянула на Грассо. Он ответил мне злобным взглядом, выплюнул окурок и ушел в дом.

– Идите в амбар, возьмите, сколько недостает, сами взвесите. Я вам доверяю, – сказала я мужчине, а сама последовала за Грассо.

Начала подниматься по лестнице, но что-то меня остановило, не знаю, чего я испугалась. Вернулась во двор, подозвала мальчика, слонявшегося без дела, попросила подняться в квартиру сеньора Грассо:

– Скажи, я жду его внизу.

Укрывшись в тени, разглядывала протянувшееся по ту сторону двора длинное двухэтажное здание. Краска облупилась и на стенах возникли рисунки, похожие на географические карты. В нижнем этаже, поделенном на женскую и мужскую половины, жили сезонные рабочие, а в верхнем были комнаты для постоянных работников, здесь они жили семьями и дети с измальства помогали родителям.

Ждать пришлось долго. Наконец Грассо деланно ленивой походкой направился в мою сторону:

– Ну, что вы опять от меня хотите?

– Что это за повозка попалась мне навстречу? Кто это был? Что он вез?

Грассо молчал, нагло глядя мне в лицо, потом сплюнул в сторону и вымолвил:

– Я не обязан перед тобой отчитываться, – он перешел на ты, – если хозяин хочет что мне сказать, пусть скажет сам.

– Я говорю! Я здесь хозяйка! Ты торгуешь нашим зерном! Чтобы завтра все было на месте, понял? – сказала я и зашагала прочь.

– Понял, милостивая сеньора, – раздался за моей спиной насмешливый голос, – а то что?

Все это было бессмысленно, Грассо был подонком самой низкой пробы, с такими бесполезно бороться, в другое время его еще можно было бы приструнить, подать на него в суд, но не теперь, теперь именно такие и побеждают. Меня била дрожь, я не знала, что делать дальше. Этот тип способен на все, вплоть до убийства, и он сумеет сухим выйти из воды. Если я встану у него на пути... Я уже стояла на его пути, и у меня не было оружия, которым я могла бы защититься.

Потрепала по загривку Лизу, прижалась лбом к ее теплой шее. Боже, что нам делать, как нам жить дальше? Всю ночь горячо молилась, надежда была на одного Господа Бога.

***

Господь услышал мои молитвы, он совершил чудо. Наутро по радио передавали, Муссолини заключен под стражу. Кончилась их власть! Впервые за много месяцев в моем сердце шевельнулось чувство, похожее на радость, мы с Фабрицио обнялись, прижимая к себе Энрико. Значит, война кончилась! Теперь снова наступит мир! По меньшей мере, хотя бы в этой стране.

– Вина! – скомандовал Фабрицио, – Джулио, неси из подвала Божоле двенадцатого года!

Джулио радостно побежал выполнять приказ.

Доменика с улыбкой на устах мурлыкала себе под нос какую-то песенку.

Пригубив вина, я поехала на ферму.

***

Там, казалось, ничего не изменилось, все, как обычно, занимались своим делом. Поискав глазами Грассо и не найдя его, поднялась к нему в комнату. Дверь была открыта настежь. На полу валялись осколки пепельницы и растерзанные портреты Гитлера и Муссолини. Гора упала у меня с плеч, сам Господь защитил нас, избавил от этого ужаса.

Так, теперь нам нужен новый управляющий. Гм, а я здесь зачем?

Спустилась вниз и попросила собрать всех, кто был на ферме.

– Вы слышали новость? Муссолини арестован. Скоро войне конец!

После короткой паузы все стали что-то кричать, обниматься, кто-то плакал.

– Сегодня у всех выходной, – сказала я, – будем праздновать, накрывайте столы, я пришлю вина.

– Я тут посамольничала, – призналась я Фабрицио, вернувшись на виллу, – решила устроить праздник для рабочих. Надеюсь, ты не против?

– Ах, что ты, дочка, конечно, нет!

– Поедешь со мной на ферму?

– С превеликим удовольствием! Все едем!

***

Неделю спустя на виллу явился Микеле с семьей. За долгие месяцы моего пребывания здесь, никто из родственников не давал о себе знать.

Фабрицио встретил гостей не слишком радушно. За обедом не проронил ни слова и лишь когда подали кофе, спросил:

– Рицо, а где твоя черная рубашка? Помню, ты так ею гордился!

В ответ Рицо опустил взгляд.

За последнее время парень вырос, возмужал, теперь это был красивый молодой человек, широкоплечий и статный, и лишь во взгляде чувствовалась какая-то слабинка, по сути, он так и остался маменькиным сынком, которому хотелось казаться сильнее, чем он был на самом деле.

– Что вам нужно? – спросил Фабрицио напрямик, – у вас ко мне дело, с чего бы иначе вы сюда явились?!

Он ожесточился. Нас всех ожесточило наше горе.

Агата в ответ вспыхнула, Микеле положил руку ей на плечо:

– Молчи, дорогая, – и добавил, обращаясь к Фабрицио, – да, ты прав, у нас к тебе большая просьба. Не мог бы Рицо пожить у вас пару недель, пока…

– Пока что?

– Ну, пока… Ты знаешь, в городе теперь неспокойно, фашистов преследуют, их избивают прямо на улице. Пусть он побудет здесь, пока все не уляжется.

– А раньше вы о чем думали? И вообще, раз уж он у вас такой герой, отчего он не на фронте?

– Ну, дядюшка…

– Сознайся, выкупил сыночка?

– Да, выкупил, – сказал Фабио просто и отвел взгляд.

Наступила тишина. Слышен был только звон вилок.

Нарушил тишину Рицо:

– Вы не думайте, я не пошел на фронт не потому, что боюсь умереть.

– А почему же? Там маловато комфорта?

– Нет, вы не поверите, просто я не хотел никого убивать. Я не хочу убивать.

– А когда ты был с ними заодно, ты что, не знал о том, что они убивают?

– Я слишком поздно это понял… Я был глуп! Я был мальчишка, да, мне хотелось чувствовать себя героем.

– А сейчас ты прозрел?

– Дядюшка, – произнес Микеле тихим голосом, он давно от них отошел, но все не так просто…

Фабрицио оставался непреклонен, а мне стало жаль парня, и я спросила.

– Отец, может, он поживет на ферме? Там освободилась квартира управляющего. Ты согласен? Нам как раз сейчас очень нужна помощь.

– Да разве ж он умеет работать? Эти негодяи умеют только маршировать, да командовать!

– Ничего, научится!

Фабрицио пробурчал в ответ что-то невразумительное, махнул рукой:

– Пусть живет!

Это было похоже на приговор, он приговорил внука к жизни.

– У нас как раз начинается пахота под озимые. Рицо, ты умеешь обращаться с техникой?

– Машину знаю хорошо, даже отремонтировать сумею, – промолвил Рицо, не поднимая головы.

Признаться, я давно заметила, что не все эти фашисты да нацисты – действительно ярые защитники идеи, способные на любые подлости. Были среди них и своего рода овцы, послушно следующие за пастухом и воображающие, будто сильны его силой, но стоит дойти до серьезного, как именно они бегут первыми. Так бежал Грассо. Так бежит теперь Рицо – слабохарактерный, избалованный барчук.

***

Дни мои проходили в трудах. Когда я уезжала на ферму, Доменика присматривала за Энрико, они полюбили друг друга, он называл ее бабушкой. Фабрицио тоже любил играть с внуком, то есть, с правнуком, их игры напоминали мне Филиппа.

Лето близилось к концу, работы в поле заканчивались, скоро начнется сбор винограда.

Рицо, к моему удивлению, быстро освоил и комбайн, и сенокосилку, делал все, что ему приказывали, правда, сам инициативы не проявлял. Меня это устраивало. Раз в неделю ездили на дальнее пастбище, забирали сыр и молоко для дальнейшей переработки. Коров и овец у нас было немного и сыры мы производили лишь свежих сортов, они не требуют большого труда и выдержки. Значительный доход приносили виноградники. Своей винодельни на ферме не было, урожай мы отправляли на переработку соседу, и получали от него вино нашей марки, большая его часть шла на продажу, остальное отправлялось в винный погреб усадьбы.

Пастбище располагалось в безлюдной холмистой местности, где все дышало покоем. Пока Рицо с пастухом грузили ящики и бидоны, я уходила на край луга, садилась на камень и смотрела вдаль. Какое это чудесное чувство – сверху взирать на мир. Трава колыхалась под ветром, скромные полевые цветы распространяли терпкий аромат, вдали синей громадой прорезали небо Альпы. Солнце заливало все вокруг золотым светом. Мирная картина, пронизанная нежностью и покоем. Какое счастье, что война кончилось– по меньшей мере для этой страны. Австрия тоже скоро освободиться от этого ужаса, и мы с Энрико сможем вернуться домой. Вот только Филипп... Воспоминания о муже тонули в моих слезах.

Когда мы вернулись на ферму, ждала нас еще одна хорошая новость: Италия окончательно капитулировала. На сыроварне ко мне подошла пожилая работница, она улыбалась, а глаза ее были полны слез.

– Сеньора, сеньора, теперь мой Рино, мой сынок вернется с фронта. Какое счастье, сеньора!

Я обняла ее, и она в голос разрыдалась.

У других работниц мужья и сыновья тоже были на фронте, и они радостно восприняли весть, пусть даже в их глазах не исчезала тревога – пройдет еще немало времени, прежде чем они смогут обнять своих любимых, многое еще может произойти…

А мне ждать было нечего. Мой любимый… Я уже никогда его не обниму. Никого я больше не обниму, кроме моего сына.

***

Шел сентябрь 1943 года. Недолгой оказалась наша радость, минуло не больше двух недель и Муссолини был освобожден, а Северную и Центральную Италию заняли немецкие войска. В городах снова начались аресты. Евреев, которых в свое время по приказу Муссолини лишь ставили на учет, теперь сотнями отправляли в лагеря.

– Ну и что ты будешь делать? – спросила я Рицо, – вернешься к своим героям?

Он опустил голову, долго молчал, потом ответил:

– Нет, с меня хватит! Поверь, тетушка, я многое понял. Можно, мне остаться? Мы же родственники, ты не можешь меня просто так выгнать вон!

– Никто не собирается тебя выгонять. Работай, как работал. Я очень рада.

Глава двенадцатая

Дни становились короче, в ноябре по утрам трава покрывалась хрупкими звездочками инея. Облетевшая листва в парке шуршала под ногами, некому было ее убрать.

В тот день я не поехала на ферму, решила навести порядок в доме и в кладовой, по привычке записывала в тетрадь, сколько осталось головок сыра, окороков, бутылок вина. Ах, эта моя любовь к порядку! Фабрицио подсмеивался над моей «немецкой педантичностью», но я видела, ему это нравится. Ему нравилось все, что я делала.

Кармелла прибежала ко мне в кладовую:

– Сеньора, сеньора, Марио приехал!

– Белла, неси вина, – уже кричал сверху Фабрицио.

Марио вроде как стал выше ростом, или это казалось, оттого что был он очень худ.

– Где ты пропадал? Мы не видели тебя целую вечность. Как поживает Рикардо? Ты слышал о нем? – налетел на него Фабрицио с расспросами.

Глаза Марио затуманись:

– Рикардо погиб. В самом начале войны. Нас обоих призвали в армию. Рикардо отправили в Африку, там он и лежит теперь, засыпанный песками Сахары.

– О Боже! – вырвалось у меня.

Фабрицио тяжело вздохнул:

– Он был славный мальчик. Я знал его родителей…

– А ты? Что стало с тобой? – спросила я.

– Со мной... Я попал на Восточный фронт, в самую мясорубку, был под Сталинградом, но, как видишь, жив, мне повезло.

– Как ты оттуда выбрался?

– О, это долгая история. Весной, после Сталинграда остатки восьмой армии, короче, все, кто уцелел, были возвращены в Италию. Представь, я ведь даже не был ранен, только ноги поморозил, до сих пор болят. После госпиталя меня должны были переправить в Грецию, но я улизнул.

– Дезертировал, значит?

– Можно и так сказать! Я многое понял, когда замерзал там, в окопах, на Волге. Расскажу когда-нибудь.

– Да, главное, что ты здесь.

– Но и немцы тоже здесь, – сказал он с горечью.

– Значит, тебя снова могут мобилизовать?

– Ну уж дудки! Никто меня не мобилизует, мы скоро их всех выдворим!

– Кто это мы?

– Мы, отряды Гарибальди, борцы за освобождение Италии. Италия очень скоро будет снова свободной.

– Я на это надеюсь, – произнес Фабрицио надломленным голосом, – вернется король, вот тогда смогу спокойно умереть.

Допоздна пили вино и слушали радио Лондона.

***

– Уже поздно, идем, Марио, покажу тебе твою комнату.

– Мне очень жаль, – сказал он, когда мы поднимались по лестнице, – Я тоже очень тоскую по Филиппу. Мы все осиротели без него.

Я ничего не ответила.

– Бэлла, если тебе нужна помощь, все равно какая, я хочу, чтобы ты знала, ты можешь на меня рассчитывать.

– Спасибо, Марио.

– У Филиппа было много хороших друзей, а это значит, сам он был человеком незаурядным.

Да, талант заводить надежных друзей, это особенный талант, подумала я, но снова ничего не ответила. У меня не было сил говорить о Филиппе.

Мы вошли в комнату, и я зажгла лампу.

– Вот, располагайся. Тебе здесь будет удобно. Спокойной ночи, – сказала я и собралась закрыть за собою дверь.

– Погоди, Бэлла, – остановил меня Марио, – мне надо что-то тебе сказать.

– Да, слушаю.

– Не так. Закрой дверь.

Я повиновалась.

– Знаешь, мне неловко, я предложил тебе свою помощь, но приехал-то я затем, чтобы просить помощи у тебя.

– Говори. Я сделаю, что смогу.

– Знаю, я не имею права просить об этом, подвергать тебя опасности, но, право, это очень важно и очень срочно, и у меня просто нет никого, кто еще мог бы помочь.

– Говори же, в чем дело?

– Понимаешь, нужно доставить медикаменты в горы, к партизанам, там наш лазарет. Это недалеко отсюда, но мужчине не пройти, а меня так уж точно сразу загребут, сквозь патрульный заслон может пройти только женщина.

Я задумалась на минуту. Если честно, чувство страха подползло к сердцу, и я заколебалась.

– Понимаю, – сказал Марио, – Ничего, все в порядке. Я не сужу тебя. У тебя сын, о нем ты должна думать.

Пока он говорил, страх отступил, и я испытала горечь. Что сделал бы Филипп на моем месте, что сказал бы мой любимый контрабандист на такое предложение? Да и я ведь не робкого десятка! Чувство ярости захлестнуло меня и тотчас на смену ему пришло необыкновенное чувство близости, я ощутила Филиппа в себе, он жил не только в моем сердце, он жил в каждой моей клеточке, мы были одним целым, я была он. И тогда я сказала:

– Хорошо! Когда?

Марио удивленно глянул на меня.

– Лучше всего завтра. Сейчас я тебе все объясню… Вот смотри…

Он вынул из кармана смятую карту, похоже, вырванную из школьного учебника, и начал что-то чертить на листе бумаги.

Потом посмотрел мне в глаза и произнес:

– Пожалуйста, подумай еще раз как следует. Если у тебя обнаружат медикаменты, по законам военного времени…

– Я все знаю. Давай, рассказывай, что мне нужно делать?

– Ну… Прежде всего, найдется у тебя такое платье с нижней юбкой?

– Да, есть одно. Очень старое. А зачем?

– Старое, это хорошо. В нижней юбке мы спрячем часть медикаментов, а часть зашьем под подкладку пальто.

Ну и пошла работа! Полночи пришивали мы карманы к кружевной нижней юбке, прятали лекарства за подкладкой пальто.

***

Выехала я сразу же после завтрака, предупредив домашних, что вернусь дня через три. Фабрицио не стал ни о чем спрашивать, лишь обнял меня крепко.

Джулио довез нас до вокзала, там мы с Марио расстались, он исчез, а мой путь лежал на Гемону. В вагоне было холодно, меня знобило. Дальше пошла пешком. Уже на выходе из города меня остановил патруль –

немец и два итальянца. Они проверили мои документы, спросили, куда путь.

Я ответила по-немецки:

– Иду проведать больных родителей. Они застряли на пастбище.

– Что у вас там? – немец кивнул на мою корзинку.

Я отвернула полотенце.

Три пары глаз загорелись голодным блеском.

Не раздумывая, предложила им кусок ветчины и головку сыра.

– Все отдать не могу, поймите, родители там умирают с голоду.

Итальянцев упрашивать не пришлось, а немец смотрел на меня с подозрением. У него было длинное, изможденное лицо нездорового человека и светлые, почти прозрачные, ничего не выражающие глаза. Голод все же взял свое и он махнул рукой:

– Проходите.

В условленном месте обнаружила велосипед, он был спрятан под ветками рядом с разрушенным домом. Проехав около десяти километров, снова оставила его в кустах. Теперь дорога пошла в гору.

Я торопилась, изредка останавливалась передохнуть. Сверху открывался вид на долину. Ветви кустарников взрезали снежный покров и все казалось каким-то кружевным, нежным, вылепленным из воздуха и снега. Природе нет дела до того, что творят люди, у нее своя жизнь. И вдруг охватило меня уже знакомое чувство необыкновенной силы и даже какой-то странной гордости – под моими ногами простирался мир.

Дальше тропинка заскользила среди отвесных скал, я оживляла в памяти карту, нарисованную Марио. Солнце уже скрылось за горой, сгущающиеся сумерки быстро пожирали все вокруг. В темноте дороги мне не найти. Куда ж запропастился этот чертов проводник?! Марио сказал, он будет меня ждать. Что ж, придется дожидаться рассвета под этой елкой. Холод пронизывал меня до костей. И вдруг хрустнула ветка. Я насторожилась. Волк? Или другой какой зверь? Ах, в наше время человек опаснее дикого зверя!

– Кто идет? – послышался из темноты мужской голос.

– Красная шапочка. Несу вино моей бабушке.

Это был пароль.

– Ну, в таком случае позвольте вас проводить.

Из зарослей на меня двинулась тень, она оказалась мужчиной высокого роста с автоматом наперевес.

– Давайте, помогу.

Он взял у меня корзинку, и мы двинулись по тропинке наверх.

– Меня зовут Серджио, – произнес он.

– А меня Красная шапочка, – засмеялась я в ответ.

Потом назвала свое имя.

Высоко в небе уже висел серп луны, он отбрасывал синий свет на верхушки деревьев. Мой спутник знал дорогу наизусть. Идти пришлось долго, я выбивалась из сил. Наконец до моего слуха донесся звук, похожий не блеянье овцы.

– Еще немного, – сказал мой спутник, – уже почти пришли.

Вскоре мы оказались на высокогорном пастбище. Свет луны серебрил крыши каменных построек. Серджио толкнул дверь, и мы оказались то ли в амбаре, то ли в хлеву, освещенном одной керосиновой лампой. На нас пахнуло теплым, удушливым запахом сена и овечьего помета. После холода ночи дух этот показался приятным.

Помещение было поделено на две части, дальнюю, за низкой перегородкой, занимали овцы, а в ближней вповалку на соломенных матрасах лежали раненые, человек десять.

Ко мне приблизилась молодая женщина, сказала по-итальянски:

– Давайте я вам помогу. Хотите чего-нибудь поесть?

– Пить, – сказала я, скидывая ей на руки пальто и стягивая с себя нижнюю юбку.

Повалилась на солому и тотчас уснула мертвецким сном. Спала недолго. Проснувшись, вышла на воздух. Над вершинами гор уже занималась заря. Жадно вдыхала свежий, морозный воздух, он наполнял мои легкие, мое тело новой силой.

– Хотите умыться? – услышала за спиной женский голос, – меня зовут Анна. Я медсестра.

– А я Изабелла.

– Имя итальянское, но вы не итальянка.

– Я австрийка. Элизабет.

– Не знаю, как вас благодарить, без вас мы бы все тут погибли. Главное, вы привезли сыворотку от тифа.

– Ну да ладно! Умыться мне хотелось бы.

От ледяной воды заломило руки. Вода пахла свежестью, снегом, ранним утром.

– Уф, как хорошо!

– Сейчас сварю кофе, – Анна поставила кувшин с водой на землю, – он у нас, правда, не настоящий, мы пьем цикорий.

Больные еще спали, кто-то стонал во сне. Анна заварила кофе. Разлился теплый аромат, запахло домом.

– Посмотрите, там в корзинке есть кое-то на завтрак.

– Чудесно! А у нас лишь немного хлеба.

Женщина порезала ветчину, сделала бутерброды. Хлеб был черствый, почти сухой, но мне он показался вкусным.

– Хотелось бы уже сейчас двинуться обратно, – сказала я, – меня ждет семья.

– Одна вы не можете отсюда выбраться, вы непременно заблудитесь. Придется подождать. Боюсь, вам удастся уйти только завтра. Серджио вас проводит, он вернется к вечеру.

Один из больных мужчин проснулся и попытался сесть, Анна поспешила ему на помощь. Остальные тоже зашевелились. Тогда Анна набрала в тазик воды, смочила полотенце и стала умывать мужчин одного за другим.

– Вам помочь?

– Было бы здорово. Вон там еще один тазик и полотенце.

Я стала делать то же, что делала она. Тех, кто мог подняться, мы под руки выводили во двор, другим подставляли утку. Когда с утренним туалетом было покончено, Анна раздала таблетки и стала делать уколы.

Потом я помогала ей кормить лежачих больных.

Их нужно было переворачивать, обтирать все тело мокрым полотенцем, массировать спину, чтобы не было пролежней и отека легких.

– Вы наша новенькая сестричка? – заговорил со мной молоденький паренек лет шестнадцати.

– Нет, я здесь только сегодня.

– Жаль, вы мне нравитесь! Вы замужем?

– Перестань, глупенький!

Другие больные тоже оживились, пытались шутить. Я улыбалась в ответ.

– А сейчас надо подоить овец, – сказала Анна.

– Этого я никогда не делала, – растерялась я.

– Овцы – наши кормилицы, без них мы погибли бы с голоду. Я даже научилась делать сыр. Хлеб я тоже пеку сама. Раз в неделю. Как умею.

День пролетел незаметно, за работой время бежит быстро.

***

Я как раз задавала сена овцам, когда услышала снаружи гул, он быстро приближался, пока не оформился в гул мотора.

– Ну, вот они и прилетели!

Анна распахнула дверь и в помещение ворвался порыв ветра. Минуту спустя я услышала голос Серджио:

– Анна принимай еще раненых. Филипп помоги мне!

Знакомое имя болью кольнуло сердце. Я отвернулась, продолжая работу. Слышала, как закрылась дверь и снова голос Серджио:

– Анна знакомься, это наш новый боец. Филипп.

Медленно повернулась всем телом, не выпуская из рук вилы.

В дверях Серджио и еще один мужчина в летном шлеме поддерживали раненого, они осторожно уложили его на матрас, после чего мужчина выпрямился и скинул шлем. Под ним обнаружилась копна давно не стриженных черных с проседью вьющихся волос.

Мороз пробежал у меня по телу.

Передо мной стоял призрак.

Призрак, глянув в мою сторону, тоже застыл на месте, и лишь минуту спустя медленно двинулся в мою сторону, его пересохшие уста шептали мое имя. Я пошатнулась и буквально упала в его объятия.

– Филипп, Филипп, это ты? Ты не умер…

Он молчал. По его почерневшему, исхудалому лицу тоже катились слезы.

– И снова сюрприз… Отчего ты не сообщил, что ты жив?

***

Счастье быстро залечивает раны, и все же, мне понадобилось немало времени, чтобы осознать случившееся. Позже Филипп рассказал, что с ним случилось.

Да, это Йозеф выследил его. Когда он подставил ему подножку, Филипп успел увидеть его глаза, они были полны ненависти, это было последнее, что он увидел, прежде чем потерять сознание, Выстрела он не почувствовал. Его сочли мертвым и, поскольку все городские морги были переполнены, отвезли в морг больницы Ордена Милосердных братьев.

Как же много в нашей в жизни решает случай! Именно там Катрин работала сестрой милосердия, и в тот день ее послали вниз с каким-то поручением. Дверь в мертвецкую была открыта, и она увидела несколько обнаженных тел на столах, никто не подумал их прикрыть. Катрин, уже успевшая ко многому привыкнуть, содрогнулась. Поискала глазами простыни, они лежали кучей в углу, взяла их и стала прикрывать мертвецов.

И тут она узнала Филипп. Вся в слезах, опустилась на колени и стала горячо молиться. Подняв, наконец, взгляд, заметила слезу, скатившуюся из-под дрогнувшей ресницы. Не поверив себе, подняла его веки. Он был жив! Катрин побежала за врачом и Филиппа отвезли в операционную. Пуля застряла в самом краю легком, хирургу пришлось удалить ее вместе с куском этого самого легкого.

После операции Филипп долго не приходил в себя, тяжело дышал, бредил. Катрин, улучив минуту, заглядывала к нему и непрестанно молилась. Не ее ли молитвами свершилось чудо?

На второй день в госпиталь явились два гестаповца, одним из них был Карл.

– Смотри, сестричка, как только он придет в себя, сразу же позвони мне! – сказал, кинув презрительный взгляд на безжизненное тело своего родственника.

Катрин, конечно же, не стала никому звонить. Как только Филипп пришел в себя, притащила его в свою комнатушку и в ту же ночь за ним пришли друзья. По тем же каналам, по которым ей удавалось спасать евреев и других неугодных режиму, она переправила Филиппа в горы.

Куда и как, Филипп не стал рассказывать, а я не настаивала, главное, он жив, он здесь!

Сестра моя жестоко поплатилась за свое милосердие. Карл не простил ей предательства, так он это назвал, и отправил ее в Маутхаузен. Филипп не мог себе этого простить. Я его утешала. Радость и горе смешались в моем сердце. Господи, какую жестокую плату требуешь ты от нас за те крупицы счастья, которые нам даруешь!

Обнимала Филиппа, не в силах им надышаться. Он похудел и состарился, но он был жив.

И он был полон решимости дальше вести борьбу.

– Идем, идем домой. Обрадуем деда! – уговаривала я его.

– Нет, не могу. Я нужен здесь, ведь я знаю все дороги, все тайные тропы.

– Я вижу, ты все же стал летчиком? Исполнилась твоя мечта.

– Так получилось. Мы захватили самолет…

– Где ты этому научился?

– Нигде. Я сам. Так, подглядел у кого-то. Ты же знаешь, я талантливый!

– Раз ты остаешься, я тоже останусь с тобой!

– Нет! Ты нужна Энрико. И деду тоже!

Филипп не позволил мне остаться и мне пришлось вернуться на виллу.

Долго не знала, как сказать Фабрицио, боялась, как бы эта новость не стала для него новым потрясением, но, в конце концов, счастье не горе!

В тот же день Фабрицио поехал на ферму и стал отдавать распоряжения. Потом расхаживал по дому и что-то напевал.

***

В феврале 1945-го Филиппа ранило в ногу, и друзья привезли его на виллу.

Сын несколько лет не видел отца, но он сразу же его узнал:

– Папа, папа, ты вернулся! Наконец-то! Я так тебя ждал! Папочка!

Преступно радовалась его ранению, теперь Филипп останется с нами.

Вскоре на смену радости пришел новый страх. На виллу явились немцы, они заняли все свободные комнаты, превратив виллу в отель для офицеров.

Филиппа я успела спрятать на чердаке.

Фабрицио с появлением непрошеных гостей закрылся в своей комнате и слег. Доменика сидела подле него, а я приносила им еды. Опасаясь, как бы ребенок не проболтался, не отпускала его от себя или оставляла с Фабрицио и Доменикой. К Филиппу на чердак наведывалась лишь по ночам.

Днем мне приходилось обслуживать немцев, наводить чистоту, менять белье. Поваров они привезли своих, что приводило в отчаянье Кармеллу, она не выносила чужих на своей кухне.

К счастью, неделю спустя затрезвонили полевые телефоны, офицеров среди ночи подняли по тревоге и через полчаса дом очистился.

***

Жили в тревоге. Рана заживала плохо, Филипп досадовал, что не может вернуться в ополчение, стал раздражительным, набрасывался на меня из-за мелочей, а я терпела, в душе радуясь, что он с нами, только это было важно.

До нас доходили вести от друзей Филиппа.

Сибиллу все же кто-то выдал, но, к счастью, друзей у нес оказалось больше, чем врагов, ей удалось бежать, теперь она где-то за океаном. Позже узнала, что Франц с самого начала деньгами помогал сопротивлению. Анди, оставив родителей в Итальянских Альпах, партизанил где-то во Франции. Марио был ранен, чуть не потерял руку, но все обошлось, он жив. О Лоренцо мы ничего не знали.

Когда Италия освободилась от немцев, Фабрицио бегал по дому, как мальчишка, играл с внуком, включал громко радио.

Рицо к этому времени втянулся в работу. Он все больше привязывался к старику и во всем ему помогал. К тому же влюбился в молодую работницу с фермы и заявил родителям, что собирается на ней жениться. У матери, естественно, истерика, а отец в полном упадке сил махнул рукой, делай, как хочешь. Девушка мне нравится, настоящая красотка, к тому же неглупа и трудолюбива, Фабрицио она тоже нравится.

Энрико так полюбил деда, что не хотел покидать виллу, нам удалось его увезти, лишь пообещав, что скоро мы снова навестим деда.

***

На родину вернулись мы в июне 1945-го.

Мир перевернулся, ах, нет, просто многое из того, что столько лет было перевернутым, снова вставало на свои места. И пусть на место одной оккупации пришла другая, но и это когда-нибудь кончится.

Спрашивала себя, куда вдруг подевались миллионы «настоящих австрийцев», что так горячо приветствовали Гитлера, все вокруг вдруг стали врагами проклятого режима. Ах, да никуда они не подевались, эти же люди окружали нас и сегодня. У меня и прежде не было большого доверия к людям, а теперь его стало еще меньше. Тем дороже мне наши друзья, они оставались с нами в самые тяжелые времена.

Дом наш мы нашли разоренным, с испорченной мебелью, с разбитыми стеклами. Зато ресторан уцелел и нам удалось его вернуть. Придется пока открыть столовую для бедных, а там посмотрим. Адвокату, который присвоил наше имущество, пришлось бежать из страны, а жаль, место ему было в тюрьме.

Когда освободили Маутхаузен, Катрин не могла стоять на ногах, ее перевезли в госпиталь, где она и скончалась. Моя маленькая, моя бедная сестричка, ты спасла нам жизнь ценой своей собственной.

Вскоре удалось разыскать следы Томаса. Он был в плену, в России, недавно получила от него письмо. Главное – жив! Он вернется! Господи, благодарю тебя за брата!

Карла постигла печальная участь. С приближением фронта все отчаяннее становились пьянки в нашем доме. Йозеф принимал в них участие, похоже, предав брата, он утратил то, что заставляло его жить, ему не к чему было больше стремиться. Спал он в нашем доме, на нашей с Филиппом кровати. Как-то во время очередной попойки возникла драка, не разбирая, каждый бил каждого, ну и Карл двинул Йозефа в челюсть, тот рухнул, ударился виском о край стола и на месте скончался. Карлу это не сошло с рук, его отправили в Польшу, где он пропал без вести. Господи, будь милостив к бедной заблудшей душе…

***

«Где твой брат Авель?», – спросил Бог у первого рожденного человека на нашей планете.

СОДЕРЖАНИЕ:

Глава первая 5

Глава вторая 24

Глава третья 43

Глава четвертая...90

Глава пятая 109

Глава шестая 134

Глава седьмая 155

Глава восьмая 167

Глава девятая...199

Глава десятая,..221

Глава одиннадцатая 242

Глава двенадцатая...256